PAUL BONNETAIN

Charlot s'amuse...

AVEC UNE PRÉFACE PAR HENRY CÉARD

« Il le soupçonnait d'avoir une mauvaise
» habitude. Pourquoi pas? Des gens graves
» la conservent toute leur vie, et on pré-
» tend que le duc d'Angoulême s'y livrait... »

GUSTAVE FLAUBERT
(*Bouvard et Pécuchet*)

IIme ÉDITION

IN NATURALIBUS VERITAS
BRUXELLES
AUX DEPENS DE LA COMPAGNIE

A BRUXELLES

chez HENRY KISTEMAECKERS, *éditeur*,

65, rue des Palais, 65

—

BRUXELLES

Imprimerie A. Lefèvre, 9, rue Saint-Pierre.

CHARLOT S'AMUSE...

Du même auteur :

Le tour du monde d'un troupier. . . . 1 vol.

Mon cher Confrère,

Vous publiez *Charlot s'amuse*, une étude sur la masturbation (1), et vous me demandez d'en écrire la préface.

Pourquoi?

Je n'ai rien de cette notoriété littéraire sur laquelle on peut sûrement s'appuyer. Je suis un débutant comme vous. Rien de plus. Je n'ai point souci de dominer, j'ai depuis longtemps perdu la vanité de convaincre, et rien ne serait plus inutile que cette préface, si elle ne me fournissait pas l'occasion publique de vous remercier de votre courageuse amitié.

(1) « Quand la chose est, disons le mot. »
Victor Hugo, *Chansons des rues et des bois.*

Naturaliste, insulté à plein encrier par tout ce qu'il y a de romantiques mal embouchés et de normaliens bien élevés, votre cordialité m'est venue trouver au milieu de l'ignominie dont m'accablaient lucrativement mes confrères; je vous rends grâces d'avoir pensé que l'individu méprisant, qui dédaignait de répondre aux injures, était tout désigné pour joindre son nom au vôtre en tête de ce *Charlot* qui brave l'opinion.

⁂

Votre livre, j'en parle de souvenir, car les impatiences de votre éditeur ne m'ont pas permis de l'étudier à mon aise. Vous me l'avez lu, à la hâte, dans ces instants comptés où l'imprimeur guettait derrière vous les feuilles de votre copie encore humides d'encre; et puisque vous me demandez de dire officiellement mon négligeable avis, votre livre plaît à ma mémoire par sa tristesse profonde, par sa sereine férocité, la tranquillité sinistre de sa constatation. Il me plaît, en souvenir, non par ce que vous y avez fait entrer de parti-pris, mais par ce qui, en dehors de toute école, de tout système, de toute formule, s'en dégage naturellement : par le sens original de la cruauté de la vie et de la misère de la passion. Il me plaît encore à distance, parce qu'il montre l'hérédité avec toutes ses épouvantes et le physiologique fonctionnement de la fatalité.

.·.

Oui, je l'avoue, je fais bon marché de tous vos égouts, de toute la vidange dont les puanteurs soufflent arbitrairement au début de votre livre. Je fais bon marché aussi de toutes vos attaques contre les ignorantins. Ils polluent Charlot? Et puis après? C'est l'ordinaire effet de l'internat d'où qu'il sévisse; et pions ou camarades en auraient usé de même avec lui, si le hasard l'avait fait l'élève de la chaste Université de France. Quelle fantaisie de prendre de la sorte incidemment parti dans des querelles de politique et d'Eglise? Tout cela, pour moi, laisse voir le procédé, la volonté d'attirer l'attention du public, la curiosité de faire retourner les imbéciles. Mais qui sait ? C'est peut-être par ce côté inférieur que vous toucherez au succès, car la bande des Homais se doit de vous venir en aide.

.˙.

Certes, si *Charlot s'amuse* ne contenait que ces pages, ma préface serait courte, comme ma sympathie. Heureusement pour vous, sous le polémiste, un écrivain s'est révélé, un vrai, et c'est à lui seul que je m'adresse.

Votre livre me plaît, et j'en parle. Votre livre me plaît, non quand il sent le chien crevé, mais quand il respire scientifiquement l'iodoforme des salles d'hôpital, le chlore des amphithéâtres. Il me plaît par sa conception médicale, par son air de thèse pathologique, et, si je ne puis m'empêcher de vous reprocher l'abus des mots techniques qui jurent par leur précision avec l'ambiguïté de certaines expressions métaphysiques dont vous n'avez pas su vous débarrasser encore, j'applaudis aux tendances de votre esprit, à vos allures de clinicien, et plus encore que le littérateur, le vieux carabin qui est en moi trouve un confrère.

Et c'est justement ce côté physiologique — d'autres diront cette prétention, — c'est justement ce côté physiologique qui fait toute la chasteté, toute la morale de votre livre. Il est moral comme une leçon de l'Ecole de Médecine, comme un traité de Moreau (de Tours), moral comme une étude de Tardieu, moral comme Tissot — pas l'homme aux mensonges patriotiques, — moral et terrible comme le musée Dupuytren lui-même !

On va vous reprocher le choix de votre sujet. Quoi donc ! Quand on expose sous une vitrine le tuyau de cuivre dans lequel, suivant l'expression officielle, « un instituteur avait introduit sa verge », on s'effraierait de vous voir disséquer en public votre Charlot, lamentablement ravagé par l'onaniaque passion que décrivit Rousseau, un maître, et que ne dédaigna pas d'illustrer le duc d'Angoulème, un prince !

Vous avez pour vous la Bible, les *Confessions*, la maison de France. Bientôt aussi vous conquerrez les artistes.

Mes souvenirs me servent-ils bien ? Est-ce qu'il n'y a pas dans *Charlot s'amuse*... une effroyable analyse de la condition de l'homme tout en besoins, courant Paris, sans le sou, rêvant au vice sans espoir de satisfaire son rêve, exaspérant son éréthisme devant les nudités photographiées qu'on expose sous le gaz des vitrines, et emmagasinant à chaque pas des désirs qu'aucun sexe n'apaisera, et dont sa main seule lui donnera la désespérante réalisation ?

Est-ce qu'il n'y a pas le tableau d'un atroce concubinage, d'un concubinage d'une modernité dantesque, tant la cohabitation de Charlot et de cette fille ramassée dans la rue, sous la botte de la police, dégage d'horreur simple et de tendre infâmie ?

Ces chapitres, les artistes les retiendront, soyez-en sûr, comme ils retiendront l'accusation que vous portez sur les abrutissements résultant de la vie militaire, et sur les misères qu'on subit dans les garnisons. Mais, à quoi bon insister ? Votre éditeur demandait une préface de deux pages. J'ai de beaucoup dépassé la limite, je m'en excuse et vous serre amicalement les deux mains.

HENRI CÉARD.

Paris, 10 janvier 1883.

« ... J'ai voulu étudier des tempéraments et non des caractères... »

« ... Le reproche d'immoralité, en matière de science, ne prouve absolument rien. Je ne sais si mon roman est immoral; j'avoue que je ne me suis jamais inquiété de le rendre plus ou moins chaste. Ce que je sais, c'est que je n'ai pas songé un instant à y mettre les saletés qu'y découvrent les gens moraux; c'est que j'en ai décrit chaque scène, même les plus fiévreuses, avec la seule curiosité du savant; c'est que je défie mes juges d'y trouver une page réellement licencieuse... »

EMILE ZOLA
(*Thérèse Raquin*, Préface.)

Charlot s'amuse...

I

L<small>A</small> pluie tombait toujours, inplacablement
monotone, noyant dans une navrante
tristesse l'angle noir du faubourg et de la rue
des Ecluses-Saint-Martin. Blotti sous une porte
cochère Charlot grelottait, silencieux et terrassé par un invincible besoin de sommeil.
Parfois, sa tête glissait hors de la limousine,
s'abandonnant tout endormie, et, de minute en
minute, l'enfant avait, sous l'éclaboussement
froid de la gouttière, un réveil douloureux et

glacé. Il cherchait alors, sur la chaussée ruisselante, le regard de l'égout qui trouait les pavés d'un grand rond très sombre. Un falot vacillait à côté, pendu à une échelle. Tout près, des ombres encapuchonnées s'effaçaient, ne livrant aux mourantes lueurs de la lanterne que leurs grandes bottes luisantes. Et le gamin, secouant son envie de dormir, sanglotait : « Papa !. papa ! », puis retombait, immobile, contre son encoignure, ne sentant même pas, dans sa fatigue somnolente, descendre lentement les larmes sur sa joue.

Deux heures sonnèrent à l'église Saint-Laurent. Les deux coups sonores furent comme un réveil, et leurs trépidations vibraient toujours, quand un grand roulement secoua le quartier. Pendant un instant, au grand trot, de lourdes voitures de vidange remontèrent le faubourg, avec un grand claquement de fouets et un long remuement de ferrailles. Derrière, la locomobile filait, allumant au passage ses cuivres à chaque bec de gaz, et panachant sa cheminée d'une aigrette de flammes violettes.

Puis, tandis que, de la gare de l'Est, des coups de sifflet, stridents parfois, plus souvent longuement et mélancoliquement modulés, s'envolaient confondus, un groupe d'hommes s'approcha des égoutiers. Quand ils furent près

de la lanterne, Charlot reconnut le commissaire de police et le sergent des pompiers.
L'équipe les entourait, et le gamin, le cœur subitement étreint, cherchait machinalement à
comprendre les gestes de ces ombres, devinant
à un moment qu'on parlait de lui. Bientôt, les
nouveaux venus s'éloignèrent. Le bruit de
leurs pas s'était effacé déjà dans la nuit, et les
compagnons immobiles restaient autour du regard, semblant se consulter entre eux. Charlot
s'était réveillé tout à fait. Ses larmes maintenant avaient cessé de couler, et une lancinante
anxiété, une affre douloureuse, le tenaient
cloué contre la porte, dans le cruel pressentiment d'un malheur désormais certain. Son
pouls, soudain, cessa de battre, et il murmura,
prêt à tomber, un dernier « Papa !... » désespéré. Le vieux Rémy, le chef de l'équipe,
s'avançait, hésitant, les larges semelles de ses
grosses bottes faisant à chaque pas, dans les
flaques invisibles et clapotantes, jaillir de longues éclaboussures.

— Petit! dit le patron, nous allons rentrer...
Ta mère doit se manger les sangs...

Charlot ne répondit pas. Il avait rejeté la
limousine, qu'un ouvrier, pris de pitié, lui avait
jetée sur les épaules, il avait quitté l'encoignure
du porche, et sa figure blême apparaissait

à présent si blanche qu'elle se détachait presque en clair sur l'ombre du mur. Du doigt, il montrait l'échelle et la lanterne. Son pauvre petit cœur défaillait ; il ne put que balbutier, mais Rémy comprit, et sa voix rude s'attendrit.

— Pleure pas, gosse. On le retrouvera, ton père... La pluie l'a surpris, vois-tu, mais c'est un vieux de la vieille. Il se sera tiré de côté dans une galerie, pour attendre que l'eau ait baissé... Il sera là demain... Allons, viens donc !...

L'enfant résistait, se cramponnant à la muraille, mais Rémy l'attirait, le dorlotant avec des paroles qu'il faisait câlines, et, à prendre le petiot en douceur, s'amollissant lui-même, comme s'il avait senti s'éveiller une grosse douleur contenue à grand'peine jusque-là. Charlot se laissait aller peu à peu contre lui, non convaincu encore, et sans partager l'espoir qu'on lui soufflait, mais sentant, sous le refrain des consolations tendres et caressantes, sa fatigue grandir et le sommeil le reprendre, impérieux. Alors, l'ouvrier le souleva avec des délicatesses de mère, et lui fit un berceau de ses bras. L'enfant, décidément endormi, laissa retomber sa tête sur l'épaule du vieux.

— Pauvre môme ! murmura le contre-maître. Et, se retournant vers les ouvriers :

— Faut rentrer, vous autres. On resterait deux jours ici que ça ne ramènerait pas les camarades! Encore deux de foutus!... c'est le métier qui veut ça!...

Il eut un juron qu'il n'acheva pas pour ne point réveiller le petit; puis, tandis qu'on rebouchait le regard et que ses hommes rassemblaient leurs outils, il s'éloigna dans la direction du canal.

La pluie avait cessé. On n'entendait que le dernier égouttement régulier des gouttières et le gargouillis décroissant des ruisseaux. Comme le vent soufflait, le patron roula le gamin dans son bourgeron, ralentissant le pas, parfois, pour l'écouter dormir. Il parvint ainsi à la berge, et, lentement, suivit le quai Valmy, en mâchonnant à mi-voix des reproches mêlés à de nouvelles et sourdes malédictions contre le métier. Un moment, il regarda l'eau noirâtre, comme pris d'une lassitude désespérée et du désir d'en finir avec sa chienne de vie. L'enfant alors murmura quelques mots en rêvant, et, rappelé à la réalité, l'ouvrier reprit sa route berçant son cher fardeau. Parvenu à la rue des Récollets, il s'engagea sur la passerelle du barrage, serrant plus fort le petit contre sa poitrine pour traverser l'écluse; puis, il coupa la chaussée.

Devant lui, entre les maisons grises, la rue
Bichat, plongeant en contre-bas du quai,
faisait un grand creux plus clair. L'ouvrier alla
jusqu'à l'escalier, cherchant à lire le numéro
des portes. Il n'osait pas éveiller Charlot pour
l'interroger, et il tâtonnait, grommelant et
pris d'impatience, mais finissant son juron en
une caresse à mi-voix, lorsque la joue brûlante
de l'enfant, dont la tête ballottait, abandonnée
dans le sommeil, retombait et lui frôlait la
barbe. Lassé, il s'arrêta enfin, tâchant de
rappeler ses souvenirs.

Il était pourtant venu là, chercher le père
du pauvre moutard, le gazier, lorsque celui-ci,
renvoyé de son atelier, lui avait demandé à
travailler à la pose des fils souterrains.

— C'était une grande porte cochère! murmurait-il, et, insoucieux de la pluie qui retombait, il s'efforçait de déchiffrer les enseignes
obscures.

Tout à coup, il reconnut la maison : une
grande bâtisse qui faisait l'angle de la rue
Bichat et du quai de Jemmapes. Ses deux
numéros l'avaient trompé. Il poussa la porte
dont un battant s'ouvrait à demi, offrant une
ouverture assez large pour le passage d'un
homme, mais insuffisante pour laisser sortir ou
entrer un paquet.

— Pas moyen de filer à la cloche de bois dans cette sacrée cambuse! grogna-t-il, furieux de n'avoir pas reconnu l'entrée plus tôt; mais, soudain, il s'arrêta, muet. Il songeait que la femme de son ami devait l'attendre en proie à toutes les transes. Comment allait-il lui raconter le malheur? Pour sûr, elle ne prendrait pas la chose comme le gosse; il faudrait lui avouer tout, les recherches inutiles, l'improbabilité même du repêchage du cadavre: et un grand frisson lui secoua l'échine. Il pensait à l'agonie du gazier et se représentait son pauvre Duclos surpris par la crue subite de l'égout, en un clin d'œil gonflé par l'orageuse pluie d'avril, se débattant et voyant monter l'eau, tandis qu'il se cramponnait, hurlant et hagard, aux conduites de plomb pliant sous son poids..... Oh! la cruelle et affolante agonie!

L'homme recula, pris de peur, et s'accota, éperdu, au magasin du fruitier, contre le porche. Il cherchait ses mots, préparant le discours qu'il ferait à la veuve, et se débattait, gêné maintenant par l'enfant, contre la vision nette de cette mort horrible, atroce, à dix pieds sous le pavé. D'épouvantables histoires lui revenaient qu'il avait lues dans le *Petit Journal,* entre deux parties de zanzibar, sur le zinc. C'était une gamine revenant de l'école qui, en

jouant, l'autre hiver, lors de l'enlèvement des
neiges, avait glissé dans le regard. Huit jours.
on avait cherché de la rue Paradis au collecteur, du collecteur à la Seine : on n'avait pu
retrouver le petit cadavre. Alors les ingénieurs
de la ville avaient déclaré que les rats l'avaient
sans doute dévoré.

Les rats !... Le vieux contre-maître frissonnait rien que d'y penser, pris d'une affre
empoignante, lui, l'ancien compagnon, à l'idée
que, depuis trente ans, il risquait chaque jour
de finir ainsi, dans la boue fétide et enlisante
dans le noir, sous le fourmillement grouillant
des fossoyeurs d'égout ! Il revoyait les dents
blanches et pointues des rongeurs immondes
que, parfois, au cours de son travail, il avait
méchamment écrasés du lourd talon de ses
grosses bottes. Certainement, les bêtes devaient
se venger un jour. Et, dans une révolte faite
d'angoisses, il se secoua, tout d'un coup, comme
s'il avait senti déjà courir sur son corps le
piétinement trottinant des hideux animaux:
Mais la sensation persista terrible.

— Nom de Dieu ! jura-t-il, — une sueur
froide perlant à son front — je ne rêve
plus !...

Et le chatouillement se prolongeant, agaçant
et effroyable, il se retourna. Soudain, il eût,

avec un gros soupir, un ricanement soulagé.
Il s'était appuyé contre la devanture du fruitier, et les lapins, réveillés dans leur trou
grillé, ouvert, sur la rue, dans le soubassement
du magasin, s'étaient dressés, flairant et grif-
fant l'obstacle qui faisait la nuit dans leur cage.
Et, pendant un moment, le vieux Rémy les
regarda, agitant leur litière de paille. Une
jouissance lui venait de voir sa rêveuse terreur
s'enfuir, et lui poussait aux pommettes un afflux
de sang où grondaient encore les battements de
son cœur un instant comprimé. Le souffle de
Charlot en lui caressant la joue, lui mettait un
baume dans l'âme : il ne se sentait plus seul.
Presque consolé, il considéra longtemps, sans
songer, les lapins cabriolant et secouant, dans
un tremblottement continu, leurs longues
oreilles capricieuses.

Lentement, trois heures sonnèrent, égrenant
leurs notes claires dans le silence mort du
quartier. Réveillé comme en sursaut, le vieil
ouvrier se redressa. Il avait honte de sa faiblesse disparue. Avoir risqué sa peau cent
fois, et trembler comme une petite fille, parce
que deux compagnons avaient cassé leur pipe
dans l'égout, au lieu de crever dans leur lit
comme des bourgeois ! « Couillon ! Couillon ! »
répétait-il, s'invectivant lui-même, et, réso-

lûment, il poussa le battant de la porte et pénétra dans l'allée.

D'abord, il hésita, perdu qu'il était dans l'obscurité, mais, peu à peu, grâce à l'angle aigu d'un toit, surgissant tout luisant dans le fond, tout au fond de la cour, et faisant repère, il découvrit un véritable rectangle étroit et mal pavé. Des maisons inégales accrochées les unes aux autres, sans symétrie, au hasard, le bordaient d'un rapiéçage de bâtisses banales.

A l'entrée, à droite et à gauche, des châssis vitrés protégeaient le séchoir d'un teinturier, et la pluie battait sur les carreaux de verre une marche monotone dont les soudaines rafales du vent rompaient seules, par instants, la désespérante régularité.

Rémy avançait toujours, cherchant à retrouver dans la cité endormie la porte de Duclos sans réveiller l'enfant. Comme il butait sur les pavés, un gros chien gronda et une voix enrouée s'éleva dans le silence : « Tais-toi, Porthos... » ; puis, une fenêtre s'ouvrit et une femme en bonnet blanc et tenant une chandelle y apparut. La flamme affolée éclaira une minute la cour remplie d'eau, les pans de murs, les vives arêtes des toits, les guenilles pendues aux fenêtres entre les pots de fleurs, faisant vaciller autour d'un petit cercle lumineux d'énormes et d'étranges ombres.

— Duclos ! mon pauvre Duclos ! gémit la voix enrouée.

— Ne criez pas, la mère ! répondit Rémy, la gorge soudain serrée. Faut pas se désoler... Je vous ramène le gosse...

La lumière s'éclipsa, descendant l'étage, et jaunit brusquement l'imposte d'une petite porte. Le contre-maître pénétra dans un étroit couloir. Tout de suite, la femme au bonnet blanc lui saisit le bras :

— Et mon homme ?...

L'ouvrier, d'abord attendri, la repoussa. Elle lui avait soufflé une bouffée d'alcool au visage. Pas de doute, elle était soûle. Il la retrouvait vieillie, plus mégère encore que l'année d'avant, quand il était venu embaucher le gazier. Sous sa coiffe placée de travers, des mèches grisonnantes passaient, fouettées par le courant d'air de la cour. Rémy étouffa un juron, et la voyant chanceler, titubante et les yeux hagards, lui prit la chandelle des mains, et, sans lâcher l'enfant, grimpa les marches roides.

L'escalier était boueux, glissant, et les revers des grosses bottes de l'égoutier râpaient, à chacun de ses pas, les barreaux de la rampe. La femme le suivait lourdement, s'accrochant

au mur, coupant ses sanglots de hoquets, et
traînant ses savates. Arrivé sur le palier du
deuxième étage, il l'attendit, ne trouvant pas
la porte. Elle s'était arrêtée, soudain immobile,
et, une seconde fois, à la lueur moins tremblante de la chandelle, il la regarda. Elle tenait
la rampe, mais son œil ne quittait pas, dans
l'angle d'une marche, un gros chat blanc
accroupi, dont la pupille phosphorescente s'al-
longeait inquiète; et, prise de ce rire muet
d'enfant qui commet une niche ou d'ivrogne
qui cuve béat, elle levait déjà la jambe, s'ap-
prêtant à envoyer rouler la bête d'un bon
coup. Le chat devina la menace et brusquement
bondit. Le visage de la vieille exprima une
stupéfaction idiote avec la colère dépitée
d'avoir laissé échapper l'animal, et elle se hissa
paresseusement.

— Hue donc, garce ! cria le contre-maître,
exaspéré d'attendre.

La femme n'entendit point ou comprit mal.
Elle releva la tête :

— Ces sales bêtes, voyez-vous, geignit-elle
la langue empâtée, ça pisse partout !

Alors, elle ouvrit la porte de son logement et
Rémy put enfin entrer. Tout d'abord, il porta
l'enfant sur son petit lit. En un tour de main,
avec une gaucherie touchante, doucement,

pour ne point le réveiller, il le déshabilla.
Quand Charlot fut couché, l'homme borda les
couvertures avec une sollicitude de mère,
écouta un instant le souffle égal de la respiration du gamin, puis, épuisé, à bout de forces,
se laissa tomber sur une chaise. Depuis midi,
il n'avait pas pris un instant de repos. C'était lui
qui avait dirigé toutes les recherches, qui, le
premier, avait battu les égouts. Il n'avait pas
mangé depuis quinze heures, tout entier à son
œuvre de dévouement, mais, maintenant, la
surexcitation fébrile qui l'avait soutenu tout le
jour et toute la nuit était tombée, et il jouissait
d'étendre enfin ses jambes lasses et de reposer
un instant son corps exténué. Allongé, le dos
au mur, il s'efforçait de ne pas songer à la
longue trotte qu'il avait encore à faire pour regagner son hôtel garni loin de là, derrière les
Buttes-Chaumont. Et, dans la torpeur où le
plongeait la détente de cette première minute
de calme, il examinait machinalement le taudis,
regardant sans voir.

C'était une petite pièce étroite dont les murailles au papier sali gardaient les traces du
passage de plusieurs générations de locataires.
Deux lits de fer, deux chaises, une table et un
fourneau en composaient le mobilier. Aux cloisons, entre deux lithographies mangées par les

mouches et représentant Abd-el-Kader et le
général Bugeaud, des loques sans nom pendaient. Dans un coin, à terre, la trousse de cuir
du gazier traînait au milieu d'épluchures de
légumes, quelques fers à souder et des bâtons
d'étain luisant accrochant au milieu des feuilles
de salade les tremblottantes lueurs de la chandelle. Sur la table sale, entre une assiette
grasse et un triangle de Brie posé sur un lambeau de journal, il y avait un litre de vin et
une bouteille d'eau-de-vie aux trois quarts
vide. Rémy, pris à cette vue d'une inconsciente
fringale, contemplait fixement le fromage. La
mère Duclos suivit la direction de son regard.
Secouant son ivresse, elle s'approcha et sortit
d'un placard du pain, un verre et un couteau.

— Mangez donc, dit-elle.

Rémy ne se fit pas prier et, goulûment, se
mit à dévorer. La femme s'était assise près de
lui, et, longuement, le regardait toute son-
geuse. On n'entendait dans le grand silence de
la chambre que le tic-tac d'un coucou, le murmure régulier de la respiration de l'enfant, un
bruit pressé de mâchoires avides et le claquement monotone d'un torchon qui, pendu à
l'appui de la fenêtre et trempé de pluie, battait
les carreaux dans un roulement sourd, à chaque
souffle de la bourrasque.

. Un moment, l'ouvrier surprit l'œil de la veuve qui le dévisageait et il retira la tête, indigné contre cette ivresse abrutie qui enlevait à la femme tout souci du mari disparu, mais n'osant plus, après avoir accepté son repas, dire à la misérable tout ce qu'il avait sur le cœur. Elle devina sans doute son reproche muet :

— Alors, geignit-elle, donnant tout à coup à son visage une expression désolée, c'est bien fini? On ne l'a plus retrouvé?...

— Non, fit Rémy, l'air sombre ; quand vous avez envoyé le petit à huit heures, il n'y avait déjà plus d'espoir...

Et d'un geste brusque, il repoussa son assiette, comme se reprochant sa brutale fringale, alors que l'autre, son vieil ami, pourrissait dans la boue. Mais il écartait, nerveux, la pensée des rats, et pour chasser la vision maudite, il se mit à raconter, longuement, avec volubilité, comment le « malheur » était arrivé. Puis, il parla du gosse et de ses cris: Papa! papa !... Le sergent des pompiers et le commissaire de police en avaient les larmes aux yeux, bien qu'habitués à en voir et à en entendre bien d'autres.

La femme ne répondit pas et ils restèrent de nouveau à se regarder, pensifs. L'ivresse de la

vieille semblait travaillée d'une idée subite.
Son regard, éteint par l'alcool, s'allumait à considérer les membres ahtlétiques de Rémy. Un
instant, il crut qu'elle lui lançait une œillade
d'une provocation significative ; mais, tout de
suite, il chercha à se persuader qu'il s'était
trompé.

— Et pourtant, pensait-il, elle est capable de
tout !

Il se rappelait, maintenant, les confidences
que le pauvre Duclos lui faisait, lorsqu'après
quelques verres de vin, il laissait échapper son
secret, racontant à son vieux compagnon son
mariage et ses misères.

Cependant le temps s'écoulait. Des bruits de
pas coupaient le silence de la cour et la grosse
porte de la rue claquait à chaque instant, sous
la poussée des travailleurs de la première
heure , courant allumer les fourneaux des
usines voisines, ou turbiner aux Halles. Au-
dessous du logement de Duclos, on entendait le
grincement d'une pelle sur le pavé : le chauffeur du teinturier bourrait sa machine de
charbon. Rémy s'assoupissait, à présent, pris
d'une molle paresse qui le clouait sur sa chaise
dans une lassitude endormie. Il pensait à rentrer chez lui, se donnait cinq minutes de grâce
avant de se lever, et se laissait toujours aller,

la tête basse, les yeux lourds, dans un demi-sommeil, durant lequel il n'entendait plus que l'écroulement sourd des morceaux de houille détassés par le chauffeur.

Soudain, la gueule du four fut bruyamment fermée et le silence revint. Le vieil ouvrier redressa la tête, se frotta les paupières, honteux à part lui de cette lâche défaillance. La mère Duclos n'était plus à table. Il se releva et l'aperçut défaisant son lit et tirant hors le matelas. Avec une adresse qu'il n'aurait pas attendue de son ivresse, elle improvisa à terre, une couchette avec draps et couverture, et, sans donner à son hôte le temps de protester, elle ajouta, dégrisée, l'œil luisant, faisant sa voix plus douce :

— Vous dormez debout, monsieur Rémy ; couchez-vous là. Moi, je serai très bien sur la paillasse...

Elle insista tant que le contre-maître finit par consentir. Il avait comme une répugnance à se déshabiller devant elle, mais elle lui proposa d'éteindre la lumière. Il céda alors et, dans l'obscurité, après un bonsoir reconnaissant, l'homme s'étendit. Toutefois, son besoin de sommeil s'était comme envolé : il songeait, malgré lui, au gazier. La vieille, de son côté, se retournait avec de gros soupirs, sur sa paillasse bruissante. Bientôt, elle se leva. Involontairement, il ne perdait pas un seul de ses mouvements, gêné par ce voisinage immédiat qui ne lui laissait aucun doute sur l'intimité de l'occupation de la femme. Surpris, lorsqu'elle eut achevé, de ne point l'entendre regagner son lit, il se dressa sur son coude, l'épiant. Et, tout à coup, il la sentit qui se coulait, demi-nue contre lui.

Elle l'avait entouré de ses bras, écrasant sa tétine pendante et flasque contre la barbe de l'homme stupéfait, et, étouffant ses injures sous de furieux baisers, elle l'étreignait, lascive, avec rage. Il résistait, la repoussant brutalement, pris d'une immense colère et d'un horrible dégoût, mais n'osant crier par peur de réveiller l'enfant.

Longtemps, il se débattit, roulant avec elle sur le plancher, et sentant sous ses membres nus la fraîcheur écrasée des épluchures. Soudain, elle feignit de céder, le lâchant d'une main ; mais comme profitant de son avantage, il la décollait de contre lui, Rémy comprit brusquement, sous les coups répétés d'une obscène caresse, que sa volonté allait fléchir. Il résistait encore mollement, la sentant se cramponner à lui et, quand il la repoussait, secoué par une atroce douleur qui se fondait peu à peu

en une bestiale jouissance, très douce, à mesure
qu'épuisé il luttait moins fort. Enfin, il se
laissa tomber, l'attirant, à bout d'haleine, incapable de vouloir, et, pendant cinq minutes, on
n'entendit plus que le ronflement de leur
rauque respiration toujours plus précipitée.
Puis, le silence revint. Rémy haletait, éperdu,
cherchant à se reconnaître, avec l'abasourdissement brisé de l'homme qui, après une chute,
se réveille, impuissant à se rappeler d'abord
d'où il est tombé.

D'un jet, la mémoire lui revint. Il eut un
grand cri de révolte et, se levant, il mit debout
la mégère encore pâmée. Il l'avait jetée sur
son lit, et, dans l'obscurité, pris d'une folle colère, il la rouait de coups, s'excitant à frapper,
à frapper toujours. Elle gémissait sourdement,
semblant ne pas comprendre, toute pelotonnée
et tressaillant chaque fois que le poing de
l'homme s'abattait sur sa chair nue, avec le
bruit d'un battoir sur du linge mouillé. Et le
contre-maître, exaspéré, hors de lui, scandait
de ses coups furieux une seule et persistante
injure qu'il hurlait, sans pouvoir trouver d'autres mots :

— Oh ! sale vache ! sale vache !

Le petit cependant, s'était réveillé, et, dans
le trouble de son sommeil interrompu, oubliant

la mort de son père, il criait, désespéré, de sa voix sanglotante :

— Papa! papa! ne bats pas maman... Elle ne le fera plus!...

Alors, l'ouvrier s'arrêta. Un instant, il demeura immobile, pris du désir fou de reprendre le gamin sur son bras et de partir ; puis, il secoua la tête, se rhabilla en un clin d'œil et se sauva sans bruit.

Quand il se trouva sur les bords du canal, le malheureux chancela. Sa tête était en feu, ses oreilles bourdonnaient. Il se mit à genoux sur le quai, dans la boue, et se plongea la tête dans l'eau, à plusieurs reprises. Plus calme, il se releva et s'en fut au hasard, tout droit. Parfois, il s'arrêtait, monologuant, ou battant du poing les murailles.

Derrière lui, deux sergents de ville encapuchonnés suivaient la berge, riant silencieusement à voir le déhanchement de la silhouette de l'égoutier danser sur les trottoirs à chaque reverbère. Au seuil du poste des Écluses-Saint-Martin, ils s'arrêtèrent pour suivre l'ombre du regard.

— Voilà un particulier qui tient une jolie cuite! fit l'un.

— Oui, mince de biture! répondit l'autre.

Et les deux sergots rentrèrent au corps de garde.

Rémy s'enfonçait toujours dans le noir et le vent emportait ses sanglots.

II

Duclos avait connu sa femme, à la fin de l'Empire, lors des grandes réparations de l'église Saint-Laurent. Il était jeune encore à ce moment. C'était un franc luron, toujours de bonne humeur, fêtant bien parfois saint Lundi, mais rattrapant sa semaine entière au bout du compte, tant il était vaillant au travail. Bon ouvrier, mais ignorant comme une carpe. Aux journées de Juin, on avait pris son père sur les barricades ; il ne savait si on avait fusillé ou déporté « le pauvre vieux », mais, depuis ce temps, il avait poussé au hasard, élevé de ci de là par charité, se frottant à tous les vices à rouler le pavé, mais gardé d'une chute irrémé-

diable par une honnêteté native. Bon zig,
disaient de lui les camarades ; brave homme,
disaient les patrons.

Un jour, comme il travaillait à l'église, il
avait été mandé au presbytère, à côté, pour
réparer les conduites d'eau de la cuisine. Là,
il avait rencontré Anne Kermadiel, une belle
fille de Bretagne, qui aidait sa tante dans les
travaux de la maison. Tout de suite, il l'avait
aimée pour de bon, lui, le joyeux drille : elle
l'avait ensorcelé avec son bonnet de bretonne
et son air campagnard.

Il mit trois jours à ressouder les tuyaux,
heureux de se frotter aux jupes de cette
paysanne dont, avec l'amour inné du vrai Parisien pour les champs, il adorait la rusticité et
le parler incorrect, s'imaginant, lorsqu'il la
lutinait dans les coins, retrouver en elle les
rêves naïfs et champêtres qu'il avait faits, jadis,
dans ses promenades du dimanche, au-delà des
fortifications.

Anne était du Finistère. Jusqu'à vingt ans,
elle avait vécu dans un petit village de la côte,
l'été, allant parfois à la pêche avec ses frères
et son père, l'hiver, raccommodant les filets,
le plus souvent, faisant paître ses vaches dans
les ajoncs, à travers les landes. Elle avait
poussé vigoureusement dans ce milieu sain et

fortifiant, hâlant sa peau au souffle de l'Océan,
insouciante des embruns comme du soleil.
Ignorante, elle ne connaissait que la mer et
les champs, lisant à grand'peine dans son parois-
sien et n'ayant d'autres distractions, tous les
mois, qu'une courte visite à sa mère enfermée
à deux lieues de là dans un hospice d'aliénés,
d'autres chagrins que les brutalités de son père
et de ses frères, lorsque les quatre hommes,
ivres de cidre et de glorias, revenaient, le
dimanche, d'un pardon voisin, et la battaient
comme plâtre à propos d'un rien, pour la soupe
trop chaude ou pour le pichet non rempli,
avec les grosses insultes et le mépris profond
des rustres pour la femelle. Elle se sauvait en
pleurant, ces soirs-là, et courait conter sa
misère au recteur, son parrain. Le vieux
prêtre était un brave homme qui l'avait élevée.
Il la consolait, lui donnant quelques images de
piété naïvement enluminées, qu'elle serrait
dans son corsage, et il courait sermonner les
gars qui, respectueux et reconnaissants de ce
qu'il avait fait pour leur mère folle, lui deman-
daient pardon : Anne revenait sur un signe
du curé, et la paix était faite jusqu'au dimanche
suivant.

Cependant, la jeune fille se fit femme. Elle
allait maintenant aux veillées, se laissant

chatouiller par les jeunes gens, tout allumée des premiers et vagues désirs de sa robuste puberté conquise en plein air, sous les rudes caresses de la brise et de l'Océan. D'abord, sa dévotion s'en outra. Elle fit des neuvaines, jeûna, pria plus fort, mais sentant sa foi s'alanguir peu à peu, et n'exécutant bientôt plus ses pieux exercices que par une machinale habitude. Elle ne retrouva ses élans de passion religieuse qu'au printemps.

Seule, dans la lande, assise au milieu des genêts odorants, grisée de chaleur et tout alourdie, elle s'abîmait dans la contemplation de ses images, couvrant de baisers sa chromolithographie préférée, ne s'arrêtant que pour comparer mentalement les gars grossiers qui la regardaient à la messe, à ce Christ à peau blanche, émacié, dont la poitrine s'ouvrait, laissant voir un cœur ceint d'épines couronné de flammes. Elle se roulait alors au milieu des ajoncs, prise d'une lascivité molle dont elle n'avait pas conscience et d'un grand frisson charnel qui se traduisait par une invocation brûlante au Sacré-Cœur de Jésus. Puis, elle s'endormait en plein soleil, dans le parfum pénétrant des genêts aux fleurs d'or, et d'étranges rêves, qui poussaient un flot de sang à ses joues brunes, faisaient palpiter dans son sommeil, sous sa chemise débraillée, sa belle gorge de vierge rustique. Elle se réveillait, honteuse, rougissante, cherchant dans l'ombre qui tombait, si nul ne la guettait, et, tout en rappelant ses vaches, elle essayait de démêler ses songes confus, n'osant plus maintenant regarder l'image adorée qu'elle sentait sur sa poitrine, collée entre ses seins par la moiteur de la peau. Elle rentrait toute remuée et ravie encore d'une possession imaginaire, dans le souvenir mal précis des troublantes caresses de ce Sacré-Cœur mystérieux. Instinctivement, ou dans l'intime gêne de ses pudeurs de femme, elle taisait au confessionnal ses rêves divins. Un besoin de solitude lui venait qui la tenait tous les jours aux champs.

Elle ne put fuir entièrement pour cela les brutales poursuites des jeunes gens du voisinage. L'un d'eux l'accompagna, un soir, au sortir de l'église, et, la prenant à la taille, l'embrassa sur le chemin. Elle se défendit, luttant des pieds et des mains. Le gars, allumé par la résistance de cette belle fille qui se battait comme un homme, sentit s'exaspérer ses désirs. D'abord, il n'avait songé qu'à la lutiner mais, rendu furieux, il la renversa sur le talus, envahi brusquement d'une bestiale folie. Longtemps, ils s'étreignirent dans l'herbe, râlant

tous deux dans le grand calme de la nuit.
Enfin, l'homme fut le plus fort. Il la terrassait,
insoucieux de ses morsures, l'écrasant sous
son poids. Au contact des mains hardies du
mâle qui couraient sur son corps, quelque
chose alors s'alluma en elle, brusquement. Il
lui sembla que son rêve se réalisait, et elle
ferma les yeux pour ne plus voir que la tête
extatique du pâle crucifié. Elle avait cessé de
crier, et ses lèvres sous celles du gars s'ou-
vraient, ignorantes des caresses, mais se
gonflant de baisers, quand, tout à coup, l'homme
se leva. Des pas approchaient; il prit peur et
s'enfuit.

Anne restait tapie dans l'herbe. Les passants
étaient loin déjà et le grand silence assoupi de
la lande avait repris qu'elle était toujours à la
même place, immobile et hébétée, éprouvant au
souvenir de ce viol inachevé une honte dont les
remords vagues se fondaient en regrets.

Sa vie devint dès lors tout autre. Le lendemain et les jours suivants, elle pensa moins à
regarder ses images et ne parut plus au Mois de
Marie. Ses désirs s'étaient faits précis; elle
songeait à se marier comme ses voisines, avec
lesquelles elle avait joué, petite, et qu'elle
voyait maintenant avec leur promis ou leur
homme. Mais, comment se marier? Les Ker-

madiel étaient pauvres, et pas un pêcheur du
pays ne voudrait d'une fille n'ayant pas
même en dot une barque neuve. Ce qu'on
gagnait à la mer, ses frères et son père le
buvaient. Elle songea à aller avec eux au
pardon : peut-être, à la danse, trouverait-elle
un amoureux qui la prendrait pour sa beauté.
Elle pria ses frères de l'emmener, et réussit à
les suivre. Tout l'été, elle se rendit ainsi aux
fêtes des villages voisins, oubliant parfois d'aller visiter la folle, à l'hospice, dans sa rage de
danser. Elle vit de la sorte tous les jeunes gens
du pays ; même, elle passa pour une fille
perdue, et le vieux recteur dut la sermonner
pour sa légèreté et la menacer de l'enfer.
Légèreté inutile. Après avoir rôdé dans le village, les amoureux, renseignés, disparaissaient,
se souciant peu, ceux de la côte comme les cul-
tivateurs du haut du pays, d'épouser une fille
n'ayant que sa croix d'or et ses coiffes pour
tout bien. Anne sentait s'exaspérer les révoltes
de sa virginité impatiente de fuir. Longtemps,
elle se raccrocha à sa foi, multipliant les orai-
sons et demandant un mari à Notre-Dame de
la Mer. La Sainte Vierge resta sourde.

Un moment, désespérée, elle songea à se
faire religieuse. Tous les jours, elle allait porter du poisson à une lieue de là aux bonnes

sœurs de l'ouvroir, et une envie passagère la prit de leur demander de la garder pour toujours avec elles. Sans doute, on devait être heureuse, une fois la guimpe blanche au cou, et ne plus souffrir, en égrenant, dans le calme silence du couvent, ou par les étroites allées bordées de buis dans le jardin, le lourd rosaire à croix de cuivre. Ce désir s'envola, enlevé par le vent froid de la mort. Une des religieuses trépassa, et Anne, un matin, vit enterrer la recluse dans les caveaux de la chapelle, après un long office lugubre d'où elle sortit frissonnante. Sa nature de fille sauvage, habituée à la liberté de la mer infinie et de la lande interminable, reprit le dessus, dans une horreur soudaine de cette vie solitaire, confinée entre les murs sombres, et, surtout, de cette mort affreuse, de ce cercueil descendu sous les dalles.

C'est alors que son parrain tomba malade. Le vieux prêtre, tout rhumatisant, dut s'aliter et demander à l'évêché un vicaire pour le suppléer auprès de son troupeau. La servante du presbytère, brave femme aussi âgée et presque aussi impotente que son maître, ne savait pas où donner de la tête. Anne s'offrit pour l'aider. Elle était seule au logis, ses frères et son père étant partis à la pêche de la morue. La vieille

accepta avec reconnaissance, cachant la présence continuelle de la jeune fille au curé,
qu'elle savait formaliste et méticuleux obser-
vateur des règles religieuses. Le vieillard,
quand, deux ou trois fois par jour, la filleule
entrait chez lui, portant un bol de tisane ou de
lait, croyait donc à de simples visites et la remerciait, reconnaissant, s'arrêtant parfois de
boire, pour lui reprocher paternellement sa
coquetterie et l'accabler de pieux conseils.

Cependant, le vicaire demandé à l'évêché
arriva. Sa chambre était prête, et, en un
instant, il fut installé. Pendant deux heures, il
conféra avec le curé, comme un soldat qui
prend la consigne, s'informant des habitudes
locales et des mœurs de ses nouveaux paroissiens. La présence d'Anne l'étonna d'abord,
mais elle était trop jolie pour qu'il songeât à
se plaindre de ce manquement aux prescriptions ecclésiastiques.

C'était un jeune abbé qui sortait à peine du
séminaire où l'ambition paternelle, sa position
de cadet tardivement venu, alors que ses frères
et ses sœurs étaient déjà dotés, et la peur enfin
de la conscription, l'avaient conduit à défaut
de vocation. Grand et solide, de constitution
sanguine, il ressemblait plus à ses frères
les laboureurs qu'à un prêtre ; mais la vie du

séminaire avait maté son caractère, adouci ses
angles, en même temps qu'elle pâlissait son
teint et lui enlevait en apparence au moins la
rusticité de ses allures. La jeune fille remarqua
au premier abord la blancheur de son visage et
la finesse de ses mains. Son parrain, depuis
vingt ans qu'il vivait dans le village, avait pris
les habitudes et, en dehors du prêche, le parler
et les mœurs de ses fidèles, se soûlant volontiers avec eux; aussi, ce nouveau venu blond,
coquet et jeune, lui plut-il tout de suite, et elle
le compara au Divin Seigneur de ses images, le
trouvant beau comme lui.

Jamais elle n'avait été aussi pieuse; l'abbé la
voyait au premier rang de ses paroissiens à
chaque office, et quand, au retour de sa promenade, il entrait le soir à l'église, avant
d'aller dîner au presbytère, il l'apercevait
agenouillée dans l'ombre au pied d'un pilier.
Elle priait avec ferveur. Il l'examinait, et, soudain, le regard de la jeune fille se coulait, luisant, des vitraux rouges au visage de l'abbé,
qui éprouvait comme un malaise. Ces grands
yeux brillants lui semblaient piquer de deux
étoiles l'obscurité solitaire de l'église. Troublé,
il s'enfuyait bien vite. Mais avant qu'il eût
fermé la porte de la sacristie, Anne, dépêchant
ses signes de croix, était de retour à sa cuisine,

et le prêtre, en rentrant, la retrouvait mettant
le couvert, ou secouant devant la porte, le
panier à salade, faisant, dans l'envolement de
son bras, se coller l'étoffe de son corsage sur
les rondeurs de sa gorge. Une bouffée de désirs
montait au cerveau du jeune homme; il bal-
butiait son *benedicite,* s'efforçant de chasser
la vision tremblante de ces deux seins fermes, en
arrêt, ignorant le corset et, sous la frêle
indienne, tout à l'heure, moulés si étroitement
que leurs deux pointes semblaient crever le
tissu. Anne entrait à ce moment, les yeux
baissés, elle servait l'abbé, lui donnant chaque
jour une nouvelle douceur, ne mangeant pas
avant qu'il eût fini et se tenant dans la cuisine,
mais la porte entr'ouverte, pour accourir, em-
pressée, dès qu'elle cessait d'entendre tinter la
cuiller ou la fourchette de son maître.

Peu à peu, le vicaire la vit partout sur son
chemin. Elle était dans la maison tout entière,
heureuse de frotter ses jupes à la soutane du
jeune homme, s'effaçant en balbutiant une
excuse pour le laisser passer, les yeux à terre
toujours. Parfois, pourtant, lorsqu'il partait
pour une longue promenade, elle le regardait
bien en face, durant une seconde, jusqu'à ce
qu'il baissât lui-même les paupières. L'abbé,
presque en colère, s'enfuyait, emportant la

flamme de ce regard avec lui, et voulant ne pas comprendre sa muette prière. Il songeait à avertir le recteur, à faire renvoyer cette fille qui venait troubler sa vie. Cette vie, il l'avait arrangée tranquille, faite de grosses joies, de plaisirs non compromettants, et voilà qu'une femme se mettait en travers.

Le séminaire avait calmé les premiers élans de sa puberté, les intimités du dortoir avaient épuisé ses désirs en lui communiquant l'horreur sacrée de la femme, ses supérieurs avaient fait le reste. Sans imagination, tout en instincts, il avait accepté les renoncements imposés, et, dans sa précédente cure, la chasse, la pêche, les plaisirs de la table lui avaient rendu moins lourd le sacrifice et plus facile la fidélité à ses vœux. Fallait-il que toute son existence fût ébranlée, que son avenir fût compromis par l'obsédante présence de cette fille ? Il voulait se fâcher, il voulait fuir; mais toute sa colère, tous ses raisonnements, toutes ses résolutions tombaient devant la tentation grandissante qui le persécutait. *L'odor di femina* l'enveloppait, grisante, capiteuse, et l'âpre vent des falaises qu'il arpentait, rêveur, secouait sa soutane et faisait voler les plis de sa ceinture, sans pouvoir la chasser.

Tout à coup, certain soir, un trouble déli-.

cieux empoigna le desservant. Il songeait, s'avouant enfin vaincu, à la fête prochaine : Anne devait communier, il la confesserait la veille. Alors, la pensée de cette confession qui, dans l'église obscure, le rapprocherait de la jeune fille mise à sa merci, ne cessa de le hanter, l'emplissant à la fois de crainte et de joie.

Elle arriva enfin, la date si impatiemment attendue. Le matin de ce jour-là, comme il remontait brusquement dans sa chambre pour prendre son bréviaire oublié, il surprit sa future pénitente qui faisait le lit. Elle ne l'avait pas entendu ouvrir, et, couchée sur l'oreiller du vicaire, elle embrassait furieusement la place où le jeune homme avait reposé sa tête. Sans bruit, il s'en retourna, tout rouge, sentant son cœur battre désespérément.

Le soir, elle arriva à l'église la dernière. Il avait dépêché, sans les entendre, toutes les femmes du village, et se tourmentait déjà dans l'espoir et dans la crainte que la jeune fille ne viendrait pas. Soudain, par le judas grillé, il l'aperçut à genoux à quelques pas, et, dans une brusque angoisse, il eut peur qu'elle n'osât plus. Il toussa doucement ; elle releva la tête et, d'un bond, fut au confessionnal, à genoux.

Maintenant, tous deux n'osaient rien dire. Elle avait la tête dans ses mains ; lui, la regardait, silencieux, perdant tout sang-froid à la sentir près de lui. Sa chair frissonnait, assaillie de désirs, et, éperdu, il cherchait en vain les mots par lesquels il invitait d'habitude ses pénitentes à la contrition. Il balbutia ; Anne alors récita, essoufflée, son *confiteor* et les prières d'usage, puis, de nouveau, ils restèrent en face l'un de l'autre, muets dans l'obscurité calme de la chapelle. Par les vitraux, un long sifflement d'hirondelles entrait avec la rumeur monotone et douce de la mer qui s'assourdissait sous les voûtes.

L'horloge sonna. Le prêtre songea qu'il n'avait plus qu'un instant. Rassemblant tout son courage, il interrogea enfin la jeune fille, et celle-ci, se dégonflant le cœur tout d'un coup, lui fit la confession de son amour, crûment, avec une sorte de colère. Le vicaire l'écoutait, hors de lui, la poitrine oppressée. Il collait sa face au grillage du judas, et le souffle ardent de la jeune fille lui caressait l'épiderme. Il la questionnait à présent, sentant revenir, plus impérieuse peut-être que le désir, l'obscène curiosité de la femme, jamais assouvie, qui, si longtemps, l'avait tourmenté au séminaire. Assoiffé, la bouche sèche, il se faisait pressant. Et la pauvre fille sanglotait presque, affolée de passion, et, sur l'insistance du prêtre la contraignant à préciser, disait toutes ses angoisses amoureuses et ses nuits troublées :

— Eh bien ! oui... je me touche...

Elle avait ainsi des mots à elle, naïfs, qui chatouillaient l'abbé, ravi de cette innocence perverse, pour avouer les caresses solitaires dont elle trompait son amour, lorsqu'elle rêvait au blond pasteur, sa bouche collée sur l'image de Jésus au cœur ardent.

L'abbé haletait. Appuyé contre la porte, il secouait le confessionnal entier. Anne, à travers le vasistas, cherchait ses lèvres. Leurs bouches séparées par le treillage se rapprochèrent et confondirent leurs haleines dans un baiser ardent dont le bois prit la moitié, mettant sur leur langue l'amère saveur du vieux chêne. Et ce fut comme du piment dans la douceur sensuelle de ce premier contact de leur chair.

Quand la jeune fille, toute pâle et les yeux rayonnants, quitta l'église, l'abbé lui avait donné rendez-vous pour le lendemain matin, dans sa chambre.

Elle ne put dormir impatiente, trouvant trop lente à venir l'aurore de son bonheur. A pointe d'aube, elle était debout, inquiète maintenant.

de ne pas être assez belle et de paraître trop paysanne. Sa toilette lui prit une heure ; elle mit le linge de noces de sa mère et sa coquetterie rustique inventa d'ingénieux atours. Puis, elle courut à la cuisine. L'abbé était déjà parti dire sa messe. Anxieuse, elle lui prépara son déjeuner, prise d'une palpitation folle, et, cent fois, regardant l'heure au vieux coucou.

Enfin, le prêtre revint. Anne, n'osant plus le regarder, monta chez le vieux curé ; elle le trouva rendormi sur un bol vide. La vieille servante était partie laver le linge, la jeune fille se trouvait donc seule à la maison : il fallait profiter de cette heure de liberté. La porte du vicaire s'ouvrit doucement comme elle descendait : elle entra.

Tout de suite, il la saisit, violent, brutal. La sueur au front, les dents serrées, il l'étreignait, et, sans égards pour sa toilette de fête, il lui arrachait ses vêtements d'une main qui tremblait. Elle était sans voix et sans forces, défaillante déjà, s'étonnant cependant de voir l'angélique visage de l'abbé se contracter et d'entendre le han ! époumonné de sa respiration. Et quand elle fut couchée sur le lit, quand, durant de longues minutes, il se fut repu du spectacle de ses nudités mystérieuses, il se rua sur elle avec l'effroyable déchaînement de toute sa jeunesse

inassouvie; elle eut peur. Bientôt, la douleur
lui arracha un grand cri, mais il lui ferma la
bouche d'un baiser frénétique, et, alors, reprise
par son rêve de jadis, elle sentit, brusquement,
l'angoisse délirante d'une jouissance étrange
l'envahir, décuplée cette fois. Elle rouvrit les
yeux, et, comme la tête de l'abbé s'abattait à
côté d'elle, elle le souleva. La folie de ses
mystiques dévotions la reprenait. Hagarde,
elle ouvrit le gilet du prêtre, entrebailla la
chemise, chercha la place du cœur, et, sur la
peau blanche et fine du jeune homme, juste au-
dessous du sein, elle colla ses lèvres enfiévrées.

C'est ainsi que dans la lande, ou pendant
ses amoureuses insomnies, elle embrassait sur
l'image coloriée le sacré cœur du Christ. Et
comme le vicaire, sous cette étrange et douce
caresse, l'étreignit de nouveau, elle sentit revenir ses divins spasmes. Soudain, l'œil convulsé, pâmée, elle se roidit, extatique, et mordit furieusement le sein de son amant, comme
si elle avait voulu lui ouvrir la poitrine, pour
voir, dans un cercle d'épines et sous une
auréole de flammes, le cœur flambant jaillir,
ainsi que celui de Jésus.

De ce jour, une existence nouvelle commença pour la jeune fille. Tous les matins,
après la messe, elle entrait chez l'abbé, mais,

bientôt, sa passion grandissant, elle alla aussi
le retrouver dans le silence de la maison
endormie. Cependant, elle avait parfois des
crises douloureuses, des larmes qui la prenaient tout à coup. Tout ce qu'il y avait de
piété ignorante et exaltée dans son amour s'en
allait peu à peu, à vau l'eau, avec ses illusions
de fille aimante. Seuls, ses sens la guidaient
maintenant, mettant dans ses caresses la sau-
vagerie bestiale qu'elle tenait de sa mère épileptique. Le prêtre qu'elle avait d'abord consi-
déré comme un demi-dieu, comme un blond
séraphin fait à l'image du doux crucifié de ses
gravures, lui apparaissait, sans qu'elle se rendît
exactement compte de ce qu'elle éprouvait
auprès de lui, comme un homme ordinaire, de
tous points semblable aux gars du village, mais
ayant la peau plus blanche, du linge fin, les
mains sans callosités et citant du latin. Elle
avait une sourde rancune, comme une honte
inavouée, de l'avoir naïvement cru tout autre.
Quand elle l'avait mordu à la poitrine, il s'était
fâché et l'avait injuriée presque. Puis, cette
virilité grosse la surprenait toujours, s'éta-
lant sans gêne devant elle et broyant tous ses
rêves. C'était un homme comme les autres,
voilà tout. Elle le haït presque tout le jour,
lorsque, deux heures après leurs premières

caresses, elle le vit s'effrayer, perdre la tête, en découvrant son drap ensanglanté. Tandis qu'elle pleurait, prise d'une lassitude immense, sans savoir pourquoi, ainsi que la belle fille des légendes armoricaines lamentant sa virginité perdue, le prêtre tournait, rageur, autour de la chambre, craignant déjà que tout fût découvert, car un coin du drap était déchiré, et la vieille servante, toujours soigneuse, avait annoncé que, pour ne pas laisser la fente s'agrandir, elle raccommoderait l'accroc elle-même, avant le lessivage. Elle allait certainement apercevoir la tache et la vieille commère devinerait tout. Il fallut que, pendant la nuit, Anne allât au puits laver la toile. Le prêtre reposa tout habillé, et, par le froid sec, la pauvre fille resta les bras dans l'eau, frottant et savonnant, regardant parfois au clair de la lune si le témoignage de sa faute s'effaçait.

Et les contes des veillées lui revinrent, et elle se rappela que le grand Yves, qui rentrait du service, avait raconté un soir, malgré les chut indignés des vieilles, qu'il avait vu, dans certains pays, les maris conserver pieusement dans un coffre, toute leur vie, la chemise de noces de leur femme. Un grand attendrissement la prit. Quand elle rentra, l'abbé ronflait.

Les jours se passèrent ; peu à peu, elle ne songea plus à ses illusions perdues. Le bon Dieu était un mâle : elle l'aima comme tel, bientôt résignée. Ce n'était point cependant tout à fait encore une nymphomane ; mais sa vie de fille sauvage et maltraitée, élevée au grand air, au bord des grèves, avait prématurément aiguisé tous ses sens. De l'épilepsie alcoolique de sa mère, elle gardait, d'ailleurs, une sensibilité nerveuse, une sensuelle lascivité et une religieuse exaltation qui, exaspérées par la rencontre du prêtre, la prédisposaient à l'hystérie. Celui-ci, en effet, était profondément corrompu, comme tous les hommes ayant vécu solitaires. Ayant perdu toute crainte, et trouvant Anne sous sa main, à toute heure du jour et de la nuit, il réalisa sur elle, lassé de la possession banale, toutes les expériences érotiques que peut concevoir le cerveau d'un de Sade soutané. Ses lubriques fantaisies pervertirent bientôt la jeune fille, la viciant jusqu'à la moelle dans une dépravation dont elle n'avait pas conscience, forcée de taire à toutes ses monstrueux plaisirs, n'ayant plus d'étonnements, et s'imaginant, naïve, que toutes les femmes en pouvoir de mari devaient se prêter à ces raffinements obscènes et à ces perfectionnements voluptueux.

Sa dévotion ne l'avait point quittée pour cela.
Elle était à tous les offices, sentant renaître ses
premières ardeurs, lorsque le vicaire béat, les
yeux mi-clos, consommait le saint sacrifice. A
genoux sur les dalles, elle envoyait à la voûte
une prière ardente, passionnée, ayant, à contempler le grand Christ maigre, la vague espérance d'un bonheur plus complet qu'elle goûte-
rait plus tard. Tous les quinze jours, elle se
confessait à son amant, avouant ses plus secrètes
pensées, sans restrictions, et disant à la fois
ses dégoûts et ses plaisirs. C'est à ce moment
qu'elle prit l'habitude, le matin, de boire un
verre d'eau-de-vie avec la vieille servante,
lorsque, brisée par une nuit d'immonde luxure,
elle descendait dans la cuisine, parlant d'accès
de fièvre, pour expliquer ses yeux battus et
ses traits tirés. La vieille était une Brestoise,
veuve d'un mari naufragé à Terre-Neuve,
« en allant à la morue », et, comme la plupart
des femmes du peuple à Brest, elle avalait tous
les matins un *quart* ou deux d'eau-de-vie,
heureuse de voir la jeune fille trinquer avec
elle et lamper d'un seul coup, en vraie fille de
matelot, son double *boujaron* de « raide ».

Trois mois s'écoulèrent, et, un matin, Anne
s'aperçut qu'elle était enceinte. L'abbé, en
apprenant sa découverte, perdit la tête, puis,

s'emporta, furieux, et la pauvre fille, dans un moment de désespoir indigné, courut se jeter au pied du lit du vieux curé, et lui avoua tout. Le brave homme pleura avec elle et trouva la force de se lever. Il fallait aviser au plus vite le père Kermadiel, dont le retour semblait prochain, étant homme à tuer la fille-mère. Le recteur monta dans une carriole et partit à la ville. Le soir même, le vicaire recevait notification de son changement de cure et, désolé, s'enfuyait en maudissant la Bretonne et l'idylle qui compromettaient son avenir.

La semaine suivante, la jeune fille, accompagnée de son parrain, dont la colère avait secoué les rhumatismes, débarquait à Paris. Claquemurée aussitôt dans une maison froide et silencieuse de la place Saint-Sulpice, entourée de femmes en deuil, jaunes, sèches, qui ne parlaient jamais et ressemblaient à des religieuses, elle ne quitta pas un seul jour la cuisine, pendant sa grossesse, pas même pour aller à l'église. Elle s'alita enfin deux jours et accoucha d'un enfant mort.

Huit jours après, comme elle était remise, la maîtresse de l'établissement la fit habiller et l'emmena. Anne fut conduite à Saint-Sulpice et se confessa à un prêtre qui, à son grand étonnement, la connaissait déjà, et qui, après l'avoir longuement interrogée sur les moindres détails de sa chute,lui imposa une pénitence excessive dont la rigueur, en dévoilant à la malheureuse l'étendue de ses fautes, la fit pleurer à chaudes larmes. On revint à la « Pension ecclésiastique », elle prit ses hardes, et sa compagne toujours silencieuse et maussade l'accompagna au presbytère de l'église Saint-Laurent.

Anne y trouva une vieille compatriote, sa marraine et, tout de suite se sentit consolée à pouvoir parler bas-breton. Le curé de la paroisse était un ami de son parrain. Pris de pitié, au récit de l'infortune de la jeune fille, que celui-ci lui avait racontée, il avait consenti à ce qu'elle vint aider, tous les jours, sa gouvernante. Toutefois, Anne étant trop jeune, ne pouvait pas s'installer dans la maison. Sa « payse » lui loua donc un cabinet chez une amie, maîtresse d'hôtel dévote du voisinage. La jeune fille devait venir au presbytère à neuf heures du matin et s'en aller à deux heures. Sa propriétaire l'emploierait alors, jusqu'au soir, à ravauder les draps et les serviettes de la maison.

Les premiers temps, la pauvre fille se trouva heureuse ; puis, rapidement, elle regretta son village, sa liberté de jadis, la grande mer et la lande sans fin. De Paris, elle ne connaissait

que Saint-Laurent et le morceau du faubourg
Saint-Martin qui passe derrière le chevet du
temple. Un jour, ses regrets s'avivèrent subitement. Un regain de désirs l'avait, tout d'un
coup, envahie. Elle avait surpris dans une
chambre de l'hôtel, par la porte mal close, un
couple se vautrant sur un canapé. Sa dépravation se réveilla, mais elle ne s'en confessa
plus, tout en continuant à pratiquer avec sa
dévotion fervente de Bretonne. A chaque instant, le soir, elle échappait à la surveillance
méfiante de son hôtesse, pour aller rôder dans
les couloirs et guetter les locataires débraillés.
Les garçons de la maison la poursuivirent et,
bientôt, elle roula tous les lits, se prostituant
avec une paisible sérénité, avec une naïve impudeur, et baisant pieusement son scapulaire
avant de quitter sa chemise.

En un mois, elle achalanda l'hôtel, sa
paysannerie faisant la joie de tous les libertins
du faubourg, commis et calicots. Le matin,
quand elle allait rejoindre sa marraine, les passants, que sa coiffe de Bretonne faisait retourner, ne se seraient jamais doutés que cette
honnête servante, à l'air propret et modeste,
avait, durant la nuit, comme la dernière rou-
lure du trottoir, fait la joie de cinq ou six
garnis.

A cette vie, cependant, Anne finit pas perdre toute naïveté et, un jour, elle considéra la profondeur de sa chute. D'abord, elle eut peur, désespérée d'être tombée si bas et de se sentir aussi vile, sans avoir rien fait pour finir ainsi. Même, elle fut malade et pensa mourir. Des crises étranges la saisirent, et il lui sembla avoir hérité du mal maternel; mais, une fois à peu près guérie, elle se laissa aller de nouveau, impuissante à résister à l'appel de ses sens et à l'habitude prise, renonçant à lutter, mais, réglant et cachant son dévergondage réfléchi, après l'avoir imprudemment étalé, lorsqu'elle n'avait pas conscience de l'impudeur de ses dérèglements. Elle n'eut plus qu'un seul amant à la fois.

C'est alors qu'elle rencontra Duclos, le gazier. Tout de suite, l'homme lui plut. Lui l'aima, après l'avoir seulement désirée, touché de ce que, dans un moment d'attendrissement, un soir, elle lui avait avoué « avoir fauté » dans son pays. Et bravement il l'épousa, s'imaginant une de ces chutes d'une heure si communes parmi les filles des champs et que les gars réparent, souvent, devant l'écharpe du maire, mais qui, dans le cas de la Bretonne, était restée inexpiée à cause de la position du séducteur. En véritable ouvrier parisien, il s'emporta, à ce propos, contre les cafards d'église, et, bientôt, bon enfant et amoureux avant tout, n'y pensa plus, heureux de posséder cette belle et vigoureuse campagnarde.

Ils s'installèrent au quai de Jemmapes, dans un petit nid propre et coquet. Le gazier gagnait de bonnes journées, et Anne apportait aussi quelque argent au logis en continuant à travailler chez sa marraine et à blanchir le presbytère. Le ménage aurait pu être heureux, et l'aurait été sans doute, s'ils avaient eu tout de suite un enfant.

La lune de miel dura un an, puis, pendant une absence du gazier appelé par son travail pour un mois à Compiègne, Anne s'abandonna à un ancien locataire de l'hôtel amené par le hasard dans la maison. Ses instincts dépravés qui, depuis quelques mois, renaissaient dans la lassitude des caresses plus froides et moins fréquentes de son mari épuisé, reprirent encore le dessus, et les convulsions hystériformes par lesquelles son organisme passa, tant qu'elle voulut résister, la laissèrent détraquée et sans forces. Elle fut à qui voulut la prendre, et Duclos, en apprenant son malheur, ne sut lequel des amants de sa femme il tuerait.

Rémy, son vieux camarade, sauva la vie à la Bretonne, mais le gazier désespéré se mit à

boire, ne revenant à elle que lorsqu'il était gris.
La misère entra du coup dans la maison. Anne
cependant, au bout de trois ans, devint grosse.
L'enfant, conçu un soir d'ivresse, vint au
monde maladif, mais Duclos, voyant que le petit
lui ressemblait, se mit à l'adorer, et, de ce
jour-là, cessa de boire, pour que le cher gosse
ne manquât de rien.

Les années s'écoulèrent sans amener de
changement à la situation, la mère continuant
sa vie de désordres, haïssant Paris, menaçant
toujours de retourner en Bretagne, mais ne partant jamais et se faisant de plus en plus dévote.

Un jour, elle retomba malade et, au bout
d'un mois se releva enlaidie, vieille avant l'âge.
La débauche lui fut, dès lors, à peu près in-
terdite, et elle but, avalant d'incessants *bou-
jarons* d'eau-de-vie pour étourdir les regrets
de sa vie gâchée et la nostalgie furieuse de la
côte qui la minait sourdement.

III

DEPUIS la veille, on avait rapporté le corps du gazier à son domicile. Comment l'avait-on retrouvé ? Un hasard. La mère Duclos disait : un miracle.

Ç'avait été par tout le quartier un grand émoi, et, une heure avant l'enterrement, la longue cour de la cité ouvrière était pleine de groupes qui s'entretenaient du « malheur ». Les rassemblements commençaient sous la voûte de la porte cochère, à la fenêtre du concierge, se continuant jusqu'à l'étroite allée du logement de la victime, et, dans cette foule curieuse ou émue, les commentaires allaient leur train. Çà et là, on discutait.

— Il n'avait que quarante ans, je vous dis !
clamait une voisine.

On retournait jusqu'à la porte et, lentement,
on déchiffrait, en épelant, la lettre de faire part
qui trouait de sa blancheur, rehaussée par les
encadrements noirs, la poussière verdâtre des
carreaux de la loge.

— Si jeune! faisaient les femmes en essuyant
cette larme furtive que, dans les phalanstères
du Paris misérable, le pauvre trouve toujours
pour le malheur d'un des siens.

Ou bien, c'étaient des détails lugubrement
horribles que les commères se communiquaient
à l'oreille :

— Il n'était que temps qu'on le repêchât.
Les rats avaient commencé à lui dévorer la
figure !...

Une autre reprenait :

— Vous savez, il n'est que temps aussi qu'on
l'enterre !...

Les femmes frissonnaient, se recroque-
villant sous leurs châles, mais bientôt, elles
se rapprochaient du logis mortuaire, avec cette
atroce curiosité du faible pour ce qui lui fait
peur.

A la porte de l'humble logement, installée
sur le palier, la veuve recevait les voisines. Il
était dix heures du matin, mais elle était déjà

allumée et son œil gris, luisant d'ivresse, dévisageait tout le monde au tournant de l'escalier, . Elle semblait guetter quelqu'un, — Rémy, évidemment, impatiente et craignant à la fois de le voir arriver.

— Un homme celui-là, pensait-elle. Tout de même, il l'avait arrangée proprement : son œil poché en portait les marques. Mais quoi ? c'était un mâle après tout, un vrai. Elle l'aimait, à présent, furieuse, comme une bête. Pourquoi l'avait-il battue ?...

L'ignoble femelle, à ce souvenir, avait comme un sourire d'orgueil. La femme réapparaissait en elle : il ne l'avait battue qu'après !... Après !... Ah ! si elle l'avait connu plus tôt, alors qu'elle était encore jeune et belle !

Et prise de regrets, l'œil humide, en proie à l'émotion facile de l'ivrogne, elle lâchait ses visiteuses et courait se regarder dans le miroir, à l'encoignure de l'alcôve. Pour mieux se voir, elle s'appuyait sur le lit où, rigide, le cadavre reposait enveloppé déjà de son linceul, et le poids de la misérable faisait se dessiner sous le drap blanc les formes anguleuses du corps.

Vieille ! elle était vieille ! pourtant son sang bouillait, comme réchauffé par l'approche hâtive de cet âge critique dont elle avait eu tant peur !

— Elle était vieille ! Et pour cela Rémy l'avait
frappée et repoussée avec dégoût ! C'était donc
fini ? les hommes ne voudraient plus d'elle ?

Une colère lui venait qui se fondait en
larmes, lorsque ses yeux rencontraient le
crucifix immobile sur la poitrine du mort...

Certainement, les apprentis du teinturier
avaient dû la débiner pour que Rémy l'eût
traitée de la sorte. Ils avaient raconté qu'elle
tombait du « haut-mal », pendant ses crises
d'amour, qu'elle attirait les jeunes gens dans
sa cuisine, et que, dans ses accès, elle les égra-
tignait : des inventions de Parisiens, tout cela !
Elle ne se souvenait pas d'abord ; elle était
comme toutes les femmes, un peu chatouilleuse
peut-être, aimante à coup sûr. On ne l'avait
jamais comprise...

Là-dessus, mais ronchonnant plus bas, comme
par un reste de pudeur, elle se remémorait son
mariage, sa vie entière. Est-ce que c'était sa
faute, après tout ? Ce n'était pas un homme, ce
Duclos ! Elle l'avait aimé pourtant : il était
gentil, le gringalet ; mais voilà, il la voulait pour
lui tout seul, et s'était fâché. Ils auraient pu être
si heureux !... Puis, c'était l'enfant qui était
venu, le petit Charlot. Cette couche l'avait mise
à bas. Elle n'avait que trente-cinq ans et elle
grisonnait déjà, toute ridée. Tout de même,

elle l'aurait adoré, le pauvre p'tit gars. Dame!
il n'avait point demandé à venir, ce cabillaud!
Pourquoi que son père l'avait accaparé? Une
femme est jalouse même de son *fruit*, et, depuis
qu'il avait un gosse, Duclos l'abandonnait, elle,
tout à fait, sans plus jamais un mot, sans plus
jamais une caresse...

Avec çà, elle l'enviait son diable d'homme :
au moins il avait fini de souffrir!

Elle soulevait alors le drap qui couvrait le
gazier, et le regardait, s'abîmant dans une
contemplation vague. Son ivresse hébétée lui
enlevait toute horreur de cette face pâle, aux
yeux convulsés dans les inexprimables angoisses d'une douloureuse agonie, et qui, malgré
les lavages à l'eau tiède, portait encore, sur
les tempes, à la naissance des cheveux mal
séchés, les souillures de son séjour dans la boue
grasse de l'égout.

Elle pleurait, toute secouée de sanglots, la
tête perdue, s'imaginant mal cette séparation
pour toujours qui allait se faire. Son cerveau
se débattait comme dans un brouillard, et elle
ne savait plus si sa douleur lui venait de la
mort de son mari ou des insultes de son amant.

Et toujours, la Bretonne sentait son désespoir grandir, à revoir dans la glace son visage
ravagé, ses traits tirés, ses yeux rouges et son

corsage aplati dont le bas se perdait avant la bordure dédorée du cadre, comme noyé par les pâles reflets du linceul qui dessinait sous ses plis roides, atrocement immobiles, la tête et la poitrine du cadavre.

Fini, c'était fini! tout! et, s'arrachant au lit funèbre, elle tordait ses cheveux gris, coupant ses cris de hoquets, horrible et belle, tragiquement ridicule, navrante à faire taire le dégoût.

— Allons, mère Duclos! du courage... Faut se faire une raison, pardi!

Les voisines entraient, la prenaient sous le bras, et l'une d'elles lui versait un petit verre de vulnéraire ou d'arquebuse, tandis que les autres aspergeaient le mort d'eau bénite, avec de longs signes de croix malhabiles.

Tout à coup, des cris partirent de la cour et firent retourner les visiteuses. La veuve elle-même s'approcha de la croisée pour voir. C'étaient les croque-morts qui apportaient la bière. Devant eux, le père Rosier, le vieux concierge, écartait la marmaille en la menaçant de coups de fouet. Il avait levé le coude depuis le matin et sa manie de savetier habitué des réunions publiques, qui le poussait à prononcer des speechs tous les jours, se réveillait. Il faisait des phrases, cherchant des mots qui pussent en imposer à la blague des gamins.

— Voyons ! voyons ! pas tant d'agglo...mération ! bramait-il en faisant claquer son fouet.

Oubliant l'enterrement, on riait, mais la mère Duclos n'entendait plus rien : elle regardait cette caisse en bois blanc qu'on portait chez elle, et, le cognac aidant, un grand frisson la secouait, l'apeurant d'une instinctive répulsion.

— J'ai les jambes comme du coton !... balbutia-t-elle.

Une voisine l'emmena.

Elle était maintenant plus tranquille ; les coups de marteau clouant le couvercle de la bière avaient cessé, et elle attendait, somnolente, qu'on vînt la prévenir pour suivre le corbillard. Près d'elle, Charlot, les yeux rouges encore, se tenait coi sur une chaise, ne pensant plus, en considérant la robe noire de sa mère, à aligner sur la table ses petits soldats de carton. Il songeait, et son regard précoce avait, par instants, l'au-delà des enfants qui veulent comprendre un mystère. Son papa était mort ; il avait pleuré à le voir tout blanc, ne bougeant plus sur son grand lit ; mais qu'est-ce qu'on allait en faire à cette heure ? le porter comme les

autres, là-bas, dans [le grand trou, à Saint-
Ouen ?... Et après ?

Ce « et après » lui revenait toujours dans
une incessante et triste interrogation, comme
si le gamin, se refusant à la réalité poignante,
eût mendié une réponse qui lui rendît l'espoir
dont, depuis deux jours, on l'avait déshabitué
avec une rudoyante pitié. Il s'agitait sur sa
chaise, son petit cœur se crevant à voir sa
mère en pleurs. On parlait bas autour de lui,
et, pris d'impatience dans cette immobilité silencieuse dont il n'avait point l'habitude, il
descendit dans la cour, fermant les yeux et gre-
lottant de peur pour passer devant la porte du
logement paternel, où maintenant trônait pour
lui cette chose effrayante, ce mystérieux inconnu : la mort.

Personne ne fit attention à l'enfant, pas même
ses camarades. Seul, le père Rosier l'invectiva,
— par habitude.

Tout le monde à présent levait la tête vers le
deuxième étage. Les ouvriers avaient déserté
leur séchoir et, au premier rang de la foule, regardaient les fenêtres de Duclos. Quelques-
uns faisaient de grands gestes, tous parlaient
à la fois, les derniers venus s'enquérant de ce
qu'on attendait là, le nez en l'air, et surpris du
retard apporté à l'enterrement. De l'étroite al-

lée des Duclos, des bordées de jurons sortaient
à tout instant, avec un martèlement de talons
ferrés sur les marches et un bruit de chocs
lourds contre les barreaux de la rampe.

Le concierge ne cessait d'entrer et de sortir,
tenant les curieux à distance de la porte, criant
et tempêtant comme un homme aux cent coups.
Parfois, d'un geste de colère, il faisait le simulacre de s'arracher les cheveux, n'empoignant
que sa vieille casquette râpée qu'il pétrissait
d'un air tragique, en discourant toujours. Ces
nom-de-Dieu là ! mais ils allaient lui démolir son
escalier ! Il ne passerait jamais, leur sacré diable
de cercueil ! Avait-on idée aussi d'être grand
comme ça ! C'était pas un homme, ce Duclos :
c'était un gendarme ! Et d'un lourd ! elle avait
au moins un mètre quatre-vingt-dix, sa redingote sans manches !...

Et il s'engouffrait, furieux, dans l'étroite allée. De la cour, on l'entendait empoigner les
employés des pompes funèbres :

— Assez que je vous dis, les croque-morts !
Assez !... Vous allez me défoncer le palier... Y
ne passera pas ! Vous n'allez pas me démolir
mon immeuble avec votre cadavre ?... Mais
c'est qu'ils ne finiront pas, ces salopiauds-là ! Y
vont me faire attraper par le propriétaire !.
Oh ! là !...

Il redescendait, égosillé, n'en pouvant plus, pleurant de rage. Les locataires, oubliant le mort, s'amusaient tout leur soûl, et, des quatre coins de la cité, les quolibets pleuvaient sur le concierge, avec une longue traînée de rires.

Charlot, assis dans un coin, écoutait, pâle et les dents serrées. Une indignation confuse le faisait trembler. Il aurait voulu être grand, être fort, pour assommer le pipelet qui insultait le corps de son papa et pour imposer silence à ces sans-cœur qui riaient, à ces teinturiers, venus là comme au spectacle, heureux de voler un moment au patron, et qui se dandinaient, indifférents, les poings sur la hanche, montrant leurs bras nus teints en violet ou en vermillon, et remuant sur les pavés leurs gros sabots multicolores.

Cependant, le père Rosier, exaspéré, achevait de mettre en loques sa casquette, lorsque deux hommes entrèrent dans la cour. Il poussa à leur vue un grognement de joie, courut à eux, les salua servilement, et, sans les laisser parler, cachant mal son impatience sous une obséquieuse politesse, il les conduisit jusqu'à l'entrée de l'allée. Les lazzis s'étaient tus ; les spectateurs, reconnaissant le régisseur de la cité et l'architecte, écoutaient silencieusement les verbeuses explications que donnait le concierge. Quand il eut fini ses plaintes, les deux hommes pénétrèrent dans la maison. Sur le seuil, dans une pose triomphale, le cerbère empêchait qu'on les suivît :

— Quand je vous le disais ! Hein ? Nous allons bien voir ! criait-il en se frottant les mains.

Bientôt, le régisseur et son compagnon reparurent et l'envoyèrent chercher des cordes : le cercueil ne pouvait décidément pas sortir par le palier et l'escalier trop étroits ; on allait le descendre par la fenêtre.

La nouvelle se répandit dans la foule, qui aussitôt grossit. De toutes parts, des têtes apparurent aux croisées et ce fut le long de la cour une grande rumeur. Quelques femmes s'indignaient, mais la plupart des assistants, sans se l'avouer, sentaient leur vieille badauderie parisienne s'émouvoir, impatients et curieux de jouir de ce spectacle imprévu et gratuit. Les apprentis se disputaient déjà les meilleures places pour ne rien perdre de la funèbre opération, et, juchés sur les châssis du teinturier, tambourinaient des pieds et des mains l'air des *Lampions*, comme au poulailler de l'Ambigu. Aux fenêtres, les voisines, dans les logements qui faisaient face à celui des Duclos,

se pressaient avides, s'encaquant sur la balustrade pour faire place à des invitées de
leurs amies. Seul et assis au bord du trottoir,
Charlot pleurait, pris de l'envie folle de
s'enfuir et, malgré lui, restant aussi, voulant
voir.

De longues minutes s'écoulèrent en préparatifs. Les cordes étaient ou trop courtes ou trop
minces, et le père Rosier ne cessait de courir,
affairé. Puis, ce fut le rebord aigu de l'entable-
ment de la croisée qu'on dut garnir pour que
les câbles ne s'y limassent pas trop par le frottement. Enfin, ce furent les amarres d'attache
qu'il fallut solidement fixer.

L'impatience grandissait dans le public.
Seuls, au-dessous du logement de la veuve, les
intimes gardaient, soit en souvenir de leur
liaison avec le défunt, soit dans la gêne de leurs
vêtements de deuil, le décorum grave qui sied à
des gens venus pour assister à une cérémonie
funèbre. Les autres spectateurs, plus à l'aise,
n'avaient pas la même attitude digne ; les
gamins surtout. A chaque fois que de l'intérieur de la chambre mortuaire, un des croque-
morts surgissait, se penchant à la croisée pour
arranger les cordes, un hurrah saluait son
chapeau pisseux, sa redingote râpée et la plaque
professionnelle qui, sur sa poitrine, accrochait

les rayons de soleil·dans son éblouissant ovale
en tôle.

Soudain, un frémissement courut dans la
foule, et le silence se fit aussitôt.

— Le voilà...

Le cercueil apparaissait maintenant, appuyé
sur la barre d'appui, le haut reposant encore
sur le parquet de la chambre ; presque debout
et nu. Dans l'aveuglante lumière, le bois blan -
chissait et les veines pâles du sapin le marbraient de filets roses. Lentement, les deux
ouvriers l'entouraient de cordes, le retournant
pour le ficeler, comme font les layetiers d'une
caisse, s'assurant en tirant chacun à soi que
l'amarre ne glisserait pas sur les planches
polies et que les nœuds ne céderaient point
sous le poids. Alors, se penchant vers la cour,
ils crièrent gare, invitant posément du geste
les spectateurs à s'écarter, puis, d'un vigoureux
effort, ils soulevèrent la bière, et la mirent en
équilibre sur la balustrade. Derrière eux, des
voisins s'arc-boutaient retenant les câbles.

— Attention à le filer en douceur ! leur dit
un des employés en se retournant... Allez !·
hop ! allez-y...

Les hommes lâchèrent un peu de corde,
tranquillement, sans secousses, comme des
matelots descendant une embarcation de ses

palans. Le cercueil bascula, suspendu en l'air, oscilla, tournant à demi, et, d'un de ses angles, érafla la muraille. Une pluie de plâtre tomba.

— Empoignez la ficelle maintenant! cria le croque-mort.

Le père Rosier se précipita, heureux de participer à cette opération dont l'étrangeté l'amusait. Campé sur ses jambes maigres, dans une pose d'athlète, le nez en l'air, il saisit la corde attachée à la bière. Il n'y avait pas danger avec lui qu'elle dégradât encore, en ballottant, les murs de son immeuble!

Et la descente commença, très lente. Le funèbre colis se balançait avec des secousses régulières, penchant de côté et d'autre, très loin de la maison parfois, tant le portier tirait fort.

La foule était muette. Prises d'angoisse, quelques femmes haletaient, tremblant de voir les amarres se rompre. Une vieille, les yeux écarquillés, se signait continuellement d'un geste machinal. On n'entendait, dans le grand calme de la cour, que l'asthmatique respiration d'une machine dont le tuyau d'échappement, sur le toit des Duclos, crachait à petits coups sa vapeur.

Le cercueil cependant n'était plus qu'à quelques mètres du sol, quand le concierge inter-

pella les employés des pompes funèbres. Ça
n'allait pas à son gré ; on aurait dû s'y prendre
d'autre sorte. Et renforçant comme d'habitude
son discours d'une mimique expressive, il
voulut roidir encore la corde qu'il avait à la
main pour montrer comment on aurait dû
opérer. Sous sa traction, la bière vacilla et, dans
un brusque sursaut, se renversant, plongea une
minute la tête en bas.

Un « ha! » d'indignation et de terreur courut
dans la foule. Le père Rosier se méprit d'abord
à ce cri, puis, s'apercevant du changement de
position de la bière, il imputa sa propre maladresse aux croque-morts :

— Attention là-haut, vous autres ! Vous
aller donner un coup de sang au camarade en
le tenant les pieds en l'air !

Un nouveau murmure courut parmi les spectateurs, menaçant cette fois. Les plus gouailleurs
d'entre les apprentis étaient le plus indignés,
blessés dans ce respect inné et profond qu'à
Paris le peuple professe pour ses morts.
Charlot s'était avancé, pâle à faire peur, et
comme grandi par la colère. Il saisit le portier
par la manche et, bégayant, hors de lui, refoulant des larmes de rage :

— Vieille crapule !

Rosier n'osa pas répondre. Les paroles de

l'enfant avaient trouvé un écho. Energique, une clameur de réprobation s'élevait. Avec un juron étouffé, il repoussa le gamin, tirant encore machinalement sur sa corde, sans savoir ce qu'il faisait. En haut, on s'était arrêté de filer le câbleau pour entendre. Le cercueil, ramené pour un instant à l'immobilité eut, sous cette nouvelle et brusque secousse, un plus violent écart. Alors, l'horreur, tout d'un coup, ramena le silence. Comme si les planches s'étaient soudain disjointes, la bière laissait échapper des nuages de sciure de bois. A chacune de ses oscillations décroissantes, de grosses gouttes de liquide s'échappaient d'un angle de la boîte, et leur lourde pluie, avec d'atroces émanations, gâchait dans la poussière et la sciure, sur le pavé de la cour, un purulent mortier.

Rosier poussa un cri, un seul, un hurlement plutôt. Il avait reçu directement sur le visage les premières gouttes, en même temps que la sciure de bois, lui emplissant les yeux, l'aveuglait. Hagard, chancelant, mais cloué sur place par une angoisse inouïe et un inexprimable dégoût, il n'eut qu'un geste, lançant la corde loin de lui. Le cercueil bascula encore, reprit son horizontalité et l'épouvantable écoulement cessa immédiatement. Mais, pour revenir à la perpendiculaire, le sinistre fardeau dut décrire

deux ou trois embardées, heurtant les murs,
rejeté en arrière par la violence des chocs et, à
chaque heurt, crevant, avec un grand fracas de
vitres, une des fenêtres du premier.

A bout de forces, Charlot s'était laissé tomber
défaillant et se sentant pris d'une crise nerveuse
qui le secouait en lui tordant les membres.
Dans une fatale hérédité, la folie épileptique
dont était morte sa grand'mère semblait alors
envahir son cerveau, tout d'un coup, comme si,
latente jusque-là, elle éclatait en furieuse tem-
pête, à cette heure, provoquée par les cruelles
émotions sous lesquelles l'enfant succombait
depuis deux jours, et qui, maintenant, débor-
daient.

Autour de lui, les femmes s'empressaient,
compatissantes. On lui jetait de l'eau au visage,
on tapotait le creux de ses mains, on lui faisait
respirer du vinaigre. Il rouvrit les yeux et la
crise enrayée se fondit dans une explosion de
sanglots.

A quelques pas, un autre groupe, impitoyable
celui-là, railleur même, entourait le portier. La
mère Rosier, prévenue, arriva enfin et, en un
clin d'œil, tout en l'accablant d'injures, débar-
bouilla le misérable dont les jambes flageolaient
et qui bégayait, livide encore d'horreur.

Cependant, les croque-morts continuaient

leur besogne. Un voisin avait remplacé le concierge, et, sans nouvel accident, doucement, le cercueil avait été descendu. Il reposait à présent sur le corbillard, et Rémy qui, depuis un moment, attendait sur le trottoir devant la porte, n'osant entrer, arrangeait les plis du drap et les couronnes d'immortelles apportées par l'équipe.

Peu à peu, après plusieurs allées et venues de l'officier-pleureur qui courait du char au logement de Duclos, le convoi se forma. Au bout de cinq minutes, il se mettait en marche, remontant le quai, lentement, à cause de la pente.

Immédiatement derrière le corbillard, la veuve conduisait le deuil, ayant à son côté un parent éloigné de son mari et tenant Charlot par la main.

Rémy et les autres ouvriers venaient de suite après, et la Bretonne, à sentir le contre-maître sur ses talons, oubliait tout, l'œil soudain sec, et relevait la tête, se dandinant dans ses vêtements de deuil et jouant de la croupe, prise du désir fou d'être aimée encore par cet homme.

Tout le long du chemin, puis au cimetière pendant la dernière cérémonie, elle n'eut pas d'autre pensée. Le regard atone, elle vit des-

cendre le cercueil dans la fosse sans sortir de
son impassibilité, et le bruit des pelletées de
terre martelant de roulements sourds les
planches du cercueil ne la reveilla pas, ne lui
rappelant que sa lutte avec Rémy dans l'ombre, l'autre nuit, lorsque le poing du mâle
s'abattait sur elle, faisant sonner sa chair nue.

Quand ce fut fini, quand, au sortir du funèbre
enclos, on se sépara, il fallut qu'une des
voisines venues jusque là lui prit le bras pour
l'emmener. Elle mourait d'envie de suivre les
hommes, les camarades de son mari, afin de se
retrouver avec Rémy; mais ils la saluaient à la
grille, gauchement, avec une brève et banale
consolation, et couraient chez un marchand de
vin en face, où, suivant l'habitude populaire,
ils se faisaient servir du pain et du fromage,
buvant de nombreux litres, tout en parlant du
défunt, chacun voulait l'avoir mieux connu que
les autres, ou racontant à sa façon comment il
avait péri.

Quand Rémy passa devant elle, le dernier,
elle lui tendit la main, les yeux baissés, mais
lui coulant un regard tendre à travers ses cils
et ne pouvant se décider à lâcher le compagnon. Une joie lui venait à entendre le contre-
maître balbutier, pris d'embarras. Il semblait
à la veuve qu'il avait rougi, et, incapable de

comprendre la honte qui faisait trembler la
voix de l'ouvrier, elle ne songeait plus qu'à se
préparer les moyens de le revoir.

— Monsieur Rémy, dit-elle, vous devriez
bien garder Charlot avec vous. Il ne cesse pas
de pleurer, le pauvre, et ça va être pis à la
maison. Consolez-le un peu... Il faut le distraire, moi je ne pourrai pas, vous com-
prenez ?

Et elle eut un sanglot hypocrite, en feignant
de s'essuyer les yeux.

— Voulez-vous ? dites ?... Vous me le ramè-
nerez en rentrant...

Rémy hésita une seconde, mais l'enfant saisit
sa grosse main, heureux de se retrouver avec
son vieil ami, et le brave homme finit par consentir.

Tout de suite, il s'éloigna avec le gamin, sans
se retourner, devinant que la veuve le suivait
du regard. Il sentait revenir sa colère. Avant
d'entrer chez le marchand de vin, il souleva
de terre le gamin et, furieusement, l'embrassa
sans mot dire, se soulageant avec cette grosse
caresse. Puis, quand il fut installé avec
l'équipe, au milieu des ouvriers qui adoraient
le petit, il continua à le dorloter. Charlot,
presque consolé dans cette atmosphère de tendresse, se serrait contre lui, souriant déjà,

tandis qu'une dernière larme tombait sur son assiette.

On bourra le gosse de biscuits; mais le contre-maître empêcha qu'on lui fît boire du vin pur et qu'on reparlât de la mort de Duclos, et tout le jour il eût pour le petit les prévenances affectueuses d'un père. Le soir, quand on rentra à Paris, il ne voulut pas aller jusqu'à la maison de Charlot ; il avait peur de se retrouver en face de la mère. Au coin du quai, il quitta l'orphelin, après l'avoir embrassé plusieurs fois, et partit le cœur gros, non sans l'avoir suivi des yeux jusqu'à la porte.

Quand la veuve vit l'enfant rentrer seul, elle éclata comme une furie et le roua de coups.

— Demain, je te mettrai chez les frères ! cria-t-elle, furieuse de ce qu'il n'eût pas forcé Rémy d'entrer.

Et, pour noyer son désespoir, elle acheva de vider le litre de cognac entamé le matin par les croque-morts; ensuite, elle eut une dispute ignoble avec les concierges. Deux heures durant, tous trois s'invectivèrent, les insultes ordurières remplissant l'escalier et réveillant les étages.

Charlot s'était couché, navré d'entendre encore reprocher à sa mère, avec des mots atroces, des choses hideuses qu'il ne comprenait pas, mais dont il devinait l'horreur. Quand elle revint, il feignit de dormir pour éviter d'être de nouveau battu.

Jusqu'à minuit, la veuve fit du tapage, ne s'arrêtant de crier et de bouleverser son misérable mobilier que pour boire à même la bouteille. Puis, elle se déshabilla, et, en chemise, descendit appeler le gardien de nuit de la teinturerie qui veillait au rez-de-chaussée, près de la machine. L'homme monta, hésitant à céder aux provocations de la mégère, dans cette chambre qui sentait encore le mort, et n'acceptant que de boire une goutte avec elle.

Alors, prise d'une bestiale et lubrique folie, elle enleva son dernier vêtement, inventant d'érotiques caresses pour éveiller les sens de son amant. Hors de lui, le chauffeur s'abandonna enfin, et tous deux, jusqu'à l'aube, se vautrèrent, perdus dans une obscénité crapuleuse.

Charlot, retenant son souffle, regardait, avec un effarement inouï, sa mère se prostituer, tremblant lorsque, pâmée sous les caresses de l'homme, elle se tordait dans une sorte de crise hystérique, convulsée, roidie, hurlante, martelant le bois du lit avec sa tête à coups précipités et ne revenant à elle, ayant

encore de l'écume aux lèvres, que sous la
meurtrissure de brutalités innommables.

Lassé, l'enfant s'endormit enfin ; mais son
court sommeil fut plein de hideux cauchemars.
Son père rentrait tel qu'on l'avait enveloppé
dans son linceul. Oh ! comme il était heureux,
le gamin, de se jeter dans les bras de son papa!
Tout à coup, comme il allait l'embrasser, il se
reculait, glacé d'horreur, lui voyant un visage
verdi que trouaient deux yeux glauques, et
sentant de sa barbe mouillée suinter cette pu-
rulence épouvantable dont le matin il avait vu
quelques gouttes tomber des fentes du cercueil.
Puis, tandis qu'il voulait crier, la gorge sèche
et une sueur froide sur le front, la vision maudite disparaissait. C'était Rémy, le cimetière,
le père Rosier et les ouvriers de l'équipe, la
salle du marchand de vin, qu'il revoyait confusément. Et toujours, toujours, dans ces tableaux
mobiles, sa mère repassait. Il la retrouvait
partout, et toute nue, secouée par le rire, tor-
due dans une attitude étrange. En face d'elle,
le chauffeur, également déshabillé, faisant des
gestes impossibles.

Et l'enfant dans ce cauchemar, s'efforçait de
comprendre le hideux inconnu, comme il l'a-
vait fait avant de s'endormir.

La fièvre brûlait son sang ; il frissonnait et

ses mains s'agitaient, machinales. Il rêvait
maintenant qu'il imitait le chauffeur. Il haletait
de fatigue ; un sifflement sortait d'entre ses
lèvres serrées et sèches. Soudain, son souffle
s'accéléra ; il soupirait. Dans sa tête, quelque
chose vibrait, et rigide, immobile, épuisé, il
sentit naître en lui, profondément, une sensation nouvelle et mystérieuse, d'une infinie
douceur.

IV

L
A veuve Duclos avait tenu parole. Aussi
bien, il l'embêtait, maintenant, ce gamin, toujours pendu à ses jupes, pâle, silencieux, mais dont le regard noir la mettait à
l'inquisition, à certaines heures. Il n'était plus
le même depuis la mort de son père, ne quittant pas la maison, immobile sur sa chaise,
perdu dans de longues songeries. Avec cela, il
dépérissait, s'anémiant davantage chaque jour,
les traits tirés, les lèvres blanches et un grand
cercle de bistre autour des yeux.

Justement, elle avait trouvé pour elle, grâce
au curé de Saint-Laurent, une place excellente,
comme cuisinière dans un orphelinat catholique

qu'on venait de créer à Passy. Elle devait y
entrer le premier mai; elle s'occupa immédiatement de se débarrasser de l'enfant.

Ce ne fut pas chose facile. L'école Saint-Barnabé, cette ruche immense que les frères ignorantins avaient récemment fondée hors de
Paris, était à ce moment le foyer d'une épidémie de variole, dont l'intensité avait nécessité
le licenciement des maîtres et des pensionnaires. Anne s'exaspérait, se voyant déjà con-
trainte de garder son fils, mais la bienveillante
intervention du clergé de Saint-Laurent lui vint
derechef en aide, et Charlot, contre l'usage,
fut accepté comme interne par les frères de la
rue des Récollets jusqu'à la réouverture de
l'école même. Il serait seul à manger et à
coucher dans l'établissement, mais cet internat
devait être court, l'épidémie paraissant décroître.

Donc, un matin, la veuve habilla le petit,
fit un paquet de ses nippes d'enfant et le conduisit à ses nouveaux maîtres.

Le gamin semblait indifférent, comme instinctivement persuadé que, pour lui, aucune existence ne serait plus misérable que celle qu'il
menait quai de Jemmapes, chez sa maman. Sa
petite figure blême avait une expression souf-
freteuse, mais résignée, comme si le crêpe de

sa casquette et le deuil de ses vêtements avaient déteint sur tout son être. S'il avait pu parler sans crainte de nouveaux coups, il se serait plaint seulement de ce qu'on ne le menât pas assez loin. La rue des Récollets n'était qu'à deux pas du quai de Jemmapes ; le canal franchi, on y était. Il reverrait là ses camarades, ses ennemis. On lui parlerait encore des soulographies de sa mère et, sous les insultes répétées, il lui faudrait encore, et toujours, se battre. Combien il aurait mieux aimé aller de suite à Saint-Barnabé ! C'est loin, d'abord, très loin, au delà des Vanves ; il n'y aurait été connu de personne. Et, pour se consoler, il se répétait, tout en marchant, que dans quelques mois, quelques semaines peut-être, on l'y enverrait. Il se voyait déjà avec l'uniforme de la maison, la blouse grise, le ceinturon verni et le képi à lisérés d'or, marchant au milieu de sa division, les jours de promenade, sous la direction de frères tout noirs, mais rieurs et bons enfants.

Même, il précisait sa rêverie, vivant une vie nouvelle, tout en suivant machinalement sa mère. Il était avec ses nouveaux condisciples, un jeudi, et il passait là sur le quai, devant son ancien logis, au retour d'une excursion dans les champs. Ses camarades de jadis

accouraient sur le seuil de leur porte, et lui,
tout fier, il les dévisageait au passage, heureux de leurs regards d'envie.

Allons ! as-tu fini d'admirer le bout de tes
souliers? s'écria sa mère, en lui secouant le
bras.

Il redressa la tête, comme éveillé en sursaut.
Ils étaient arrivés devant l'école, et la veuve
tirait la sonnette.

Uu grand froid maintenant secouait Charlot
à voir les bâtiments sombres. Apeuré, il se
retourna. De l'autre côté de la chaussée était
l'hôpital Saint-Martin, et il se prit à regarder
consciencieusement les grands murs sévères
que dépassaient les têtes des marronniers,
comme s'il avait voulu, avant de quitter
la rue, faire provision d'impressions et graver
dans sa tête la physionomie des choses. Longuement, il contempla une voiture d'ambulance
arrêtée devant l'hôpital. L'œil agrandi, il
détaillait les costumes des conducteurs du train
juchés sur leurs mulets. Il s'intéressait à voir
un dragon, pâle, la tête enveloppée de linges,
descendre de la voiture, tandis que le briga-
dier d'escorte mettait pied à terre et, le bras
passé dans la bride de son cheval, tendait le
billet d'admission au portier-consigne, un gros
vieux décoré qui fumait devant la porte entr'ou-

verte. Le dragon pénétra dans l'hôpital, et avant que le concierge eût refermé, Charlot découvrit un grand jardin ; mais sa mère le tirait par la manche, il fallait entrer à l'école. Il obéit et, docilement, la suivit, poursuivi jusqu'au bout du couloir par le roulement de la voiture d'ambulance qui repartait vers le faubourg avec un tintamarre de ferrailles et un cliquetis de sabres.

L'enfant était attendu. La veuve le présenta au frère Hilarion, le directeur, un gros homme qui hocha deux ou trois fois la tête, pinça le menton de son nouvel élève, et s'inclina chaque fois que la dévote, soudain mielleuse et toute confite, prononça le nom du curé de Saint-Laurent.

— Soyez tranquille madame, nous aurons soin du jeune homme et nous le préparerons à sa première communion, de façon à lui faire regagner le temps qu'il a perdu.

Et il accompagna la mère Duclos jusqu'à la porte, après qu'elle eut couvert Charlot de larmes et de baisers qu'elle prodiguait, non par hypocrisie et mue par la présence du frère, mais parce qu'à frôler une soutane, elle se sentait envahie d'une tendresse vague, dont l'énervement pleurard était pour son organisme détraqué comme une sensuelle jouis-

sance, plus raffinée, plus rare et qui la rajeu-
nissait.

L'enfant recevait ses caresses froidement,
sans mot dire, un pli amèrement boudeur pin-
çant sa bouche et vieillissant sa physionomie
gamine dans une expression revêche qu'amollissait seul son regard clair, un regard d'homme,
pensif et doux. Il n'eut un tressaillement qu'en
entendant la veuve, décidément empoignée,
lui murmurer entre deux baisers humides et
chauds, l'appellation câline, naïve, enfantine,
rustique, souvenir de son enfance à elle, qu'il
lui avait déjà entendu balbutier, comme le
dernier mot auquel se raccrochât son esprit,
lorsque pâmée l'autre nuit et délirante, elle
berçait sur sa poitrine nue la tête avachie du
chauffeur. Et comme la Bretonne s'éloignait
enfin, se tamponnant les yeux de son mouchoir
roulé en boule, Charlot, dans une involontaire
évocation et les joues en feu tout à coup, revit
la scène mystérieuse qui avait suivi son retour
de l'enterrement, l'orgie, ses monstrueux détails, ce qu'il ne comprenait pas encore tout à
fait, et ce qu'il démêlait confusément déjà.

Alors, un instant, il oublia l'abandon lâche
et cruel, la vengeance calculée et méchante,
qui le jetaient chez des étrangers, au lendemain
de la mort de son père, le sevrant de l'affection

après laquelle battait son jeune cœur endolori. Il n'apercevait plus le frère Hilarion. Debout, l'œil perdu sur la porte par laquelle la veuve s'en était allée, le petit misérable songeait, sa tristesse se fondant dans un nouvel accès plus vif de curiosité maladive, et sa mémoire ne gardant comme écho des dernières paroles de sa mère que l'application tendre dont, sans y prendre garde, elle caressait à la fois ses amants et son fils.

— Venez, mon ami! dit enfin le frère.

Charlot releva la tête, étonné d'abord, puis, sans une observation, suivit son nouveau maître, se sentant, avec la mobilité de son âge, à demi consolé déjà par la perspective d'une promenade à travers la maison. Même, il se surprit à sourire, s'amusant à dévisager son guide en dessous, cherchant ses ridicules en véritable gamin de Paris, mais repris peu à peu de tristesse à traverser les classes silencieuses, les grands corridors froids et sévères, et à monter les escaliers roides et poussiéreux.

Puis, c'était partout une odeur de renfermé dont la moisissure le serrait à la gorge affadissante, et complétant par une constriction de ses narines révoltées l'impression générale que lui causait ce grand bâtiment vide, avec ses murailles blanchies à la chaux, dont le nu

sévère agaçait son regard, dont l'épaisseur lui
semblait écraser ses épaules.

Il fut bientôt installé. Le frère l'introduisit
dans un petit cabinet vitré dont la fenêtre
en tabatière donnait sur la rue et dans lequel
on ne pouvait pénétrer sans passer par le dortoir des maîtres. Il y avait dans ce réduit un
lit de fer, une chaise et une table sur laquelle
était une statuette en plâtre de la Vierge. Les
murs étaient tapissés d'images pieuses et, à la
tête du lit, un bénitier énorme plaquait un
ange échevelé dont les pieds et les ailes trem-
paient dans l'eau d'une grande coquille à valve
rose.

Charlot ne remarqua pas tout cela, à première vue; il venait de s'apercevoir que le
frère Hilarion participait comme producteur
à cette odeur écœurante qui remplissait la
maison, et cette découverte l'étonnait, lui in-
spirant peut-être plus de curiosité encore que de
dégoût. Alors, tandis que son guide s'assurait
si le bénitier était rempli, il se pencha contre
lui. Quand il se releva, il avait compris : c'était
cette soutane, dont les cheveux plats balayaient
le collet gras, couvrant l'étoffe pisseuse de pel-
licules, qui exhalait cette odeur rancie, indéfinissable, où se mêlaient il ne savait quels
relents de drap mouillé, de pommade rance et

de violentes senteurs masculines. Et l'enfant,
dans un mouvement d'instinctive répulsion,
s'écarta du frère que, pour toujours, il venait
de prendre en horreur. Hilarion ne s'en aperçut
pas. Il s'assit et mit Charlot entre ses genoux,
l'interrogeant sur ce qu'il savait de catéchisme
et, parfois, lui tapotant les joues de ses grosses
mains froides. L'interrogatoire achevé, il l'attira contre sa poitrine et goulûment l'embrassa,
ses yeux gris mi-clos, cherchant pour coller ses
lèvres lippues le bourrelet de chair grasse et
fine que l'enfant avait au cou, à l'ouverture
du col, lorsqu'il dérobait la tête. Ses mains
palpaient le corps du gamin, dans une caresse
lente, méthodique, sûre d'elle-même, n'allant
point jusqu'aux attouchements défendus, se
bornant à une reconnaissance experte, calme
comme un essai. Duclos n'en éprouva ni
trouble, ni déplaisir. Les caresses du supérieur
lui semblèrent naturelles, un peu trop prolon-
gées peut-être, et il n'eut, en les recevant,
qu'un frisson répulsif à voir le teint bilieux
du directeur et les mille boutons qui poin-
tillaient son visage. Frère Hilarion sembla
deviner ses sentiments. La flamme qui avait
un instant allumé son regard s'éteignit et il
écarta doucement son nouvel élève, tout en
fixant, surpris, les yeux battus et la pupille

noyée de l'enfant. Et Charlot s'échappa, avide
d'air pur.

Au bout de huit jours, il était fait à sa vie
nouvelle, connaissant la maison, les maîtres,
ses camarades et s'accommodant assez bien des
uns et des autres. Ses condisciples, arrivant
aux heures de classe et partant aux premiers
coups de cloche, n'avaient pu recommencer
contre lui la persécution méchante et bête
à laquelle ils se livraient, autrefois, quai de
Jemmapes, reprochant à Charlot l'inconduite
de sa mère et se coalisant lâchement contre la
faiblesse du petit abandonné. L'enfant avait,
d'ailleurs, trouvé rue des Récollets des protec-
teurs vigilants et tendres. C'était, d'abord, le
directeur, dont il sentait aux heures de récréation, ou pendant le repas, au réfectoire, le regard obstiné peser sur lui. Puis, il y avait
frère Eusèbe et frère Origène, dont il suivait
les classes tour à tour. Tous deux lui témoi-
gnaient une affection spéciale, caressante, sous
la douceur réconfortante de laquelle le gamin
ému se laissait doucement vivre, sentant peu à
peu sa tristesse s'enfuir et l'oubli s'infiltrer en
lui. Maintenant, il songeait rarement à son
père, chassant de son souvenir les détails de sa
mort et de son enterrement, pour ne le revoir
qu'aux heures heureuses, lorsque, le dimanche,

ils partaient tous deux en promenade, de grand,
matin. Il avait écrit à sa mère qui n'avait
point répondu, et, repris de l'insouciance de son
âge, il ne pensait plus aux misères anciennes,.
tout à ses jeux et à son travail. Car il avait, le
petit, une assiduité à l'étude qui faisait la joie
de ses maîtres. Son intelligence lente et sa mé--
moire rebelle servaient souvent mal ses efforts,
mais, sa persévérance aidant, il parvenait à ·
triompher des difficultés et apprenait chaque
jour quelque chose.

Sa santé se raffermissait en même temps..
Le sang revenait à ses joues avec ses yeux.
bleus, ses boucles blondes et son teint blanc·
de fillette; il faisait, lorsqu'il allait aux offices·
le dimanche avec les frères, l'admiration des·
mamans. A l'école, on l'avait baptisé *bébé* et·
le directeur et les maîtres eux-mêmes, en ma-
nière de jeu, lui donnaient aussi parfois ce·
petit nom câlin. Il avait lui-même conscience
de ce mieux qui se manifestait en lui. L'exercice auquel il se livrait dans la cour, pendant
les récréations, et la fatigue corporelle qui le
terrassait, le soir, lorsqu'après le dîner, il imitait frère Eusèbe s'élevant au trapèze pendu
aux platanes, ou se soulevant au poignet sur
les barres parallèles, rendaient son sommeil
lourd appesantissant invinciblement ses pau-

pières dès qu'il était au lit. Et il ne rêvait plus,
ne cherchant plus à comprendre ce qu'il avait
vu faire au chauffeur, et ses mains, trop lasses
pour la recherche des inavouables caresses,
restaient jusqu'au matin immobiles sur sa couverture, dans un repos réparateur.

C'était le bonheur cela, et le gamin n'avait
pas souvenance d'avoir jamais été aussi heureux.

Il était depuis près d'un mois à l'école ; on
était aux premiers jours de mai. Dans le jar-
dinet des frères, le printemps s'annonçait par
des pousses vigoureuses, la chaleur des beaux
jours en retard crevant violemment, comme
pour rattraper son avance, les bourgeons des
lilas, verdissant les gazons pourprant les corbeilles de géraniums et, dans l'ensoleillement
de ce petit coin, où la réverbération des murailles nues des maisons voisines et des toits en
zinc couvait une plus lourde atmosphère, mettant comme un furieux besoin de rut.

Un jeudi, après le dîner, pendant que sous
couleur de prières, les maîtres faisaient la
sieste au dortoir, en attendant l'heure de la
promenade, frère Eusèbe appela Charlot.

— Bébé ! viens répéter ton catéchisme.

L'enfant, tout rouge d'avoir joué au soleil, à
travers la cour, fit la moue, alla chercher son

livre et s'assit à l'ombre à côté du frère, sur les marches du perron.

Couramment, il récita les premières pages, puis ralentit son débit, chantant, s'endormant grisé de chaleur. De fines gouttelettes de sueur brillaient sur son front à la naissance des cheveux. L'homme cependant l'avait pris à la taille, l'approchant peu à peu contre lui, et l'écoutait, les yeux à demi fermés, un halètement oppressé soulevant sous sa soutane débraillée sa forte poitrine campagnarde.

Charlot, envahi d'une torpeur molle, psalmodiait à présent sa récitation, ne songeant pas dans sa lassitude somnolente à rire, comme à l'ordinaire, des cheveux plats, du front étroit, des yeux vairons, des boucles d'oreille en or, et des oreilles velues du frère. Au-dessus des géraniums, de grosses mouches tournoyaient, ronflant dans le soleil.

Eusèbe, pâle, les dents serrées, attirait le gamin plus fort contre lui. Brusquement, l'homme lui faisait mal, l'enfant eut un cri révolté. Alors, le frère le lâcha pour le ressaisir aux poignets. L'ignorantin était livide, ses prunelles luisaient et un tremblottement plus violent secouait, sur sa poitrine, les bords déboutonnés de sa soutane :

— Tu ne sais pas ton catéchisme !

— Mais, si cher frère.....

— Tu mens ! tu oses mentir, quand tu te prépares à ta première communion ! A genoux !

Charlot, surpris de cette explosion de colère inattendue, obéit, mais en se roidissant sous la main de son maître, avec cette révolte inconsciente que toute injustice inspire à l'enfant. Jamais, il n'avait vu frère Eusèbe dans un pareil état. L'homme bégayait, les yeux hors de la tête, comme pris soudainement d'une sorte de folie.

— Maintenant, comme pénitence, tu vas faire une croix avec ta langue sur le pavé !

Le pauvre petit regarda la marche de grès sur laquelle son maître le courbait et, en la voyant couverte de tous les détritus poussiéreux ramassés par la cour et le jardin, qui s'étaient accumulés là, chacun frottant ses semelles, sur cette pierre avant d'entrer dans le vestibule, il eut un hoquet de dégoût, un instinctif mouvement en arrière. Le frère se mit alors en devoir de le faire obéir. L'enfant ferma les yeux, s'attendant à une correction épouvantable et, résolûment, pris à son tour de rage, s'écria, indigné :

— Non ! non ! non ! jamais ! je ne veux pas !

— Ah! tu ne veux pas, mauvais chrétien! Nous allons voir!

Et frère Eusèbe empoigna Charlot sous son bras et l'emporta comme un paquet. Arrivé au premier étage, il ouvrit la porte du parloir, et jeta son fardeau sur le sol.

Le gamin frissonnait, ne reconnaissant pas cette pièce où il n'était pas encore venu et où le demi-jour filtrant à travers les volets clos permettait à peine de distinguer la couleur des meubles. Dans l'effroi d'un châtiment inconnu, ses cheveux se hérissaient, et il claquait les dents, n'osant bouger. L'homme ferma la porte à clef, donna un peu de lumière et s'assit sur un fauteuil.

— Ote ton pantalon!

Charlot obéit, tout pâle, et sentant ses jambes flageoler sous lui. Alors, le frère Eusèbe le reprit. Les joues du misérable tremblaient, sa respiration sifflait et son regard brillait d'une flamme étrange. Lentement, il promena ses mains sur les nudités de cette chair d'enfant; mais, comme Bébé frissonnait plus fort, la chair de poule bleuissant sa peau de gros grains, l'homme sentit, comme dans un désappointement, sa colère renaître. Brusquement, il saisit sa victime par le cou, et la courba à genoux devant lui, lui maintenant violem-

ment la tête entre ses jambes; puis, sortant
un martinet de sa poche, il se prit à fesser
avec rage cette blancheur qui l'affolait, frappant toujours plus fort, scandant l'envolée de
son bras d'un han entrecoupé et ne cessant de
se repaître de la vue de son horrible besogne que pour en contempler l'image réfléchie
par la grande glace du parloir.

Aux premiers coups, Charlot avait hurlé de
douleur, mais ses cris s'étaient vite éteints; le
frère le serrait plus fort entre ses jambes,
l'étranglant d'une étouffante et brutale pression des genoux. Et, pantelant, violet, les yeux
hors des orbites, écumant, tirant la langue, le
petit martyr, sous le cinglement de l'atroce
souffrance, roidissait tout son être et vibrait
chaque fois que le martinet s'abattait, lui
meurtrissant la chair.

Fatigué, le bras de frère Eusèbe rhytmait
plus lentement ses coups. L'homme, la face injectée de sang, voyait trouble, visant mal,
frappant à côté parfois. Soudain, les fines lanières de cuir tombèrent trop bas, entre les
cuisses. La douleur, cette fois, fut si violemment lancinante, si atrocement cuisante que
Charlot crut s'évanouir, mais la sensation se
faisant plus aiguë, il ne songea plus qu'à
s'échapper et à se venger. Avec une force

inouie, d'un coup sec des épaules, il desserra les jambes de l'ignorantin, et, ivre de fureur, penchant la tête, il lui mordit le mollet à pleines dents. Frère Eusèbe étouffa un cri et se releva, se secouant du geste d'un homme qui sent les crocs d'un chien percer ses vêtements. Charlot épuisé, alla rouler à quatre pas sur le tapis.

Alors, il se fit un silence, l'homme et l'enfant restant en face l'un de l'autre, la bouche sèche, l'œil perdu. Le frère se réveilla le premier au tintement fêlé de la pendule. Un grand frisson le secoua et il se souvint, pris de peur tout à coup à l'idée d'une dénonciation de la victime. Il courut à l'enfant :

— Allons, Bébé, debout et habille-toi !

Charlot obéit. Quand il eut repassé son pantalon, l'ignorantin ouvrit la porte et le poussa dehors, mais sur le palier il lui murmura une dernière menace à l'oreille :

— Tu sais, si tu te plains, tu auras affaire à moi : je recommencerai!

Charlot dévala sans répondre et se sauva au fond du jardin. Les larmes lui venaient maintenant ; sa douleur physique se fondait en une crise de pleurs, et à l'âcre cuisson des sillons qui marbraient sa peau se mêlait je ne sais quelle honte, quelle pudeur féminines au souvenir de sa nudité étalée aux yeux de son maître et polluée par ses attouchements. Vaguement navré, impuissant à se rendre compte de la perversion génésique à laquelle avait cédé le cher frère, il se débattait contre une envahissante anxiété. Il avait déjà vu quelque part ces yeux hébétés, n'ayant de vivant que leur pupille agitée dans une dilatation spasmodique. Où? Tout à coup, il se souvint. Lorsque le chauffeur à bout de forces s'abattait sur l'oreiller, à côté de sa mère, il avait ces yeux-là. Et dans l'affre d'un pressentiment cruel et confus, l'enfant sentit son cœur se dégonfler plus fort et ses larmes couler plus amères.

Bientôt après, on l'appela pour aller à la promenade. Il se rappela les paroles de son bourreau et, pour qu'on ne vît pas ses yeux rouges, il courut se laver à la fontaine. Puis, il suivit les hommes noirs, la tête basse. Ceux-ci le plaisantaient sur sa mine revêche, riant, avec un air béat et confit, leur rire jaune et étriqué de gens d'église.

On alla ce soir-là aux Buttes-Chaumont, en remontant le faubourg Saint-Martin jusqu'au carrefour de la Villette. Le gamin traînait la jambe suivant les bons frères, titubant sans songer derrière les soutanes roussies, et n'ayant plus que la puérile préoccupation d'éviter par des détours obliques de laisser ses maîtres marcher sur son ombre, qui rampait devant lui sur le trottoir ensoleillé. Arrivé devant la douane, on tourna à droite pour enfiler la rue Puébla, et en voyant décroître, puis virer cette ombre qui distrayait sa mobile imagination d'enfant, Charlot se rappela avec un remords qu'il avait passé sans y prendre garde devant la rue des Écluses-Saint-Martin, à deux pas de l'égout où s'était noyé son père. Un gros chagrin lui revint, bref encore : frère Sulpice et frère Origène lui proposèrent une partie de ballon dans le parc ; il accepta, et, retroussant leur robe, dégingandés, s'amusànt plus que lui, les deux jeunes gens se mirent à se poursuivre par les allées et les pelouses, luttant de vitesse avec leur élève et se renvoyant la balle de caoutchouc avec des cris de pensionnaires. Quand ils furent fatigués, on rejoignit le directeur resté sur un banc avec Eusèbe. Il n'y avait plus qu'une place près d'eux, Sulpice la prit et Origène s'assit dans l'herbe avec l'enfant, à quelques pas en arrière.

Ils causèrent longuement. L'homme disait au gamin les choses de la campagne, passionnant la curiosité ignorante du petit faubourien avec mille détails sur la vie des champs. Origène était un grand garçon de vingt-deux ans,

au teint blafard, au regard terne et languis-
sant. Il avait la voix voilée, les reins déprimés,
l'air apathique, les traits tirés, les lèvres
exsangues. Sa paupière supérieure, ordinaire-
ment appesantie et retombant sur le globe
oculaire, laissait voir, lorsqu'elle se relevait, un
œil large et bleu dont la douceur rêveuse cachait l'inintelligence. Sa paupière inférieure
était entourée d'une zone bleuâtre qui se dégra-
dait vers les joues en une teinte bistre. Les
hanches molles, il courait les coudes en arrière
comme une fille. Le directeur le tutoyait lorsqu'ils étaient seuls.

— Et bien! tu ne dis plus rien, Bébé? fit-il,
quand il fut fatigué de parler de son village.

Charlot ne répondit pas, prêt à pleurer maintenant. Depuis qu'il était assis, sa douleur
renaissait, cuisante, comme avivée par la
fraîcheur de l'herbe qui pénétrait jusqu'à sa
peau à travers le mince coutil de ses vêtements.
Bientôt, dans l'attendrissement que lui souf-
flaient et sa souffrance et la sympathie tendre
instinctivement devinée chez le frère, il raconta ses misères et son supplice d'après le
dîner, se dégonflant le cœur tout d'un coup.
Il s'était couché de côté, soulagé d'avouer son
secret et de ne plus écraser sa chair enflammée
contre le sol. Son compagnon, comme gagné

par l'exemple, s'était étendu près de lui, se vautrant, et, avec sa soutane noire étalée dans le
vert, semblable à un grillon énorme.

Près d'eux, égratignant le sable de l'allée,
avec les roulettes rouillées de ses tuyaux, un
jardinier à peau tannée, en chapeau de paille
et en lunettes, arrosait la pelouse, et le geste
régulier de sa lance promenait une fraîcheur
autour de lui. Les gouttelettes d'eau scintil-
laient, retombant en fine pluie dans un arc-
en-ciel fugace. Un grand verdoiement envi-
ronnait le maître et l'enfant d'une tranquillité
caressante où, par instants, courait un frémissement de feuilles. La rue des Récollets était
loin à présent, et Paris, loin, bien loin dans
l'arrière-plan bleuâtre. Sous l'envolement d'une
vapeur dont le chaud brouillard planait comme
l'haleine de ses milliers de maisons et de ses
deux millions d'hommes, elle apparaissait confusément, la grande ville, se perdant à l'horizon
indécis. Et la dominant, superbe et rose, inon-
dée par le soleil qui s'abaissait, le groupe de
rochers portant le kiosque se profilait sur
le ciel tendre, avec son pavillon et son pont
suspendu en fils de fer jeté jusqu'à la seconde
butte, comme la trame ténue d'une toile d'arai-
gnée. Au-dessous, le lac dormait, minuscule. A
cette heure, sous les derniers rayons du jour,

baigné de clarté, il perdait son aspect mesquin
et ridicule de cuvette. Des saletés ridaient l'eau
sans courant que moirait d'un côté l'ombre
des roches. Dans un sillage blanc où crevaient
des globules, sa surface limoneuse frémissait,
fendue par le passage d'une bande de canards
qui filaient vers les grottes, poursuivant de
leur escorte capricieuse et frétillante deux
cygnes indolents et pleins de morgue. Par
instants , des cris de gamin coupaient le
grand calme du parc, ou le roulement lointain
d'un omnibus, et quand les bruits cessaient,
on entendait revenir, adouci par l'éloignement,
le refrain banal et doux que là-bas, sur la place
des Pyrénées, un orgue de Barbarie moulinait,
agaçant et monotone.

— Pauvre Bébé ! faisait frère Origène, ne
pouvant trouver d'autre mot, la bouche sèche
et repris de la dyspnée nerveuse qui le faisait
haleter le matin à son réveil. Pauvre Bébé ?

Il fermait les yeux pour voiler son regard,
et il interrogeait l'enfant, le forçant à préciser pour lui redire les attouchements d'Eusèbe.

— Pauvre Bébé !

L'ignorantin s'était couché sur le ventre,
écrasant le gazon et, pris d'une salacité brutale, rêvant à l'invention de son confrère.

Le directeur cependant s'approchait avec Eusèbe et Sulpice :

— Allons! debout! nous partons...

Charlot et son bon ami se levèrent et suivirent la petite troupe. Frère Hilarion, gros, court et apoplectique, marchait rapetissé entre ses deux sous-maîtres. Il discourait :

— Nous l'entendrons prêcher cet hiver... Vous verrez quelle onction! Il nous faisait pleurer rien qu'en disant : « C'est la grâce que je vous souhaite! » Il est le grand ami de frère Philippe...

Et le directeur se mit à raconter ses souvenirs de noviciat, s'arrêtant à tout instant pour se remettre au pas de ses compagnons. Son récit le mena jusqu'à l'école. Derrière lui, Charlot considérait machinalement sa démarche hésitante, l'affaissement de son corps et l'incurvation en avant de sa taille. On arriva au logis et l'on entra au réfectoire. Alors frère Origène prit la main du gamin et se courbant vers lui :

— Tout à l'heure, quand Eusèbe dormira, j'irai te porter des compresses... pauvre chéri!

Charlot, tout ému de cette affectueuse prévenance, remercia son grand ami d'un coup d'œil.

— Allons, Bébé, toujours en retard ! fit le directeur. A genoux !

L'enfant, l'air joyeux, s'empressa d'obéir :

— *Benedicite, Domine...*

Et, ce soir-là, la prière sembla délicieuse au gamin.

— *Amen!* fit-il d'une voix triomphante.

La soupe fumait sur la table. Il mangea debout, n'osant pas s'asseoir, à cause de son bobo. Frère Eusèbe l'en plaisanta à mots couverts. A l'autre bout de la salle, Sulpice bredouillait une lecture pieuse, en louchant du côté des assiettes : " .... *Origène alors embrassait son fils sur le nombril, en adorant le Saint-Esprit.* "

Et tout le monde riait en dessous en regardant frère Origène, qui avait avalé déjà son bouillon, et qui dévorait son pain voracement, pris d'un accès de névrose boulimique.

Ce fut lui qui, la bouche encore pleine, récita les *Grâces* en regardant son cher Bebé.

V

Tout dormait dans la maison, lorsque frère Origène vint, sur la pointe des pieds, retrouver son petit ami.

— Tu dors déjà, Bébé?

Charlot ouvrit les yeux.

— Non, cher frère, je vous attendais...

L'homme s'assit au bord du lit et prit la main de l'enfant. Il se taisait, oppressé, pris de peur à la dernière minute, n'osant plus. Ce n'était pas qu'il eût un remords de sa mauvaise action. L'aberration des sens avait amené l'aberration du moral. Mais il craignait à présent, envahi de terreur, que le directeur s'éveillât et le trouvât au chevet de son élève.

Volontiers, il serait parti ; seulement, le gamin réclamait ses compresses, pris d'une légère fièvre et ne pouvant rester étendu sur son séant.

Alors, sans faire de bruit, le frère remplit la cuvette d'eau et y vida le contenu d'un flacon qu'il avait apporté.

— Allons, Bébé, retourne-toi.

Le gamin obéit, oubliant déjà son mal, et pris de rire à l'idée de se faire soigner ainsi par son maître. Le drap enlevé, la chemise retroussée, Origène oublia ses craintes, repris de ses désirs malsains et obscènes d'onaniaque. Lentement il trempa les compresses dans l'eau, lentement il les appliqua sur la chair endolorie de l'enfant, riant aussi de son rire béat de pieux érotomane à l'entendre murmurer :

— Ça pique, cher frère, ça pique !

— Ce n'est rien, Bébé, ça te guérira. Demain matin, il n'y paraîtra plus.

Et brusquement, se couchant à demi sur le lit de l'enfant, il embrassa le petit malade à pleine bouche..

Charlot, content, se laissait faire, collant ses lèvres à celles de son bon ami et, naïvement, lui rendant ses caresses. Bientôt, il s'étonna : ces caresses se faisaient étranges et s'égaraient. Le cher frère l'embrassait comme le saint dont Sulpice avait lu la vie, tantôt, au réfectoire, embrassait son fils. Mais le « bon ami » entremêlait ses baisers de chatouillements, et le gamin, secoué par un rire convulsif, se tordait comme un serpenteau entre les mains taquines qui le pinçaient.

Un moment, il sauta à bas du lit, perdant ses compresses, et se réfugia en chemise sur une chaise, à l'encoignure de la fenêtre.

— Chut! fit l'ignorantin, tu vas réveiller tout le monde.

Et il saisit l'enfant, s'assit à sa place et l'installa sur ses genoux.

Il faisait un clair de lune étonnamment pur, très doux, qui remplissait la chambre d'une clarté bleuâtre. Charlot voulait voir le ciel; frère Origène rapprocha sa chaise des carreaux et ils restèrent longtemps à la fenêtre, regardant les étoiles et le disque d'or mat qui montait lentement, pâlissant de son pâle irradiement les astres les plus rapprochés de lui.. La croisée était placée sous les toits, et les deux amis dominaient le jardin de l'hôpital Saint-Martin, avec les verdures sombres de ses grands arbres et le damier plus clair de son jardin où les allées mettaient des rayures blanches. Tout autour, les grands bâtiments dormaient silencieusement. De pâles lueurs de veilleuse jaunissaient leurs vitres et il n'y avait de vivant dans l'enceinte que le petit pavillon du concierge avec ses fenêtres largement éclairées. Par instants, un point lumineux, après lequel courait une ombre, rasait le sol comme un ver-luisant, s'éclipsant derrière les arbres et les corbeilles de fleurs et resurgissant quelques pas plus loin avec des crochets et des balancements réguliers. C'était une sœur ou un infirmier de ronde qui passait, sa lanterne à la main. La lumière soufflée, la nuit du jardin semblait plus noire. Une fraîcheur cependant montait des arbres, portant un parfum de lilas qui franchissait la rue avec la brise et venait embaumer la chambre de Charlot.

— Oh! que ça sent bon! faisait l'enfant enthousiasmé de cette belle nuit dont la splendeur, inouïe sous le ciel parisien, lui entrait au cœur comme une jouissance nouvelle, très douce, ainsi qu'il avait rêvé d'en goûter dans de lointains voyages, lorsque, pour la première fois, il avait dévoré le *Robinson suisse*.

La chaussée était silencieuse et le gamin assis sur les genoux du frère ne découvrait de sa place que le sillon jaunâtre tracé par la réverbération des becs de gaz sur les murs de l'hôpital. Cette lueur terne, affreuse sous l'épanchement pur de la clarté lunaire, blanche et bleue, l'agaçait. Il renversa sa tête sur l'épaule d'Origène, ne voulant plus voir que les étoiles, et, dans l'impressionnabilité nerveuse que l'hérédité mettait en tout son être, cédant soudain à un mol attendrissement, comme s'il avait déjà senti tomber en lui, et filtrer goutte à goutte, la vague tendresse que, dans ses premiers et printaniers désirs, l'adolescent précoce aspire à travers l'amoureuse et laiteuse illumination des nuits d'été.

Alors, brusquement, il sentit une bouffée de chaleur qui lui montait au cerveau, interne et lourde, tandis que le vent vaporisait sur ses tempes, dans une caressante fraîcheur, la moiteur qui mouillait la racine de ses cheveux. Frère Origène le serrait contre sa poitrine et lui couvrait le cou de petits baisers précipités et chatouilleurs.

— Oh! cher frère!... balbutia l'enfant ravi.

L'ignorantin ne répondit que par une étreinte plus forte. Il ne tenait plus la taille de Charlot que d'une main. L'autre, fébrile, s'agitait. Tout à coup, elle se fixa, presque immobile.

— Bébé! murmura-t-il, et il ferma d'un baiser la bouche de sa victime.

Maintenant, le petit se tordait. Une hyperes-

thésie subite s'était emparée de lui, secouant
ses organes et faisant vibrer le plus profond de
son être. Il n'avait plus la force de rendre ses
baisers à son ami, et il se taisait, fermant les
yeux, sentant revenir, délirante, spasmodique,
la jouissance mystérieuse qu'il avait éprouvée,
après ses premiers tâtonnements, le soir des
funérailles de son père. Bientôt, il se roidit,
convulsé.

Frère Origène le regardait, hagard, attendant qu'il revînt à lui.

Quand Charlot rouvrit les yeux, ce fut pour
se jeter au cou de son maître. Mais lorsqu'il y
fut reposé, lorsque sa respiration se refit régulière, il voulut, pris de la curiosité fatale de
l'enfance, comprendre enfin, savoir. Et l'ignoble nymphomane ensoutané l'instruisit, éprouvant dans son inconsciente perversion génésique une atroce jouissance à faire succéder la
souillure morale à la souillure manuelle.

Une demi-heure après, le crime irrémédiable
était accompli; l'ignorantin avait fait un nouvel élève à qui les monstrueux mystères des
pratiques unisexuelles seraient désormais fami-
liers. A jamais, il était détraqué, le petit malheureux qui souriait maintenant, l'œil humide
de plaisir. Fatale, la névrose héréditaire qui le
prédisposait à la chute allait pouvoir éclater,

le brisant pour la vie dans le déréglement de son innervation génitale, et écouler dans un emportement effroyable les dispositions morbides transmises au pauvre être avec la vie.

Cependant il ne descendit pas alors jusqu'au bout la pente glissante où le poussait son professeur. Celui-ci, à vingt-trois ans, sentait déjà sa sensibilité s'émousser et disparaître. Les manœuvres ordinaires étaient impuissantes à satisfaire ses sens qui retrouvaient seulement leurs aptitudes spéciales sous des manœuvres d'un perfectionnement trop raffiné pour que l'enfant pût s'y prêter et lui rendre caresses pour caresses. Charlot dut à une passagère anesthésie d'Origène d'échapper au monstrueux coonanisme auquel frère Hilarion, par exemple, l'aurait certainement condamné. Son maître ne lui demandant aucune complaisance en retour du bonheur qu'il lui procurait et faisant, sans exiger de récompense, parcourir au plaisir toutes ses gammes, apparut au gamin grandi de bonté. Le petit l'aima dès lors, avec un emportement furieux, lui qui n'avait jamais connu la tendresse d'une mère et dont le cœur débordait d'affection.

Chaque soir, ils se retrouvèrent dans l'étroit cabinet mansardé. Charlot attendait impatiemment la visite de son maître, lui sautant au

cou dès qu'il entrait, tous deux sentant leur
monstrueuse joie redoubler à l'idée d'une surprise possible et du danger qu'ils couraient.
Ils frissonnaient, le gamin se pelotonnant plus
fort contre le frère, lorsque les vieux meubles
craquaient dans le silence, ou lorsque, du dortoir, ils entendaient monter les ronflements
sonores de Sulpice. Parfois, un des ignorantins rêvait tout haut, et c'était chez l'homme
et chez l'enfant une terreur profonde qui
bientôt s'enfuyait, mettant dans leurs caresses
renaissantes un délicieux apeurement et une
lenteur exquise, bien plus douce. L'heure
s'écoulait. Dans une torpeur, ils s'oubliaient
tous deux, se perdant dans d'affectueuses cau-
series à voix basse, lorsque l'enfant épuisé
repoussait mollement la main du frère. Ils
écoutaient alors, bercés par la chanson du vent,
la pluie battre les carreaux, ou bien, par les
beaux soirs, ils s'accoudaient à la croisée.
regardant le jardin de l'hôpital, aspirant l'air
embaumé qui montait des massifs, et tressaillant chaque fois que de la gare voisine des
coups de sifflet de locomotives s'élevaient,
mêlant leurs modulations avec un hululement
mélancolique dans le silence de la nuit.

Leur intimité se faisait peu à peu plus profonde, mais à son ignoble caractère, dont ils

n'avaient pas conscience, une tendresse amol-
lissante se mêlait à présent qui poétisait leur
immonde. amour. L'enfant adorait son maître
comme il avait adoré son père, comme il aurait
adoré sa mère, si celle-ci le lui avait permis.
Frère Origène était un grand frère, un bon
ami et il se confiait à lui ingénûment, lui
disant toutes ses pensées, lui ouvrant sa vie,
câlin, avec de charmants enfantillages. Sa
nature, féminine l'emportait. A l'arrivée de son
professeur, il avait d'étranges coquetteries
d'une lascivité qui s'ignorait, d'amoureuses
querelles, des refus qui le livraient, tout un
manége de fillette qui chatouillait, à défaut des
sens, l'imagination blasée de son ami. Puis,
quand, sous les mortels attouchements, il s'était
pâmé, quand, à bout de forces, haletant, il avait
refermé son vêtement de nuit, il redevenait,
sans transition, le moutard affectueux, chaste-
ment caressant qu'il était.

Naïvement, il s'imaginait du reste qu'elles
étaient naturelles les manœuvres du frère, et
communes entre tous ceux qui s'aimaient, —
prémisses ou corollaire des amitiés profondes,
comme celles dont la *Morale en action* lui rap-
portait les exemples fameux. Même, il le disait
à Origène, souriant tout heureux, et lui citait
ses premières et impressionnantes lectures

pour lui demander, candide, si Paul et Virginie,
Vendredi et Robinson, ou les héros de Berquin
ou du chanoine Schmidt « s'aimaient comme
eux ».

— Evidemment, répondait le frère, troublé
maintenant et remué par une sensiblerie qui,
pour un instant, refrénait ses instincts sadiques, rafraîchissant son cœur parcheminé
d'une pure affection qu'orphelin lui-même, et
rustre, il n'avait jamais encore connue.

Et il embrassait l'enfant sur le front, comme
un fils, empoigné d'un étrange amour à boucler
les cheveux blonds de son Bébé. Une tendresse
chaste lui venait ; délicieusement ému, il restait immobile, l'enfant sur ses genoux, se
grisant à son doux babil. Peut-être, alors,
aurait-il renoncé à ses pratiques pervertis-
santes, comprenant vaguement qu'il perdait
pour toujours ce petit être qui l'aimait, qu'il
aimait lui-même, et par instants, se rendant
compte de tout ce que son rôle avait d'atrocement odieux et d'horriblement coupable. Mais
comment revenir en arrière ? L'œuvre mauvaise était à présent irrémédiablement con-
sommée. Il se sentait trop lâche pour tenter
une réparation qui lui aurait aliéné ce jeune
cœur. Charlot, d'ailleurs, réclamait maintenant ses caresses, boudant lorsqu'il les lui

refusait, se plaignant avec des larmes que
« bon ami le fît languir ». Fallait-il lui avouer
qu'elles étaient criminelles., leurs tendres
relations, qu'ils étaient immondes, leurs doux
embrassements ? Il s'y serait décidé peut-être,
dans un coup d'émotion, cédant à ce regain
d'honnêteté que les baisers du petit faisaient
parfois lever en lui, mais, à la dernière minute,
il se retenait, farouche, prévoyant bien que sa
tardive morale resterait inutile, incomprise,
qu'elle le perdrait sans sauver l'enfant et, dans
sa lâche faiblesse, se sentant envahi d'une
jalousie féroce à l'idée que Bébé le remplace-
rait par Sulpice ou Hilarion. Et ce misérable,
qui n'avait jamais approché une femme, éprouvait soudain les tortures raffinées et les douloureuses angoisses d'un amant apprenant que
sa maîtresse cherche à le tromper. Alors,
repris de son épouvantable aberration, cet être,
presque émasculé, étreignait convulsivement
sa victime sur sa poitrine, la baisant rageusement et inventant de nouvelles manœuvres
sensuellement énervantes.

— Jure-moi, Bébé, mon Bébé, jure-moi que
tu m'aimeras toujours, que tu n'en aimeras pas
d'autres!...

Charlot jurait, heureux, inondé d'une félicité
inouïe, puis, pour plaire à son maître, redeve-

nait le gamin gouailleur, faisait le portrait-
charge des autres frères, raillant leurs défauts,
leurs ridicules, les déshabillant avec une féroce
et précoce ironie. Origène, rassuré, ricanait à
son tour, révélant sur ses confrères des détails
que le petit ne savait point et qui les faisaient
rire tous deux jusqu'aux larmes. La soutane et
le ventre d'Hilarion, son odeur de chien mouillé,
le nez de Sulpice, le visage bourgeonnant
d'Eusèbe revenaient ainsi tous les soirs dans
leur conversation, mêlés aux petits faits de la
journée.

Origène avait toujours, d'ailleurs, à se venger. Sa jalousie était éveillée tout le jour. Les
autres ignorantins poursuivaient en effet
Charlot de leurs prévenances et de leurs caresses goulues, l'embrassant à tout propos en
dehors des heures de classe, quand ils étaient
seuls à l'école avec lui, et au réfectoire, le
comblant de friandises. Le gamin, content, ne
découvrait à cela aucun mal, s'étonnant de voir
son bon ami froncer les sourcils et lui faire de
gros yeux. Le maître ne pouvait le mettre en
garde et, dans sa jalouse impuissance, il se
rongeait les poings. A la fin, il témoigna imprudemment son mécontentement et des querelles éclatèrent entre les quatre hommes.
Charlot en surprit les éclats, navré d'entendre

sortir de ces lèvres dévotes les injures crapuleuses qu'au quai Jemmapes, sa mère et le ménage Rosier échangeaient, les soirs de soulographie. Hilarion rétablit la paix, infligea des pénitences, mais dès lors surveilla le manége de frère Origène, pris lui-même d'un accès de jalousie et d'une colère à peine contenue, à l'idée que son sous-maître préféré, celui qu'il appelait « cher fils », le trompait doublement, échappant à la fois à son affection et lui enlevant ce blondinet chéri guetté depuis deux mois.

Charlot et son ami se tinrent désormais alors sur leurs gardes, et renoncèrent à se voir. Le gamin cependant se désolait et, par un curieux phénomène, dépérissait davantage dans ce repos réparateur de ses sens. Il pleurait, maintenant, tout seul, le soir, essayant en vain, pour tromper sa douleur, de mettre à profit les leçons du frère, mais ne pouvant atteindre aucun résultat et s'endormant, le cœur gros, une larme perlant à ses cils. Origène de son côté, n'y tenait plus. Au bout de huit jours, il céda à la tentation grandissante et, voyant ses compagnons endormis, il se glissa, une nuit, chez son cher Bébé.

Ce furent d'inouïs transports, une joie immense, des baisers sans fin, des caresses

dévorantes, mais soudain la porte s'ouvrit et
le directeur entra, un bougeoir à la main. Il
était livide, ses lèvres frémissaient, et, suffoqué,
debout au pied de la couchette de son élève, il
restait immobile, ne trouvant pas de mots.
Enfin il éclata :

— Allez m'attendre dans ma chambre! dit-il
à Origène, en lui montrant la porte.

L'ignorantin obéit, pâle et tremblant. Quand
il fut sorti, le directeur alla pousser le verrou.
Les désirs du misérable se réveillaient, excités
par ce qu'il avait vu. Rien ne le retenait plus
à présent, puisqu'un autre avait commencé.
Il se précipita sur Charlot, voulant le contraindre au rôle odieux de complaisant de
séminaire. Pris de folie, il l'enserrait, se roulant avec lui sur le lit, imaginant, pour rendre
l'enfant docile, de nouvelles pratiques, et envahi
par un monstrueux éréthisme qu'il étalait,
ignoble, hors de lui. Le pauvre petit se détournait, luttant de toutes ses forces et serrant les
poings à s'implanter les ongles dans la chair,
se refusant obstinément aux innommables services que le frère exigeait de lui, en lui broyant
les poignets. Il ne songeait point à cacher le
dégoût qu'il éprouvait devant ce mâle en rut.
Exaspéré, Hilarion le saisit, essayant d'abuser
de sa force pour venir à bout de sa victime

dans un assouvissement plus immonde encore
et d'un plus ignominieux procédé. Charlot,
abasourdi, luttait, toujours ne comprenant pas.
Bientôt, se sentant vaincu, il cria. Immédiatement, des coups violents retentirent à la porte.
Le directeur bondit, perdant la tête, se rha-
billant d'une main qui tremblait et ne sachant
plus ce qu'il faisait. L'enfant, devinant qu'on
arrivait à son secours, courut ouvrir. Eusèbe
et Sulpice entrèrent.

Ce fut alors un grand scandale que ne tra-
hirent ni un cri, ni un geste, mais les yeux des
nouveaux venus, leurs faces blêmes ou con-
gestionnées, leurs lèvres pincées disaient assez
leur jalouse colère. Craignant qu'ils ne lui
fissent une scène compromettante devant son
élève, le directeur les suivit dans le dortoir,
mais, sur le seuil du cabinet, les trois hommes
rencontrèrent Origène, qui accourait, ayant
entendu les cris de son cher Bébé. La peur du
frère s'était envolée, remplacée par une fureur
qui lui empourprait les pommettes. Il fallut
qu'on l'empêchât de se jeter sur le directeur.

— Qu'a-t-il fait à Bébé, ce vieux sale ?
criait-il, l'air hagard, pris de rage, et, pour la
première fois depuis dix ans, sentant sa pieuse
dissimulation céder aux mouvements instinctifs de sentiments irréfléchis et passionnés.

— Tais-toi! répondit Eusèbe, nous sommes
arrivés à temps!...

Les quatre ignorantins entrèrent alors au
dortoir et s'y barricadèrent, incapables de dissimuler plus longtemps et éprouvant l'impérieux désir, sous couleur d'explications, d'épan-
cher leur âcre rancune et leur envieuse
jalousie. Les bénins personnages ressemblaient
à des hyènes prêtes à se mordre, et, leur
masque dévot, pour une fois, pour une minute
rejeté, laissant apparaître leur férocité première et leurs véritables instincts. On eût dit
que toute la rancœur de leur vie cloîtrée repa-
raissait en cet instant, comme si le viol incon-
sommé de leur favori n'était pour eux qu'un
prétexte d'écouler les vieilles colères longuement amassées, les regrets haineux et la bile
mauvaise emmagasinée durant le muet martyre de leur démoralisante existence de
castrats.

L'écume aux lèvres, ils s'apostrophaient
tous, retrouvant les ignobles injures que, fau-
bouriens ou paysans, ils avaient, étant enfants,
entendu proférer par leurs proches ou qu'ils
avaient jadis vomies eux-mêmes autour des
charrettes, en piétinant le fumier des étables,
ou dans les cités ouvrières au fond des villes,
quand, gamins encore, ils vivaient dans la pro-

miscuité corruptrice, qui est partout le lot du pauvre. Avant qu'ils eussent pénétré dans le bagne catholique et jeté au vent, en se vouant pour toujours à l'abrutissante et pieuse hypocrisie, leurs instincts d'hommes libres, — ainsi qu'aux champs, le châtreur de bétail jette au fumier les dépouilles de ses victimes, — ils n'avaient sans doute éprouvé jamais pareille colère ou assisté à aussi épouvantable querelle.

La voix d'Hilarion dominait le tumulte. Avec le dépit de son autorité méconnue, de son crime inachevé et la rage d'avoir été surpris impuissant et ridicule, le directeur interpellé recouvrait la parole et redonnait les autoritaires coups de boutoir qui, jusque-là, l'avaient fait redoutable à ses sous-maîtres. Sa face apoplectique crevait sous les afflux fiévreux de son sang en révolution.

A travers la cloison mince, Charlot cependant ne perdait pas un mot de la dispute. Son cœur se serrait et, sur ses tempes comprimées par un cercle invincible, il sentait une sueur froide couler lentement. La stupéfaction, l'horreur le clouait sur place dans une hébétude morne, navrée, faite de muettes angoisses et d'une désespérance infinie.

— Taisez-vous ! hurlait Hilarion, vous êtes tous comme des chiens flairant une femelle en

chaleur depuis que ce gamin couche à côté de
vous ! Et si vous aviez des pensionnaires comme
à Saint-Barnabé?... Ah ! mes amis ! c'est comme
cela ? Eh bien, je vais aller trouver frère Philippe demain, et lui raconter le scandale que
vous faites. Il y a justement un navire de
l'Etat en partance à Toulon, je vais vous faire
embarquer : on fonde une école chrétienne à
Tamatave, dans l'île de Madagascar ; vous irez
passer votre rut là-bas, sur les petits nègres,
voire sur les petites négresses... ça vous chan-
gera...

Mais des imprécations répondirent à cette
menace. Les sous-maîtres rappelaient à présent
à leur directeur ses propres peccadilles, et
Hilarion, à son tour, exaspéré, voulant quand
même réduire ses frères au silence, leur remémorait leur monstrueux dossier. A chacun il
disait les crimes anciens, les viols restés
impunis, les attentats à la pudeur soigneusement cachés par une magistrature complai-
sante ou un clergé complice, les fuites opérées
avant l'arrivée tardive des gendarmes, les
condamnations par contumace, les changements de noms. Comme des bêtes féroces dont
le dompteur roussit la peau à coups de fer
rouge et dont il étouffe les rugissements, les
trois hommes ne grognaient plus qu'à peine, sou-

dain soumis devant cette terrifiante évocation
de leur sinistre passé.

— A genoux, mes frères! commanda alors
Hilarion, satisfait de l'emporter, et voulant, en
redevenant plus doux, amollir la haine dévotement féroce qu'il lisait à présent dans les yeux
de ses compagnons; à genoux! nous sommes
tous de grands coupables... La chair est
faible... Demandons des forces à la sainte
Vierge contre les tentations. Un *Confiteor* et
un acte de contrition... La colère est pire
encore que la luxure...

Les quatre hommes se mirent en prières.
Charlot entendit sur le parquet le heurt sec de
leurs genoux, et la querelle s'acheva dans un
marmottement confus de patenôtres. Repris par
la passivité des habitudes machinales, les ignorantins, les lèvres tremblant encore de fureur
et les yeux enflammés, avaient retrouvé leur
bredouillement en fredon, donnant tous de la
voix aux mêmes passages, et au *mea culpa* se
martelant la poitrine avec ensemble, d'un mouvement uniforme, bien rhytmé, dont la cadence
régulière scandait nettement, comme dans un
maniement d'armes, le coup des doigts réunis
s'abattant sur leur thorax dans un résonnement
creux.

Le lendemain, la vie ordinaire reprenait son

cours avec l'impassibilité morne de son train-train mécanique et bien réglé. On aurait dit que rien d'extraordinaire ne s'était passé. Les quatre frères se rendirent à Saint-Laurent ainsi qu'ils le faisaient chaque matin, et communièrent côte à côte, au cours de la messe basse, car c'était leur jour. Posément, l'air calme, ils se parlaient chaque fois que les besoins du service les mettaient en présence les uns des autres. Au réfectoire, Eusèbe lut la vie de Sainte-Thérèse, s'interrompant seulement pour mordre son croûton, le bourdonnement des pieux entretiens et des dévôts commentaires de ses compagnons couvrant le bruit de ses mâchoires.

Charlot n'assistait pas au repas. A l'aube, il avait voulu sortir de sa chambrette et s'était trouvé enfermé..Hilarion.lui porta lui-même à dîner et l'embrassa comme d'habitude, sans faire allusion aux scènes de la nuit. Le directeur voulait, en écartant le petit d'Origène par cette séquestration, se donner le temps de prendre un parti. L'école Saint-Barnabé venait en effet de rouvrir ses portes, l'épidémie ayant disparu. Il allait falloir y expédier l'enfant, et cette perspective effrayait le misérable. Le gamin était capable de parler à-bas. A son arrivée, le supérieur, frère Frumence, avec ses

yeux de furet, le remarquerait sans doute. Bébé
était trop gentil pour qu'il n'en fît pas son
favori, et, du reste, ne fût-ce que pour avoir, le
cas échéant, un rapport dénonciateur à présenter
au supérieur général, le vieux mâle interroge-
rait le nouveau venu. Hilarion connaissait son
élève maintenant. Le moutard, dans son désespoir de quitter Origène, et devant l'offre d'un
livre à images ou de quelques friandises, dirait
bêtement le scandale dont il avait été la cause
et le témoin. Ce serait tout une histoire, non
que le directeur et ses acolytes risquassent
un renvoi — le frère Philippe aurait eu trop à
faire s'il avait voulu expurger son ordre de
tous les frères coupables de pareils péchés !
— mais il se pouvait fort bien qu'on les dé-
plaçât.

Rue des Récollets, dans ce quartier ouvrier,
mais riche, il étaient heureux, choyés des
familles, réalisant maints petits profits et gâtés
par le clergé de la paroisse voisine. Si on les
envoyait en disgrâce dans quelque trou déshé-
rité de la banlieue, c'en était fait de leur liberté
relative, de leur douce existence et de tous
leurs projets d'avenir. Décidément, il fallait
aviser au plus vite, parer le coup, sauver la
situation. Pour son compte, Hilarion tremblait
à la pensée d'être seul fait responsable de ce

qui s'était passé et de se séparer d'Origène, « *son cher fils* ».

Le soir même, après une visite au curé de Saint-Laurent, il avait trouvé un biais. Il monta chez Charlot, se composant en chemin un visage sévère et menaçant. Le petit, effrayé dès les premiers mots qu'il lui adressa, promit silence et jura de répéter docilement à toutes les questions du dehors la leçon que lui fit le directeur. Il tint parole. Le vicaire étant venu le voir, il lui affirma qu'il préfèrerait aller n'importe où plutôt qu'à Saint-Barnabé et que sa mère avait toujours souhaité qu'il fût élevé en province. On pouvait la consulter. Le prêtre lui promit alors de le faire entrer dans une école professionnelle que son oncle, l'évêque de Saint-Dié, allait fonder dans son diocèse.

L'établissement était créé pour faire pièce à une école similaire et laïque, œuvre d'une municipalité libérale avec laquelle monseigneur était continuellement en lutte. Seulement, la ville étant un foyer d'opposition, il fallait pour frapper un grand coup avoir, le jour même de l'ouverture, deux fois plus d'élèves que la maison rivale, et les sommités catholiques du département s'étaient, dans ce but, cotisées, s'offrant à payer l'éducation de petits orphelins destinés à faire nombre.

Charlot devait profiter d'une de ces espèces de bourses. Son entrée à Saint-Barnabé devenant dès lors inutile, on le ferait partir, dans quelques jours, pour Saint-Dié, où il vivrait chez les Maristes, en attendant l'ouverture de l'école épiscopale.

Par lettre, et pour la forme, on consulta sa mère qui, heureuse d'être débarrassée de tout souci et de toute charge relativement à l'enfant et n'ayant d'ailleurs d'autre volonté que celle de son vieux protecteur le curé de Saint-Laurent, donna de grand cœur son consentement. Elle ne put trouver une heure pour quitter les cuisines de l'orphelinat de Passy et Charlot partit sans la voir.

VI

Jusqu'au jour où il quitta la rue des Récollets, Charlot resta séquestré dans sa
chambre. Frère Hilarion seul lui portait à
manger, et, tous les jours, à midi, quand il
faisait beau, venait le prendre pour l'emmener
dans le jardin. Au bout d'une demi-heure de
promenade, employée à arpenter la cour et les
allées, et durant laquelle le directeur l'entrete-
nait de sa première communion et des devoirs
du jeune chrétien, Bébé remontait à son cabinet pour être enfermé à double tour jusqu'au
lendemain.

La semaine lui parut terriblement longue et
sa solitude le plongea dans un cruel chagrin.

En vain, à chacune de ses sorties, il cherchait du regard Origène. Son bon ami, ainsi que les autres maîtres, semblait avoir disparu ; à l'heure de sa promenade, l'école était silencieuse et muette comme un tombeau.

A peine rentré, l'enfant avait alors des crises de larmes, se roulant sur son lit et pris d'un immense désespoir. Puis, las de pleurer, il songeait, l'air morne. Avec une acuité et une logique dont la précocité vieillissait davantage chaque jour son visage, il analysait ce qu'il avait vu et entendu, se remémorant tout ce qu'il avait souffert et sentant son cœur se serrer en découvrant, pauvre petit paria, les horreurs dont était fait le peu qu'il connaissait de la vie. Un dégoût l'empoignait, donnant à tous ses traits une expression de lassitude indifférente et mettant dans son regard la profondeur douloureusement pensive qui creuse celui des vieillards. Sa tête d'homme surmontant la gracilité de son corps d'enfant, laissait l'attristante impression que produit pour la première fois dans un musée médical la vue d'un être phénomène, d'une violation mal venue ou d'une dégénérescence de l'immuable nature.

A présent, le gamin détestait Origène, ne pouvant lui pardonner son abandon. Soutenu par un reste d'espérance, il l'attendait pour-

tant chaque nuit, comptant toujours que l'ignorantin trouverait un moyen d'ouvrir la porte
et de venir le consoler. Et, à chaque désillusion nouvelle, il le maudissait davantage, se
sentant plus malheureux.

Avec cela il n'éprouvait pas les énergiques
révoltes de certains enfants plus mâlement
trempés. Il avait des terreurs féminines.
Lorsque l'heure s'écoulait, perdant tout espoir
de revoir son ami, il pleurait, se promettant
bien, le lendemain, de se mettre à la fenêtre,
d'ameuter les passants en se plaignant qu'on le
tînt enfermé, ou de briser sa chaise contre la
mince cloison qui le séparait du dortoir des
sous-maîtres et de leur crier à travers le mur
tout ce qu'il pensait du directeur et d'eux-
mêmes. Mais quand le jour revenait, sa colère
s'affaissait : il n'osait plus. Une lâcheté l'amollissait, grandissant chaque jour avec sa faiblesse physique, et, lorsque frère Hilarion
arrivait, il n'avait plus même le courage de se
plaindre, sentant son cœur défaillir et ses
jambes trembler rien qu'au bruit bien connu de
la clé tournant dans la serrure.

Plus violentes d'ailleurs que jamais, ses
habitudes onanistiques l'avaient repris. Il s'y
livrait machinalement, à présent, avec une
sorte d'hébétude, sans excitation préalable, et

comme obéissant passivement à un fatal instinct. Parfois, ses accès l'empoignaient alors
qu'il pleurait encore dans la colère de son
abandon, et de grosses larmes, de ces larmes
d'enfant par lesquelles, dans une communicative émotion, se dégonflent les premiers et
faciles chagrins, ruisselaient sur ses joues,
tandis que ses mains s'égaraient à la recherche
des coupables et mystérieuses voluptés.

Il s'anémiait à vue d'œil, dans l'accablement
de tout son être atteint en pleine période de
croissance, et son organisme troublé dans ses
principales fonctions offrait les premiers symptômes d'une véritable cachexie génitale. Chaque
jour plus profonde, cette consomption, qu'accélérait une exagération primitivement vicieuse
et héréditaire du système nerveux de l'enfant,
se traduisait déjà par un détraquement physique et par une déchéance des facultés morales
et intellectuelles.

Charlot maigrissait. L'animation de son teint
avait disparu, faisant place à une pâleur blafarde, terreuse même. Ses yeux n'avaient plus
leur vivacité et leur brillant, et paraissaient,
le matin surtout, ternes, languissants et comme
voilés. Son regard était apathique, et ses pupilles, perdant de leur contractibilité, se dila-
taient, se portant en haut et en dedans, souvent

cachées par sa paupière, qui retombait, appe·
santie, semblant plus rose sur le cercle bleuâtre environnant l'œil.

Ce n'était pius le blondin charmant qu'en-
viaient les mères, mais un petit malade aux
traits tirés, à la physionomie préoccupée et
morose, dont un mal innommé avait fané et
impitoyablement flétri la fleur de santé.

Une paresse musculaire envahissait le gamin
autrefois si joueur et rendait nonchalante son
attitude, fatigant ses moindres efforts. Au
bout d'une semaine de cette claustration, il
en était arrivé à bénir la pluie qui empêchait
sa promenade, car, d'ordinaire, il rentrait las
et brisé d'avoir monté l'escalier, souffrant dès
le premier étage d'une anhélation douloureuse
et de palpitations subites. Il mangeait à peine,
digérant mal, sentant son caractère changer
peu à peu, cédant à chaque instant à des envies
de pleurs et, cependant, pris d'amour pour sa
solitude, qui le laissait en tête-à-tête avec son
mal.

En vain le directeur lui apportait des livres,
de belles histoires comme il les aimait, illustrées
de nombreuses gravures et reliées comme les
ouvrages de distribution de prix. Il ne lisait
plus, indifférent à tout, sentant s'affaiblir sa
mémoire et s'émousser son intelligence.

Son supplice prit fin au bout de quatorze jours. Hilarion vint le chercher un matin et l'enfant apprit sans surprise qu'il partirait le soir même pour Saint-Dié, sous la conduite d'un prêtre qui, se rendant dans les Vosges, voulait bien se charger de le remettre à destination. Aussitôt, il fit ses préparatifs, serrant son linge et ses effets dans sa malle, sérieusement, avec soin, comme un petit homme. Il n'éprouvait ni émotion, ni regrets de ce départ soudain. Il n'eut d'étonnement qu'en découvrant, sa besogne finie, que le directeur avait laissé la porte ouverte.

Il descendit, craintif, et se mit à parcourir la maison, comme s'il avait voulu, avant de la quitter, en étudier tous les détails. Il pénétra dans le parloir, se rendant compte, avec un sang-froid et un raisonnement d'homme fait, que ses malheurs avaient commencé là. Puis, ce fut la pierre du vestibule qu'il alla voir. Il n'avait plus maintenant ni dégoût ni révolte, et si le frère Eusèbe l'avait exigé de nouveau, il aurait obéi dans son abrutissement, et docilement léché la crotte de cette marche.

Et à remarquer, dans sa lente promenade, la physionomie des choses, il se rappela son entrée dans la maison. Il avait, déjà alors, cette impressionnabilité nerveuse qui lui faisait entendre le silencieux langage des objets. Il revit dans une rapide évocation, la rue fangeuse, les devantures bien connues, les murailles lépreuses de l'hôpital, le quai fermant la rue avec les tas de bois du chantier du *Grand I vert*, les hautes cheminées profilant leur rougeur grêle sur le ciel : tout ce coin de quartier longuement contemplé de la porte de l'école, quand il attendait avec sa mère qu'on vînt leur ouvrir.

Sur son chemin, il rencontra Eusèbe et Sulpice. Les deux hommes, l'air content de le revoir, l'embrassèrent affectueusement :

— Tiens ! voilà notre Bébé !

Ils lui pinçaient les oreilles, lui tapotaient les joues. Charlot se laissait faire, l'œil défiant, repris de rancune. Le pauvre petit trouvait froids ces baisers qui n'étaient plus que chastes, mais auxquels on ne l'avait point accoutumé, et, le cœur gros, soupirait, se disant qu'on ne l'aimait plus du tout.

— Où est donc frère Origène? demanda-t-il.

La figure des deux ignorantins se rembrunit. Ils balbutièrent, mais le gamin insista.

— Eh bien ! il est malade, répondit Eusèbe, seulement frère Hilarion a défendu que tu ailles le voir.

Charlot pâlit, douloureusement affecté. Un

remords lui venait d'avoir douté de son bon
ami et de l'avoir injustement accusé.

— Depuis quand est-il malade ? interro-
gea-t-il.

— Depuis ce matin...

Ce fut une désillusion. Le gamin était prêt
de pleurer, mais en même temps un besoin
d'excuser son maître et de le revoir l'empoignait à parler de lui. Il a, peut-être, été enfermé
comme moi, pensait-il, et il ne songeait plus
qu'aux moyens de le retrouver. Justement
frère Hilarion sortait, il fallait utiliser son
absence. Profitant de ce qu'on ne le surveillait
pas, il se glissa dans l'escalier.

Il eut bientôt trouvé la chambre où était
Origène. Des hurlements de douleur, qui firent
se dresser les cheveux de l'enfant, en sortaient
comme il passait devant la porte.

Il s'arrêta, pris de peur, suffoquant d'émotion, n'osant bouger. Les cris continuaient,
effrayants et suraigus, parfois n'ayant plus rien
d'humain. Quand ils s'arrêtaient une minute,
une voix chevrotante s'élevait. Charlot saisit
quelques mots. C'est le médecin, pensa-t-il, et
n'ayant plus le courage d'entrer, il se glissa
sans bruit dans un cabinet qu'il savait être à
côté de la chambre du malade, et où l'on mettait
les fournitures d'école. Il s'assit sur les rames

de papier et resta un instant immobile, retenant son souffle.

A présent, il entendait Origène et le docteur comme s'il avait été avec eux. Les cris du frère étaient plus terribles de minute en minute : Bébé en avait la chair de poule. Bientôt, dans une effroyable anxiété, il s'imagina qu'on torturait son maître ; il voulut voir. Sur la pointe des pieds, il alla jusqu'à la porte vitrée qui faisait communiquer le cabinet avec la chambre et colla son œil à l'angle d'un carreau incomplètement couvert par un rideau de cotonnade.

Le lit était juste en face. Frissonnant, une sueur froide au front, le gamin aperçut alors son grand ami qui gisait livide, la tête en arrière, la bouche ouverte, immobile. Il était entièrement découvert avec deux oreillers sous les reins et tenait ses genoux repliés. A côté de lui, un homme grand et maigre, habillé de noir, cravaté de blanc, la face glabre, un lorgnon en or fiché au bout du nez, se penchait, les deux mains appuyées sur le bas-ventre de l'ignorantin. Le petit eut à peine le temps d'embrasser cette scène d'un coup d'œil. Il vit la porte donnant sur l'escalier s'ouvrir et, précédant Hilarion, un second personnage habillé de noir s'approcher du lit. Il y eut des salutations et des poignées de main.

— Cher frère, laissez-nous, je vous prie, fit l'homme à face glabre. Le docteur Perrin et moi avons besoin d'être seuls... puis ce spectacle vous ferait mal.

Hilarion s'inclina et disparut. Les deux médecins examinèrent alors le malade en lui écartant les genoux, puis, sans s'inquiéter de ses cris, s'éloignèrent pour causer.

— Mon cher confrère, disait le grand maigre, excusez-moi : malgré notre rivalité électorale, je vous ai fait mander, d'abord parce que le cas est fort curieux, fort intéressant, ensuite parce que je serais bien aise de recourir à vos lumières, enfin, parce que je crois qu'il y a nécessité à garder le blessé ici. C'est un frère de la doctrine chrétienne, et la nature de sa blessure, si nous le faisions transporter à l'hôpital, causerait un scandale dont s'empareraient les ennemis de la religion... Or, vous êtes trop respectueux du secret professionnel pour parler de notre consultation à votre loge...

— Sans doute, sans doute, maître André, répondit le docteur Perrin, railleur, il faut avant tout éviter un scandale qui rejaillirait sur l'Eglise !

Et il se frottait les mains, réjoui dans son vieil anti-cléricalisme, à l'idée que son

confrère, l'ami et le protégé de la congréga-
tion, avait besoin de lui.

Les deux hommes à présent parlaient bas,
craignant d'être entendus d'Origène. Charlot
ne saisissait plus que quelques bribes de
phrases hérissées de mots latins, de conson-
nances scientifiques, barbares, dont l'inconnu
l'effrayait comme le prélude de quelque chose
d'épouvantable qui allait se passer devant lui.
Parfois, les deux docteurs se rapprochaient du
lit, interrogeaient l'ignorantin, ou l'exami-
naient, penchés, leurs crânes roses et luisants
se touchant au-dessus de la couchette.

Le frère était pâle comme un linge ; il restait
immobile, ne criant plus que lorsque les médecins le palpaient. De sa place, l'enfant voyait
distinctement le faciès tordu de son bon ami et
ses yeux dont, comme une bille d'émail, le blanc
apparaissait seul, papillottant.

Le docteur Perrin cependant s'impatientait
et tirait fréquemment sa montre : on tardait
bien à apporter ses instruments !

Et il disposait au chevet du lit, sur une
petite table, une cuvette pleine d'eau, des
bandes, des compresses, de la charpie, une
palette de fer-blanc et une trousse dont les
poches ouvertes laissaient voir des petits outils
qui brillaient. Puis, pour tuer le temps, il fai-

sait les cent pas, allant du malade à la fenêtre près de laquelle M. André s'était assis.

Celui-ci, un peu confus d'avoir recours à son confrère franc-maçon, lui recommandait le silence, et, rassuré, faisait un naïf étalage d'érudition. Il n'avait pas été trop surpris, quand le directeur lui avait expliqué sommairement ce qui était arrivé à ce malheureux Il avait observé deux cas de ce genre à l'hôpital Nélaton dans son service chez des laïques... Mauriac en citait du reste plusieurs, mais le plus curieux était celui de ce berger du Languedoc dont Choppart racontait...

— Oui, je sais, interrompait en souriant le docteur Perrin. L'histoire est classique et tous les étudiants de première année la connaissent... Vous devez, au surplus, en fréquentant les gens d'église, avoir découvert plus d'un cas analogue...

Mais le médecin au lorgnon en or se récriait, parlant de fables inventées par les libres-penseurs. Alors le docteur Perrin se fàcha. Il arpentait plus vivement la chambre, s'échauffant à son réquisitoire : ils étaient tous les mêmes, les porte-soutanes, pourris dès l'enfance, blasés physiquement à trente ans ! Et même avant cet âge, la sensibilité spéciale du sixième sens s'émoussait et disparaissait chez certains d'entre eux, les plus forcenés. Leurs manœuvres restant impuissantes, ils ne renonçaient pas pourtant à leurs monstrueux plaisirs. La surface était morte, mais l'anesthésie n'avait pas gagné les parties profondes, et c'est là qu'ils allaient réveiller ce qui restait de sensibilité dans leurs organes. Toutefois, ce mode féroce aboutissait souvent à des traumatismes dangereux. C'était une baguette, ou, comme chez le saligaud d'ignorantin, un porte-plume, qui, un jour, au cours d'un spasme, échappait à leurs mains et tombait dans la vessie...

Mais, fuyant une discussion qui lui était désavantageuse, le pieux docteur renonça à défendre le clergé. Il avait besoin de son ennemi et, craignant de le pousser à bout, il ne répondait plus qu'en parlant du traitement à suivre. Avec le chloroforme, la lithotomie était une opération facile...

— Avec vous tout est facile, cher maître, reprit ironiquement M. Perrin.

A ce moment, on frappa à la porte. Un domestique apportait des flacons et la boîte de chirurgie attendue.

— Ah! enfin! s'écria le praticien, tout réjoui d'opérer. Et, en un tour de main, il s'enveloppa de son grand tablier blanc.

Puis se tournant vers le malade qui geignait :

— Allons, cher frère, n'ayez pas peur. Voici le moment de vous armer d'un peu de votre fameuse résignation chrétienne! Que diable! offrez vos souffrances à Jésus... D'abord, ce ne sera pas long...

Il retroussait ses manches en examinant de nouveau le blessé.

— Alors, c'est entendu, dit-il, mon cher confrère? Vous croyez, comme moi, que la mèche du porte-plume a pénétré dans la prostate?... Je vais faire une incision sur le raphé périnéal et extraire l'objet...

Mais, brusquement, il se redressa et apostrophant le malade:

— Ah! ça, mon frère, quelle idée avez-vous eue d'introduire votre porte-plume la mèche la première?...

Charlot n'en entendit pas davantage. Le médecin avait ouvert sa boîte, et sur le velours rouge qui en capitonnait les parois, les instruments d'acier poli luisaient avec leurs lames aiguës, leurs pointes acérées et leurs scies effrayantes. L'enfant se sentit défaillir, serra les dents, ferma les yeux et, rigide, pâle, écrasé, s'écroula, perdant connaissance.

Il était étendu à présent au milieu des papiers et des livres. Sa joue collée sur un paquet de cahiers d'école à couverture illustrée, semblait plus blanches entre les feuilles d'un bleu cru; et Bébé paraissait s'être endormi insouciant, — doux et pauvre écolier, — le nez sur la légende instructive qui terminait la page, soulignant le dessin: « L'ORNITHORYNQUE DE LA NOUVELLE HOLLANDE. — *Collection recommandée pour les classes.* »

Quand il revint à lui, il était entouré de monde. Tous les frères étaient là, et Hilarion, l'air sévère et les sourcils froncés, lui jetait de l'eau à la figure. Le gamin se secoua, l'œil perdu, comme tiré d'un cauchemar. Il se releva, titubant, les jambes molles, la bouche empâtée. Brusquement, la raison lui revint :

— Et frère Origène? demanda-t-il.

Il avait posé cette question d'une voix si poignante, avec une émotion si anxieuse, que les ignorantins se sentirent remués, troublés malgré eux et oubliant leur jalousie vindicative. Hilarion lui-même fut pris de pitié. Aussi bien, puisque ce maudit crapaud avait tout découvert, malgré sa surveillance, il était inutile de chercher plus longtemps à lui dissimuler le scandale.

— Rassure-toi, Bébé, répondit-il, l'opération a réussi à merveille. Ça n'a pas traîné : une vraie messe de midi! Le docteur l'a endormi et ton bon ami n'a pas souffert. Maintenant, il va mieux; il dort. Il est hors de danger...

La physionomie de l'enfant exprima une joie touchante et le directeur n'osa pas lui refuser l'autorisation d'aller embrasser le cher frère avant de quitter la maison. Charlot pénétra donc dans la chambre du malade et put courir au lit d'Origène. Le blessé sommeillait, tout blanc encore, mais avec des traits reposé est un air de profonde béatitude. Sur la petite table à son chevet, il n'y avait plus que la palette avec de la charpie et du linge pour renouveler le pansement, mais, sur le marbre mal essuyé, l'œil investigateur du petit découvrit un mince filet de sang, qui allait jusqu'au bord, laissant pendre sur le parquet une stalactite coagulée, d'un brun clair. Une odeur de pomme fadement sucrée mettait dans la pièce les écœurants relents du chloroforme.

Il se pencha sur l'oreiller, se grandissant et entourant de ses bras le cou de son maître. Le malade ouvrit les yeux et, reconnaissant son Bébé, eut un pâle sourire. Le cœur étreint, son élève lui annonça son départ et lui fit ses adieux. Tous deux pleurèrent, pris d'un attendrissement très doux, ne pouvant se décider à se séparer; mais Hilarion survint

et il leur fallut enfin se quitter. L'enfant, en
descendant l'escalier, donna libre cours à ses
larmes.

Le prêtre qui devait le conduire l'attendait
déjà au parloir. La présentation fut vite faite.
Charlot passa dans les bras de tous les frères
et suivit son nouveau compagnon. A la porte,
devant la rue populeuse et largement enso-
leillée, il eut comme un vertige, ébloui et la
paupière clignotante, ainsi qu'un jeune hibou
tombé du nid et se débattant sous la révélation
de l'éclatante lumière. Mais un cri lui fit relever
la tête. Eusèbe était à la fenêtre du premier
qui lui faisait de grands signes. Il comprit et
tendit sa casquette. Le frère y jeta un chapelet
béni enfermé dans une petite noix sculptée,
accompagnant son cadeau d'un dernier adieu :

— Bon voyage, Bébé !

Désormais sans rancune, Charlot répondit :
« Merci ! » et prit la main de son guide, son-
geur, sans plus rien voir. Le frère avait des
larmes aux yeux en lui souhaitant bon voyage,
et, surpris, le gamin cherchait à s'expliquer
l'émotion de l'homme qui avait été son bourreau. Une demi-heure après, il quittait la gare
de l'Est et roulait en wagon.

La nouveauté du voyage et des vastes cam-
pagnes verdissantes découvertes par la por-

tière l'occupa bientôt tout entier, et avec la mobilité d'esprit de l'enfance, il oublia très vite la rue des Récollets, les bonheurs et les tourments anciens.

VII

CHARLOT, en vrai petit Parisien, n'avait
jamais dépassé les fortifications. Ce
voyage lui fut un enchantement. Sa joie naïve,
ses cris continuels de surprise amusaient le
prêtre. Quand on pénétra dans les Vosges,
son émerveillement ne connut plus de bornes.
Insoucieux des escarbilles de charbon et de la
fumée de la locomotive, il restait à la portière,
jouissant à sentir le vent ramasser ses cheveux et s'extasiant devant l'horizon vert. Mais
il aimait surtout les prairies sans fin rayées
d'innombrables rigoles d'arrosage qui semblaient au passage du train pivoter sur une
de leurs extrémités et poursuivre le convoi,

balayant l'herbe, fauchant les aulnes, dans la promenade décroissante du ruban d'argent de leurs eaux blanches, plus larges près des vannes, sous les oseraies. Loin, bien loin, au bout de la plaine, des montagnes couraient aussi, bleuâtres, s'enlevant sur le ciel clair avec une vigueur exquise dans la transparente fraîcheur du matin ; et leurs flancs boisés de sapins, au détour des gorges ou dans la profondeur des trouées, s'assombrissaient sans gradation dans un bleu noir aux teintes moirées et métalliques. Puis, la gorge dépassée, le vert reprenait, étageant, depuis les rochers couronnant la crête jusqu'à la ligne d'ocre, limite des défrichements, la gamme confuse de ses tons. Au-dessous de cette ligne, un damier descendait, où les diverses cultures mettaient dans des cases irrégulières vingt couleurs différentes aussitôt confondues que découvertes dans la course folle du train. Bientôt, la voie fit un coude, et l'on coupa les montagnes par un défilé ombreux et étroit que surplombaient des roches et de vieux arbres, au milieu d'un de ces paysages romantiques que les vues de la Suisse ont popularisés.

Charlot battait des mains, reconnaissant quelque chose de familier, cherchant où il avait déjà aperçu ce site et se souvenant enfin du cabinet du marchand de vin, à Saint-Ouen, dont les murailles étaient tapissées d'un papier illustré représentant ces montagnes, ces pins, ces roches, ce châlet même qu'il découvrait au loin.

Il ne manquait là que le lac et pour faire suite, comme sur le papier, l'écumeur de savanes emportant au galop de son cheval noir une femme de blanc vêtue et au long voile, ou un Mazeppa ficelé sur un étalon sauvage et regardant un vol de corbeaux planer sur sa tête.

— Que c'est beau ! s'écria le gamin, l'œil agrandi d'une admiration intense.

Le prêtre sourit sans répondre et referma son bréviaire. On arrivait à Saint-Dié.

Une heure après, Charlot était installé chez les maristes et faisait la connaissance de ses nouveaux maîtres. Ils lui plurent tout de suite, malgré leur visage blême de célibataires reclus. Ne portant point la soutane et le rabat blanc, ils prenaient immédiatement pour l'enfant un caractère plus humain. Il ne songea point à rire de leur longue redingote marron, de leur pantalon noir tombant sur de gros souliers ferrés et de leur chapeau de soie haut de forme, évasé du haut et à bords étroits. Aussi bien, il était abasourdi, tout secoué par cette transplantation brusque dans cette calme maison de province, sur cette rue silencieuse où l'herbe poussait entre les pavés, dans l'ombre religieuse des maisons endormies et des murailles de soutènement toutes moussues que dominaient les escaliers monumentaux conduisant à la cathédrale. Brisé de fatigue, il s'endormit, entendant bruire dans sa tête la trépidation des vitres du wagon, et sourdement résonner, en de brusques cahots, le roulement tapageur que font les trains sur les plaques tournantes à l'approche des stations.

Il se réveilla ne se reconnaissant plus; pris d'effroi devant l'inconnu lorsqu'il se souvint. Les frères, si placides la veille, allaient et venaient affairés. Charlot pressentit qu'il était survenu quelque événement grave et attendit, anxieux. On l'appela enfin chez le directeur, frère Isidore, et, là, il apprit que l'ouverture de l'école professionnelle projetée venait d'être ajournée à l'automne par monseigneur.

Que s'était-il passé? L'enfant ne songea point à le demander. Il restait timide devant le mariste, n'ayant dans le trouble de ses idées qu'une inquiétude précise. Qu'allait-on faire de lui jusqu'au mois d'octobre? Allait-on le renvoyer dans l'horrible bagne qu'il venait de quitter? Une affre silencieuse l'empoignait à cette idée et il demeurait immobile devant le frère, les yeux baissés, pâle d'émotion. Celui-ci songeait. Enfin, il demanda au petit Parisien l'adresse de sa mère, puis le renvoya après lui avoir tapoté les joues.

Charlot reprit courage et, pendant quelques jours, vécut de la vie calme de la maison, s'amusant comme un bienheureux dans le grand jardin des maristes et n'ayant d'autre travail que deux pages de son catéchisme à apprendre le matin. Il n'était point encore sorti, si ce n'est pour aller à la messe, à deux pas, et se laissant vivre insouciant, sentant un mieux réconfortant l'envahir et dans la fatigue somnolente qui le saisissait chaque soir ne pensant plus à rechercher les mystérieux et écrasants plaisirs.

Un matin, frère Isidore le fit appeler de nouveau. Il avait reçu de Paris la réponse à ses lettres et le curé de Saint-Laurent l'informait que la veuve Duclos avait subitement disparu de l'orphelinat de Passy. Malgré les recherches de la préfecture de police, on n'avait pu retrouver ses traces.

L'enfant apprit la nouvelle sans trop d'émotion; il commençait à oublier qu'il eût jamais connu sa mère. Le directeur, d'ailleurs, ne lui laissa point le temps de s'attendrir.

— Je vais te renvoyer chez toi, mon petit ami...

Le gamin éclata en sanglots. Le mariste le regardait stupéfait de cette grosse et bruyante douleur. Puis, les larmes de l'enfant coulant plus fort, il l'attira près de lui, l'interrogeant avec de câlines paroles et d'affectueuses caresses, Bébé, devinant une sympathie compatissante, ne put taire plus longtemps son débordant secret, cédant à cet instinctif et naïf besoin qu'ont les faibles de confier joies et douleurs. Il raconta les misères qu'il avait subies chez les ignorantins, éprouvant dans son chagrin un âcre bonheur de se venger d'Hilarion. Cependant, les dernières recommandations d'Origène lui revenant soudain à l'esprit, il essaya de passer sous silence l'intimité de ses relations avec son bon ami. Mais le mariste devina sans peine qu'on lui cachait quelque chose et, avec l'adresse papelarde des gens d'église, eut bientôt fait de retourner son élève et de le contraindre — sans paraître le violenter, — à préciser davantage et à tout lui dire, jusqu'à la maladie du sous-maître et à l'opération qu'il avait subie. Charlot avouait tout avec la vague sensation d'un soulageant allégement et prévoyant qu'il évitait un retour à la rue des Récollets, par cette confession qu'Isidore écoutait impassible, mais avec une légère flamme dans les yeux et un pli humide aux commissures des lèvres.

Quand il eut terminé, le directeur hocha la tête, cherchant ses mots et prit d'une troublante préoccupation à évoquer encore, pour les vivre lui-même, les scènes que ce gamin venait de lui décrire ingénûment. Ces ignorantins se permettaient décidément tout. Quelle règle facile ! Ils n'avaient point, eux, la cathédrale et l'évêché à leur porte, le presbytère à côté de leur école !

— Vous êtes bien coupable, mon enfant, balbutia-t-il enfin ; aussi, avant toute autre chose, je vais vous conduire à l'église. M. Choisel doit y être encore... Vous êtes à la veille de votre première communion : vous répéterez au tribunal de la pénitence ce que vous venez de me dire... Allons, mon petit ami, essuyez vos yeux et récitez mentalement un acte de contrition : le repentir lave toutes les fautes...

Charlot pleurait plus fort. Une désillusion se mêlait à son chagrin et lui crevait le cœur. On le trouvait coupable à présent ; au lieu de le plaindre, on l'invitait à demander son pardon : il ne comprenait pas. Une colère précipitait plus violemment ses sanglots, l'emplissant d'une précoce amertume dans la confuse révolte de son sentiment du juste violé une fois de plus. Machinalement, il suivit le mariste.

Celui-ci marchait lentement, semblant soutenir une lutte contre lui-même, évitant de regarder son petit compagnon et, de sa main gauche plongée dans la poche de sa redingote, roulant furieusement les grains de son chapelet.

Comme s'il était parvenu à se vaincre, ses traits peu à peu se détendirent et son œil s'éteignit. Sans doute, il venait de se remémorer un passé plein d'odieux et de dangereux mystères, de tentations auxquelles pour son malheur il avait jeune encore, complaisamment cédé. Cet Hilarion, cet Origène, dont son nouvel élève lui disait tout à l'heure les bestiales poursuites, devaient être des jeunes gens, incapables de résister à leurs coupables ardeurs, et qui faiblissaient dans la lutte cruelle entre l'obéissance à leurs vœux et les appels de leur chair. Il aurait eu tort de s'en étonner. Il avait vu ces débordements en Belgique, au sortir de son noviciat, et lui-même, entraîné, avait suivi les contagieux exemples. N'avait-il pas dû, pour ce fait, franchir la frontière et chercher dans les Ardennes un refuge contre la justice? Maintenant, il était un homme mûr, et sa piété grave et réfléchie, en même temps qu'un épuisement prématuré, le défendait suffisamment contre les assauts et les surprises de ses sens. Et grave, les yeux mi-clos, avec l'énergie d'une conviction farouche et l'enthousiasme étroit de ses vieilles passions déviées, il termina ses méditations par une fervente action de grâces. Un dévot frémissement faisait trembler ses lèvres minces et il ne gardait du combat intime dont il sortait triomphant qu'une furtive rougeur à l'idée de le confesser au vieux Choisel.

Celui-ci allait entrer à la sacristie quand Charlot et le mariste pénétrèrent dans la cathédrale. En deux mots, prononcés à voix basse, Isidore mit l'abbé au courant de la situation, puis l'enfant suivit le vieillard dans une chapelle latérale.

Une terreur avait saisi le gamin sous le froid des voûtes sombres dont ses pas en sonnant sur les dalles réveillaient les échos. Ce petit curé ratatiné et maigriot lui paraissait terrible, avec sa figure d'ascète, couleur de vieil ivoire d'un jaune de cire sur les méplats des joues et grosse comme le poing, mais qu'éclairait étrangement la flamme des yeux caves, plus profonds sous l'ombre des sourcils broussailleux.

Le prêtre marchait sans faire de bruit, glissant comme une ombre entre les piliers, sans briser d'un heurt ou d'un frôlement contre les bancs les plis secs de sa soutane qui moulait, comme en un linceul noir, les lignes anguleuses et roides de son corps. Toujours silencieusement, et sans que sa clef grinçât dans la serrure, ou que le vieux chêne criât, il ouvrit le confessionnal.

Charlot était à genoux, maintenant, balbutiant son *Confiteor*, n'apercevant plus à travers le grillage, dans l'intérieur de la boîte, que le crâne luisant du petit homme et ses yeux phosphorescents. Il s'arrêtait, ne se rappelant plus la fin de l'oraison contrite :

— C'es pourquoi je prie Sainte-Marie toujours vierge..... toujours vierge..... toujours vierge.....

Il barbottait indistinctement en mâchonnant son *toujours vierge*, distrait par la flamme de ce regard, qui le poursuivait encore lorsqu'il fermait les paupières. Et, furieux contre sa mémoire rebelle, honteux de ce rapprochement, il se débattait, son esprit s'accrochant désespérément au souvenir du chat blanc du concierge Rosier, que sa mère poursuivait chaque soir, sous prétexte qu'il pissait sur son paillasson. Etant tout petit, il avait peur quand, la nuit, il rencontrait la bête, et, à cette heure, agenouillé dans le confessionnal, devant l'éclair continu des yeux du prêtre, il revoyait invinciblement les pupilles du matou piquant de deux étincelles le noir du palier.

— ..... « Au bienheureux saint Michel archange..... » souffla la voix grave du curé.

Comme une horloge remontée qui reprend son tic-tac dans le va-et-vient renaissant de son balancier, le gamin acheva l'oraison avec le débit régulier et le monotonement machinal contracté chez les ignorantins. Alors le prêtre l'interrogea, et, de nouveau, repris d'émotion, Bébé raconta son martyre. Comme le mariste, le père Choisel exigeait qu'il précisât, écoutant ensuite sans mot dire les détails que Charlot lui donnait longuement, et le jeune pénitent n'entendait alors que le souffle précipité de son confesseur.

Quand il eut fini, le vieillard toussa, semblant réfléchir, puis, au bout d'un instant, commença un sermon sévère sur la pureté de l'âme et du corps. Peu à peu, il s'animait, pris d'une sainte colère, et frémissant à parler des charnelles caresses. Charlot, abasourdi d'abord, trembla bientôt. Il découvrait enfin l'étendue de ses fautes, hébété de se trouver aussi coupable, navré de cette chute dont on le faisait brutalement apercevoir.

Une rancune cependant traversait sa douleur. Frère Origène l'avait donc trompé? Et il

avait aimé ce monstre! La veille encore, il lui
envoyait des baisers avant de s'endormir,
revoyant les yeux bleus et les cheveux bouclés,
de son « bon ami »! Ce n'était pas juste, la vie
décidément était une chose affreuse : il aurait
voulu être mort, ne plus souffrir, être comme
son papa... L'enfer! Il irait en enfer pour
s'être abandonné à ses sentiments de tendresse
et avoir offensé Jésus avec ses pratiques solitaires!... C'en était trop : la secousse était trop
rude pour son organisme détraqué. Un grand
frisson lui glaça soudain l'épiderme, et, la sueur
au front, la face blême, il sentit qu'il allait
tomber comme le matin où il avait vu le
médecin ouvrir sa boîte d'instruments. Il ferma
tout à coup les yeux et étendit les deux bras
pour se cramponner à quelque chose. Ses
ongles égratignèrent le bois et il roula hors du
confessionnal, la tête sur les dalles.

La convalescence fut longue. L'enfant avait
une fièvre cérébrale qui faillit l'emporter. Son
délire bruyant révolutionnait depuis quinze
jours la maison, d'ordinaire si calme, quand,
avec un affaisement subit, qui le rejeta épuisé
sur ses oreillers, la raison lui revint, un matin.
Le docteur Noël entrait à ce moment.

— Eh bien! mon petit homme, on se décide
donc à reconnaître son monde?

Charlot eut un faible sourire. La bonne
figure joyeuse du docteur l'égayait. Se rappelant encore mal ce qui lui était arrivé, il
regardait autour de lui, délicieusement brisé,
troublé comme après un long sommeil plein de
rêves. Une exquise sensation de retour à la vie
le remplissait d'une torpeur attendrie, et il
demeurait immobile, noyant sa pâleur dans la
blancheur des coussins, ouvrant larges ses
yeux, dilatant ses narines. Justement une
nappe de soleil pénétrait dans la chambre,
mettant sur le papier de la muraille, dans la
ruelle, le rose reflet de l'édredon rouge rejeté
au pied du lit. Et de la cour des bruits montaient, très doux, en un bourdonnement de
ruche qui partait des classes du rez-de-chaussée. L'*Angelus* tintait à la cathédrale et les
gamins en bas répondaient en fredon :

— Sainte-Ma-rie, mè-re de Dieu, pri-ez
pour nous, pau-vres pé-cheurs.....

Les syllabes scandées en un monotone refrain s'envolaient, chantantes, dans l'accom-
pagnement de la cloche. Mais la nouvelle s'était
répandue par l'école que le petit Parisien allait
mieux et que le docteur, à présent, répondait de
lui. Isidore accourut et, à sa suite, tous les
frères. Ils s'approchaient de la couchette du
malade et le complimentaient, l'air joyeux,

s'essayant à de maladroites câlineries d'une rudesse tendre. Par instants, par la porte entrebâillée, un museau de gamin apparaissait curieux, puis disparaissait bien vite, et, dans l'escalier, des rires d'enfant résonnaient en fusées claires.

Quand tout le monde fut parti, le directeur s'assit auprès du lit.

— J'ai, dit-il, une bonne nouvelle à vous annoncer, mon enfant : nous vous gardons... L'ouverture de l'école professionnelle est retardée jusqu'à ce que Monseigneur soit revenu du Concile, mais vous resterez ici. La personne charitable qui avait bien voulu se charger de votre éducation nous a priés de vous conserver, à la requête de ce bon M. Choisel.

Charlot, le cœur inondé de joie, balbutia un remerciement.

— Ne parlez pas, reprit le directeur, cela vous fatiguerait. Il faut prier le bon Dieu de vous guérir vite, pour que vous puissiez faire votre première communion.

L'enfant eut alors un frisson.

— Cher frère, murmura-t-il avec angoisse, est-ce qu'il faudra que je me confesse encore ?

— Sans doute, mon ami, répondit Isidore, mais ne vous effrayez pas : le bon Dieu vous a pardonné. Demandez-lui des forces pour ne plus pécher...

— Oh ! cher frère ! cher frère ! je serai sage...

Le pauvre petit ne put en dire davantage. Une joie immense l'inondait à présent, et, écrasé de bonheur, las de ses émotions, il ferma les yeux et s'endormit d'un lourd sommeil, une teinte rose revenant à ses joues.

Trois semaines après, il était sur pied, regaillardi et comme remis à neuf par le repos, les bons soins et un complet renoncement à ses habitudes anciennes. Joyeux, il se mit au travail, plein d'ardeur, stimulé par le reproche que lui avait paternellement adressé le directeur d'être grandement en retard pour ses douze ans, et jaloux, lui que ses condisciples appelaient le petit Parisien, de ne point paraître au-dessous d'eux. Sa vie était heureuse. Des protections plus encore que sa gentillesse le défendaient contre les brutalités soudaines des frères. Le catéchisme et les pieux exercices ne lui pesaient plus et sa sensibilité s'exaltait par des élans d'ineffable dévotion dans lesquels il écoulait son besoin instinctif de tendresse. Même la confession lui était devenue étrangement douce. M. Choisel semblait l'aimer beaucoup, et Charlot le vénérait autant par reconnaissance que par admiration pour l'ardente charité que l'opinion prêtait au curé. A Saint-Dié, le vieillard passait pour un saint et les vieilles dévotes se contaient avec une édification attendrie ses macérations, ses jeûnes, sa vie d'ascète. L'enfant ne tremblait plus lorsque le prêtre, le fouillant de son regard inquisitorial, lui demandait « s'il avait péché contre la pureté ».

— Non, mon père ! répondait-il d'une voix plus haute avec une sorte de fierté, tout réjoui de se sentir sans tache, et, l'esprit rempli des mystiques allégories, se comparant au doux agneau pascal, blanc et pur devant le Seigneur.

Il ne mentait pas, guéri maintenant et renaissant à la vie dans une suractivité musculaire dont la saine lassitude, le soir, l'endormait d'un bon et pesant sommeil. Sa première communion fut une fête et sa piété le fit citer par le grand-vicaire comme un édifiant modèle. Ce fut lui qui récita le renouvellement des vœux du baptême au milieu de l'église, devant tout le monde. Le soir, il dîna chez sa protectrice.

Cette bienfaisante personne était une vieille fille ultramontaine et noble. Elle s'était chargée de l'éducation de l'enfant pour plaire à l'évêché, mais en voyant pour la première fois

son petit protégé, charmant sous le costume
de cérémonie qu'elle lui avait fait faire, elle se
prit à l'aimer. Elle le dorlota, le cajolant
avec une tendresse naissante qui amollissait sa
roideur desséchée de vieille fille. Elle n'avait
jamais connu d'autres joies que celles de pa-
tronner des œuvres pieuses et de politiquer
avec Monseigneur. Les rancunes aigries de son
célibat s'étaient écoulées jusque-là dans une
dévotion outrée et dans une vague affection
pour le vicaire général, affection que son âge
faisait chaste et calme, et dont son havanais
Fuchs prenait sa part. Mais, brusquement,
devant l'enfant, quelque chose se fondit en elle.
Ce fut comme une révélation.

Dès lors, tous les dimanches et tous les
jeudis, elle fit sortir Charlot ; rajeunie par le
sentiment de maternité qui s'éveillait dans son
cœur, elle l'appelait à son tour : « cher bébé ».
Le gamin naturellement l'adora, reportant sur
elle son besoin d'aimer et sentant en même
temps s'amoindrir sa dévotion et se refroidir
son religieux enthousiasme. A présent, il
bâillait à l'église, s'endormait au sermon et
considérait la confession comme une corvée à
retours périodiques, trop fréquents. Bientôt,
Mlle de Closberry, sa protectrice, trouva les
journées bien longues entre les deux jours de

sortie de son enfant d'adoption. Elle voulait l'avoir constamment près d'elle, pouvoir le choyer à toute heure et l'élever à sa guise. Elle y réussit. Le petit Parisien n'alla plus chez les maristes que comme externe et s'installa chez sa « maman ». Sa joie fut immense et si communicative que la vieille fille, toute remuée, manqua ce soir-là le Mois de Marie.

Charlot était depuis un mois chez elle et l'on ne reconnaissait plus en cet enfant bien élevé, bien portant, le gamin malingre que le train de Paris avait amené quelque temps auparavant, lorsqu'il eut brusquement une rechute et de nouveau céda à ses pernicieuses habitudes. Le mal éclata avec d'autant plus de violence qu'il avait été vivement comprimé.

Cependant, malgré que le gamin fût gâté, et bien qu'il s'endormît moins vite à présent, n'éprouvant plus la bienfaisante fatigue qui, chez les maristes, l'écrasait chaque soir, interdisant à son accablement les débilitantes pratiques de jadis, quoiqu'enfin, les prédispositions morbides dont il avait hérité avec la vie, le poussassent à retomber tôt ou tard, il ne glissa point de lui-même, pour la seconde fois, sur la pente fatale. Il résistait aux appels instinctifs de la névrose génitale qui minait son pauvre être, luttant contre la crispation involontaire

qui, parfois. le tordait, et se sentant ressaisi
d'une salutaire terreur à la pensée de l'effroyable châtiment, tout moral, qui punirait
désormais ses défaillances. Sa foi, pour alan-
guie qu'elle fût, n'était point ébranlée et le
petit malheureux tremblait à l'idée de sortir de
son bienheureux état de grâce. Il était conscient maintenant et il souffrait, brisé de cette
lutte quotidienne avec lui-même. Mˡˡᵉ de Closberry le vit pâlir ; prise d'inquiétude, elle lui
donna du chocolat le matin. C'est alors qu'il
fit la connaissance d'un de ses petits voisins,
Lucien Leroy.

Lucien était orphelin. Lorrain par son père
et méridional par sa mère, il avait les qualités
des deux races. Son oncle l'avait recueilli, mais
bornait sa tutelle à nourrir et à loger son
neveu. Le gamin avait donc poussé au hasard,
à la diable, aimé de tous, et se tirant toujours
d'affaire, grâce à une intelligence remarquable
hâtivement développée. Il était plus âgé d'un
an que Charlot, mais semblait de beaucoup
son aîné. Cependant, ils se recherchèrent et,
se connaissant à peine, frayèrent vite, comme
se devinant. Le petit Vosgien avait été flatté de
fréquenter, grâce au voisinage, le Parisien
que sa protectrice ne laissait se lier avec personne à l'école, celui que tout le monde proté-

geait, et à qui sa qualité même de Parisien,
dans ce petit monde enfantin et provincial,
avait, dès la première heure, amené autant d'admirateurs que d'envieux. Avec cela, il
éprouvait, pour ce nouveau camarade blond et
faible, naïf et plus jeune que lui, une sympathie
instinctive, à laquelle se mêlait je ne sais quel
obscur orgueil de lui être supérieur.

Bébé, lui, alla de suite à ce grand garçon
brun, robuste et fort, emporté par un élan
involontaire de confiance, et incapable d'analyser l'attraction qui le poussait vers cette
nature si différente de la sienne. Ils s'aimèrent.

D'abord, ce fut une camaraderie joyeuse, res-
serrée par les jeux partagés et les semonces
reçues en commun. Leurs deux maisons se tou-
chaient, accollant leurs jardins, dans une con-
tiguité familière qui fit pareille la vie des deux
enfants et les rendit inséparables. L'oncle de
Lucien étant un vieil ami de Mlle de Closberry,
nul ne contraria les étroites relations des deux
écoliers.

Leur amitié cependant se faisait de jour en
jour plus tendre. Ils jouaient moins, se promenant comme des hommes sous les arbres, et
causant à voix basse. Les premiers temps,
leurs entretiens se bornaient à des bavardages

de gamins ; mais, un jour, vinrent les confidences, au début naïves, bientôt étranges. La
précocité de Lucien n'ignorait rien. Il se fit
une joie d'instruire son cadet, le viciant peu à
peu.

Une après-midi qu'on les avait conduits en
promenade dans les bois solitaires d'Ormont,
ils s'égarèrent seuls, loin des allées.

Le sol était couvert, dans les clairiéres
sombres, d'aiguilles desséchées de sapin qui
couvraient la terre d'un uniforme tapis brun,
glissant comme du verglas. Là, les ramures
confondues des arbres n'avaient jamais laissé
filtrer le soleil, et ni houx, ni myrtilles n'étaient
parvenus à percer l'épaisse couche accumulée.
Les deux amis commencèrent à s'y rouler,
improvisant des glissoires sur les pentes et se
heurtant aux arbres, avec des rires joyeux, tout
à leur plaisir. A un moment, Charlot tomba ;
emporté par son élan. Lucien roula sur lui, le
culbutant, et ils restèrent alors étendus, souf-
flant époumonés, envahis d'une lourde lassitude.

Ils se taisaient, n'entendant dans le grand
silence de la forêt que leur respiration haletante et le cri saccadé des pies grièches. Les
troncs moussu et le feuillage épais bornaient
leur vue de tous côtés, et, couchés sur le dos,

ils regardaient le dôme vert des branches que
le vent, par instants, faisait frémir avec un
bruit de marée mourant sur la grève, dans une
plainte sourde, monotone, formidablement
douce. Une grisante odeur de résine les baignait, traversée à chaque souffle par les effluves
parfumées d'un chèvrefeuille enroulé autour
d'un sapin et qu'ils ne voyaient pas.

L'âme des grands bois entrait en eux, cependant, amoureuse, mettant une langueur dans
leurs yeux, une mollesse dans leurs membres.
L'effrayante impassibilité de la grande nature,
dans la régularité fatale des choses, allait son
cours, et monstrueusement, la forêt vivait
autour de ces deux jeunes êtres, leur dérou-
lant ses mystères, avec la férocité charmeresse,
les caresses passives et la méprisante prostitution à l'homme, des êtres inanimés. Insensible,
elle se livrait, leur prodiguant sa douceur
ombreuse, exhalant ses troublantes griseries,
les berçant de sa froideur sereine, tentatrice
impitoyable, hôtelière aveugle et inconsciente,
douce à toutes les amours.....

Et de ces deux enfants elle fit deux amants,
abritant, sans le voir, le sacrilége qui l'atteignait elle-même : le viol de l'enfance par l'enfance.

VIII

ELLE avait fait son œuvre, la rechute. Le lent égrènement des jours, des mois, des années avait, dans une gradation cruellement régulière, déroulé l'effrayante et douloureuse série des phénomènes par lesquels se traduisait le mal qui rongeait Charlot : l'irrémédiable était resté sans remède.

La victime avait dix-huit ans maintenant. Un homme? Non. Il ne devient point un homme celui qui n'a pas été un enfant.

Et il en avait conscience, le misérable, non plus vaguement, avec une confuse perception des choses, mais profondément, comme un analyste qui a fouillé longuement en lui-même et a voulu approfondir. Il savait. Il savait et il souffrait. Exaspérante, une torture le mordait dans une continuelle obsession. Lettré à présent, il la comparait mentalement au traditionnel remords que, dans la banalité creuse des romans romantiques dont se gavait Mlle de Closberry, il avait toujours découvert, « pieuvre implacable », s'attachant au traître, et ne le lâchant pas que ses crimes ne fussent punis pour la plus grande glorification de la morale.

Il y a du singe dans l'adolescent et l'imitation est endémique dans les écoles. Charles Duclos avait imité le traître promenant ses remords sans pouvoir les déposer quelque part, ainsi qu'un bossu sa bosse. Il était devenu excursionniste, battant les bois sans relâche de Saint-Dié à Gérardmer, et connaissant toutes les montagnes.

Il n'allait pas cependant jusqu'à s'identifier avec les Juifs-Errants du crime, ses héros. Il ne songeait à eux que lorsqu'inconsolé, il rentrait sentant son fardeau plus lourd, et se rendant compte qu'il ne s'en déchargerait jamais. De remords, il n'en éprouvait plus, le remords demandant, du reste, une énergie dont il manquait. Puis, à vrai dire, il ne se trouvait pas criminel, ayant mis au rancart, avec ses ter-

reurs puériles d'enfant et la majeure partie de
ses croyances, les premières imaginations que
lui avait soufflées la découverte de son mal.
Nettement, au contraire, il comprenait ce qui
se passait en lui et se traitait en malade. Il
avait même la monomanie du malade ordinaire
qui ne se préoccupe que de sa santé, s'exagé-
rant parfois ce qu'il éprouve en rêvant qu'il
éprouve quelque chose. Sa fausse science, avec
cela lui trottait par la tête; il possédait Tissot et
les vulgarisateurs fantaisistes du même genre,
s'attendant, depuis la lecture de leurs œuvres,
à toutes les souffrances, à toutes les aggrava-
tions. Mais, avec une justesse qui fortifiait sa
lâcheté naturelle, en lui permettant d'accuser la
fatalité et de répondre à ses propres reproches,
il étudiait l'hérédité maudite sous laquelle il
succombait. Pour excuser sa déchéance, il se
rappelait l'alcoolisme de son père et de son
grand-père, l'hystérie de sa mère et l'épileptique
folie de la mère de celle-ci. Il ne lui serait jamais
venu à l'idée de supposer qu'il tenait d'eux
seulement des prédispositions morbides sur-
montables par le vouloir et sans médication.
Cela aurait entamé son système de défense, et
il préférait pouvoir pleurer sur lui-même que
d'avoir à se mépriser, — à se vaincre. Peut-
être aussi devinait-il qu'il était trop tard. Les

phthisiques ont, dit-on, parfois la prescience mystérieuse de leur condamnation. Ses terrifiantes lectures aidant, peut-être lui aussi se sentait-il perdu.

En réalité, la solitude plus que tout encore empirait son état. Sa protectrice ne comptait guère, infirme maintenant, et, depuis quelques mois, entourée de prêtres et de religieuses qui, prévoyant sa fin prochaine, guettaient ses biens, montaient la garde autour d'elle et la refroidissaient contre son fils d'adoption. Il ne la voyait plus que le soir, lorsqu'avant de se coucher il allait l'embrasser. Son ami Lucien Leroy, lui, l'avait quitté, il allait y avoir un an. Un coup de tête. L'oncle remarié. la naissance d'un cousin, à qui reviendrait une fortune depuis longtemps escomptée par le précoce compagnon, et le besoin aussi de prendre son vol, la folie des voyages que fait plus obsédante la vie étroite d'une existence monotone, dans un trou : toutes ces causes avaient conduit le compagnon d'enfance de Charlot dans un régiment d'infanterie de marine, à Toulon, et les lettres du jeune engagé au camarade resté au nid devenaient, peu à peu, plus rares et plus courtes.

Seul, il était seul, le malheureux. Dans la petite ville il ne connaissait que des prêtres,

des professeurs, des frères, les évitant, d'ailleurs, dans la crainte inavouée qu'ils devinas-
sent son mal. Il avait perdu de vue ses condisciples, qui, en se faisant hommes, l'évitaient,
s'embourgeoisant, dédaigneux du « Parisien »
sans état, sans famille, sans fortune, ou qui,
accaparés par les soucis du travail quotidien,
et misérables, — sympathisant peu d'ailleurs
avec l'étranger aux allures insolites, — trouvaient à peine le temps de lui serrer la main
de loin en loin. Seul. Et seul avec lui-même.

Il aimait cependant sa solitude passionnément. Mais ses promenades, qu'il faisait chaque
jour plus longues, plus fatigantes, dans le
vain et confus espoir de trouver ou la guérison,
ou l'oubli, étaient souvent pour lui le pire des
supplices.

Il les expliquait par son amour pour la botanique, et, sous couleur d'herboriser, emportant
des vivres dans sa boîte de fer-blanc, il partait
tous les jours, pris dès le seuil de la porte
d'un tel dégoût et d'une telle lassitude intel-
lectuelle qu'il enfilait, machinalement et sans
but, le premier chemin venu. Il avait essayé de
fumer, mais ne pouvant vaincre ses nausées,
il avait renoncé à la cigarette, et, les mains
inoccupées, la démarche incertaine, le tronc
affaissé et tout le corps plié en avant, il s'en

allait, l'air braque, les bras ballants, les jambes molles, et comptant les pavés.

Le plus souvent, il descendait la Grande Rue jusqu'à la rue du Collége, tournait à gauche et gagnait le faubourg. L'agacement que lui causait, en chemin, la rencontre fastidieuse des choses trop rencontrées déjà, se fondait, dès les premiers pas, en une mélancolie lâche qui l'amollissait, lui enlevant toute velléité d'impatience. Les objets inanimés ne lui disaient plus rien, et, dans son cerveau détraqué, il sentait comme un creux où dansait seulement une mobile et cuisante perception, lorsque, dans le silence des nuits solitaires ou dans l'ombre des bois, il s'abandonnait, à bout de forces, mais retrouvant, l'ignoble accès passé, son hébétement antérieur.

Et il marchait d'un pas mécanique, s'arrêtant, chaque jour, aux mêmes endroits, regardant les mêmes points. Devant la maison de M. Gérard, le notaire, il relevait chaque fois la tête, avec une régularité de mécanique, comme si les panonceaux de cuivre, dont les bosselures s'irradiaient sous le soleil, lui eussent invinciblement soutiré un coup d'œil. Après, c'était le jardin du notaire, dont la verdure dépassait la muraille. Il murmurait machinalement :

— Tiens ! le seringha est en fleurs..., faisant, suivant les saisons, la même constatation banale et irréfléchie pour les glycines, les lilas ou les faux acacias.

Puis, il passait devant le bureau du télegraphe. Il donnait un regard distrait au tableau des cours de la Bourse affiché derrière un grillage, et, au bout de quelques pas, il essayait, pour remplir le vide de son esprit, de reconstituer dans un dessin mental, l'imprimé trop familier, avec ses en-tête, son encadrement, ses colonnes, ses lignes de points, son cachet bleu et la signature stéréotypée du receveur, toujours atrocement pareille à celle de la veille. Ensuite, il s'arrêtait au magasin de nouveautés Nordon, inspectant l'étalage, connaissant la devanture comme sa propre chambre, et s'intéressant à la réapparition dans la vitrine des coupons déjà vus et au retour des mêmes châles cassant leurs dessins et heurtant leurs couleurs dans leurs plis en éventail.

Plus loin, il retrouvait les enfants du quartier jouant sur le trottoir. De tous les êtres rencontrés sur sa route, ceux-là seuls lui apportaient chaque jour une impression différente, variant leurs yeux avec la mobilité fantasque des gamins. Il les contemplait pendant de longues minutes, comme prodigieusement distrait par leurs parties de billes ou de marelle, leurs cris aigus de moineaux, et repris peut-être du désir de pouvoir s'amuser comme eux, en faisant tourner, à coup de fouet, un *moine*, la toupie favorite du pays. Certains de ses bambins d'ailleurs l'attiraient, ceux de dix à onze ans, les petits blonds à chair rose et blanche, à l'air doux. Fugitive comme la rougeur qu'elle lui mettait aux joues, une monstrueuse tentation lui traversait la cervelle ; il rêvait de polluer ces corps frêles et de couvrir d'inavouables caresses leur imberbe gracilité. A présent, il comprenait la dépravation d'Origène, se demandant, anxieux, s'il ne finirait pas comme lui. Il reprenait cependant sa route, son désir envolé, et sortait de la ville en adressant aux hommes et aux choses son sourire bête de poupée.

La fabrique Blech dépassée, c'était la campagne. Il s'engageait sous les peupliers, une plus pesante sensation de solitude l'écrasant là, dans l'ombre. Et il allait sans voir. Cette merveilleuse promenade de Gratin, trop souvent parcourue, n'éveillait plus en lui qu'une incommensurable fatigue.

A sa droite, il avait l'étendue large des prés, poussant jusqu'à la Meurthe, qui serpentait à l'horizon, derrière un rideau de saules et de trembles, son vert tapis rayé de rigoles, avec

çà et là, les larges flaques blanches et les ruisseaux radieux que faisaient, étendus sur
l'herbe, au grand soleil, les pièces ou les rou-
leaux de toile de la blanchisserie voisine. A
gauche, c'était un canal resserré qui se rendait
à l'usine, attelant son courant, dans un inutile
et continuel effort, à l'image tremblottante des
grands arbres. Sur la rive opposée, une colline
s'étageait, couverte d'un bois épais dont l'eau
baignait la lisière. Par endroits, plus fréquents
à mesure que Charlot avançait, les sapins, les
bouleaux, les chênes dévalaient là, pressés,
se poursuivant sur la pente. Ils entrecroisaient
leurs branches dans un sombre et confus fouillis,
qui surplombait le canal au lit plus étroit, et,
penchés dans un effort croissant, lançaient
leurs ramures au-dessus de l'eau, comme pour
les confondre, en une inextricable étreinte,
avec celles de l'autre bord. Par places, l'union
se faisait, échevelée, et c'était dans le vert un
mystérieux coït, dont le vent trahissait les
baisers par la contagieuse palpitation des
feuilles. Au-dessous, le canal s'assombrissait.
Il avait des teintes moirées près des rives, le
long des rochers moussus et sous l'inclinaison
des aulnes. Au milieu, à l'ombre moins épaisse
tombant du dôme des arbres, un velours glacé
dormait dans la fraîcheur, et des bandes

d'araignées d'eau y filaient, par bonds rapides, glissant, sans émouvoir sa surface immobile, et courant après le soleil.

Charlot ne voyait rien de tout cela. Il allait de son allure mécanique, jusqu'à ce qu'au bout de la longue allée, il eût rejoint, après le tournant de la colline, la Meurthe, rapprochée maintenant d'où partait le canal. Souvent, il s'arrêtait là, un long instant, à regarder une troupe d'enfants qui se baignaient en pêchant des écrevisses et des *chauchards*, à l'aide d'une fourchette emmanchée au bout d'un bâton. D'impossibles désirs lui revenaient, surexcités par le grand air ; son sang oxygéné coulait plus vif. Il contemplait avidement les garçonnets qui battaient l'eau et fouillaient de leur trident les trous sous les pierres et l'entrecroisement des racines. Ils n'avaient plus que leur gilet : leur chemise était serrée en rouleau à la taille pour ne point tremper, et ils barbottaient, les cheveux ébouriffés, l'air heureux, livrant au vent leurs nudités blanches. Dans le nombre, souvent, se trouvaient des fillettes. Elles restaient au bord, leurs cotillons troussés laissant voir leurs mollets grêles ; mais leurs petits compagnons s'éloignaient, faisaient des découvertes et criaillaient, s'amusant comme des dieux. Alors, tentées, elles se lançaient à leur suite, les joues empourprées de plaisir, soulevant plus haut leur jupe avec des rires perlés. A mesure qu'elles avançaient, l'eau devenait plus profonde, son courant coupé murmurant contre leurs jambes avec de petits bouillons qui mouraient dans un sillon écumeux. Leur peau semblait toute rose dans ce cercle argenté, et, chatouillées par la caresse froide qui entrait en elles, elles riaient plus fort avec des cris aigus, parfois, et des frissons. L'eau montait toujours cependant, léchant robe et chemise. La plus brave, soudain, mettait son trident sous son bras et se retroussait des deux mains. Toutes l'imitaient, prises d'une joie folle de gamines naïves à mouiller leurs membres nus. Bientôt elles étaient comme les garçons, semblables à de jolis marbres; et c'était chez les uns et les autres la même indécision des contours, les mêmes formes, avec une rondeur grassouillette naissante chez les filles, et, sur tous ces petits corps, une chair pareille, fine et blanche, impubère.

Charlot ne voyait pas les jeunes pêcheuses, ou se détournait d'elles, indifférent et sans désirs. Seuls leurs petits compagnons l'intéressaient Une sorte de misogynie maladive l'avait depuis longtemps envahi, l'emplissant de ce

dégoût de la femme qui est comme le châtiment des solitaires pratiques. Et il s'éloignait, se sentant impuissant à refréner la
tentation grandissante. Il allait plus vite,
comme pour éteindre l'espèce d'hyperesthésie
qui le ressaisissait, excitant en lui un troublant priapisme ; il gagnait la montagne ou
remontait la rivière jusqu'à ce qu'il eût trouvé
un endroit désert, et, là, après une courte
lutte avec lui-même, il cédait aux incitations
de son abominable névrose, se vautrant sur le
gazon avec une joie farouche et une douloureuse volupté.

Hagard, le malheureux revenait à lui après
quelques instants: Il se rhabillait, essuyait son
front moite et s'enfuyait loin du lieu témoin de
sa chute.

Il courait au hasard, monologuant, pris d'une
rage sourde. Il était une fois de plus retombé !
Il avait une fois de plus violé son serment !
Car il se jurait, chaque soir, de ne plus défaillir
et de se vaincre enfin. D'autres fois, s'avouant
sa lâche faiblesse, il se fixait un délai, réglant
à l'avance le nombre de ses accès, les espaçant
et s'interdisant de s'y abandonner durant certaines périodes. Réglementation vaine, ser-
ments inutiles. Il pleurait.

Cette désespérance se fondant en larmes le

soulageait vite, et il revenait à son habituelle
hébétude. Une heure après, las de battre les
bois ou les champs, il s'étendait sur le sol, se
couchant dans les bruyères ou dans l'herbe,
ayant par contenance un livre ouvert, devant
lui, sur sa boîte d'herborisateur. Il restait là,
l'œil perdu dans une muette contemplation du
ciel, suivant dans le grand bleu les arabesques
des hirondelles, heureux de s'endormir dans
les senteurs tièdes de la campagne, afin de
moins penser encore, et surtout de ne pas réveiller son mal.

Mais, quand le sommeil ne venait pas, il
se sentait plus détraqué; et incapable désormais d'occuper son cerveau, il cherchait d'idiotes distractions dans la poursuite des perce-
oreilles sous les écorces. ou dans la destruction d'une fourmilière. Quelquefois, il chantait
à tue-tête tout ce qu'il se rappelait, refrains
obscènes et pieux cantiques. Son répertoire s'épuisait vite, les fourmis finissaient par
disparaître emportant leurs œufs, et il lui
aurait fallu se lever pour trouver un autre
arbre à écorcher ou à couvrir de ses initiales
avec son couteau. Alors, il se tordait les bras
en bâillant, et sa journée s'achevait, comme
toutes les autres, dans la revue de sa vie
jusque-là. Il ruminait son passé, le remâchon-

nant comme un bœuf, dans une évocation navrante et précise.

C'était Paris, la mort de son père, les brutalités maternelles, l'entrée à l'école, le premier étiolement, l'amitié d'Origène, la chute, la lente et inconsciente descente dans le vice. Il retrouvait Hilarion, Eusèbe, reconstituant leurs visages effacés, se remémorant leurs gestes, leurs discours, mais s'acharnant en vain à se rappeler d'autres personnages secondaires, et se secouant, furieux de l'oblitération de sa mémoire.

Il arrivait de nouveau à Saint-Dié. Isidore l'interrogeait. Il avait peur alors de ce vieil hypocrite, peur aussi de l'abbé Choisel, peur de tout le monde. Etait-il bête d'avoir attendu de connaître ces gens-là pour comprendre comment on l'avait abusé ! Puis Mlle de Closberry le prenait chez elle; la pauvre bonne vieille demoiselle !... Il l'aimait bien.

Et son cœur s'attendrissait à énumérer toutes les bontés de sa protectrice.

C'est chez elle qu'il connaissait Lucien Leroy. Il adorait son nouvel ami, et c'était le bon temps ! Un jour, à Ormont, il avait, dans ses bras, connu les extases partagées, les bruyants spasmes qui se font écho. Si maintenant il devait succomber à son mal, il voulait mourir en se rappelant cette révélation, en revivant cette amoureuse scène.

Sans doute, Lucien l'avait amené où il en était : ne se croyait-il pas guéri, quand il avait fait sa connaissance ? Mais quoi ? il le savait bien à présent : tôt ou tard, il serait retombé. Etait-ce sa faute, après tout, et pouvait-il s'accuser lui-même ? Nul ne l'avait jamais aimé, si ce n'est ceux-là qui, comme Origène et Lucien, l'avaient corrompu... Certes, sa mère adoptive l'avait bien aimé, elle, et l'aimait encore, mais cette affection maternelle et chaste était venue trop tard, insuffisante d'ailleurs maintenant à remplir son cœur assoiffé et à calmer sa défiance maladive.

Lucien ?... Il n'aurait jamais un ami pareil ! et le malheureux s'animait à remuer ses souvenirs. Il fermait les yeux, béat, et, pour ne plus songer aux conséquences de sa fatale déchéance, s'efforçait de ne point sortir des jouissances anciennes. Le bonheur avait été infâme : ce n'en était pas moins du bonheur.

Bonheur partagé. Leroy lui avait rendu tendresse pour tendresse, et la promenade à Ormont avait été l'aurore des jours bénis qui, pendant six ans, s'étaient succédé.

L'année de la guerre avait été la meilleure. Mgr Cavery, en revenant du Concile, ayant

renoncé à la création de son école professionnelle, il avait alors éprouvé de nouvelles
craintes. Qu'allait-on décider? Allait-on le
renvoyer à Paris? Sa protectrice était heureusement intervenue, incapable de se faire à
l'idée d'une séparation qui éloignerait d'elle le
cher petit. Elle avait déclaré se charger défini-
tivement de son sort. Au fond, elle nourrissait
le rêve de l'adopter, après qu'il aurait terminé
ses études. Il deviendrait un prêtre. Elle vivrait bien jusqu'à son ordination. Elle aurait
alors, pauvre vieille tremblottante, l'ineffable
bonheur de demander le secours de son saint
ministère au jeune abbé qui lui devrait tout,
au blondinet qu'elle avait recueilli, dorloté
avec amour et vu courir dans sa maison, jadis
silencieuse, mettant, des appartements au jardin autrefois endormi, l'exquis tapage et le
délicieux souffle de la vie de son enfance débordante. Le soir, en l'embrassant, elle le voyait
déjà ensoutané et tonsuré, rose dans le costume
sombre, angélique, avec ses beaux yeux si
doux. Il prêchait pour la première fois dans
une humble paroisse des faubourgs ou des environs, et elle allait l'entendre, perdue au premier rang de ses ouailles, écrasée de joie, et
bénissant le Seigneur qui lui donnait cette
dernière grâce et cette félicité, en échange

du nouveau serviteur qu'elle avait amené à l'autel.

Il ne contrariait pas ses plans d'avenir et promettait tout ce qu'elle voulait.

— Oui, bonne maman, je travaillerai bien et j'irai au séminaire.

Puis il la quittait, entendant des trompettes sonner dans la grande rue, et courait voir défiler les uhlans.

Lucien l'attendait à la porte. Tous deux partaient, battant la ville, colportant les nouvelles, visitant les cantonnements voisins. imaginant des niches aux soldats badois qui remplissaient Saint-Dié.

Un jour, le 6 octobre, on s'était battu, pendant dix heures, à quelques kilomètres de la ville, à la Burgonce. Ils avaient couru à Saint-Roch, et, toute la journée, ils étaient restés sur la butte, muets dans la trépidation roulante des coups de canon, et regardant, avec les lunettes que louait le père Isaac l'opticien, les régiments passer et repasser dans la plaine, autour des villages incendiés. Puis, c'étaient les blessés qu'on avait ramenés sur des charrettes et qu'on avait transportés dans des ambulances improvisées. Mlle de Closberry en avait recueilli trois, des mobiles, que le docteur Noël venait panser chaque matin. L'un d'eux était mort, le plus jeune. On avait bien pleuré dans la maison !

Huit jours après, les deux amis visitaient le champ de bataille de la Burgonce, à Nompatelize, ramassant, à travers les ruines désolées des deux villages, l'ineffaçable et poignante impression de la guerre. Ils frémissaient devant les murs à demi calcinés, sur lesquels la pluie n'avait pu encore laver les sanglantes éclaboussures projetées là, dans la fusillade à bout portant qui avait accueilli les Français, fuyant les maisons en flammes. Les toits bâillaient, crevés par les obus. La tête d'un bœuf, n'ayant plus d'intact que ses grandes cornes, surgissait de la lucarne d'une étable, s'étranglant dans un effort inouï, paralysé par la mort, et effrayante avec sa langue toute noire et ses gros yeux de poisson frit. A côté, contre le mur en pisé, une vigne accolait ses sarments desséchés qu'avait épargnés le feu, et qui, au prochain printemps, reverdirait là, vivante et toute seule, dans le massacre des choses. Plus loin, un cerisier, quoique éloigné de la ferme, n'avait point été épargné. Il étendait le spectre lamentable de ses branches rôties, semblable, avec son tronc noir, à un énorme morceau de braise que l'eau du ciel aurait rendu luisant.

Tout autour, on pouvait reconstituer la lutte. Dans les terres labourées, il y avait des lignes régulières de boîtes à cartouches, qui indiquaient les positions des combattants et, peu à peu, reculaient. Les Français avaient battu en retraite jusqu'aux maisons. Là, ils s'étaient barricadés. Bientôt, devant l'incendie, les premiers venus avaient gagné la montagne, s'abritant derrière les gros arbres pour faire le coup de feu. Des casques à pointe, des ceinturons, des armes même trouaient le sol détrempé. Charlot et Lucien, cependant, pénétraient dans les maisons. en proie à une horreur croissante, mais envahis d'une sauvage curiosité, qui surmontait leur angoisse. Dans une salle basse, ils découvraient toute une rangée de fusils. Des francs-tireurs avaient lutté là jusqu'à ce que leurs munitions fussent épuisées, puis, ils étaient morts. Les fenêtres étaient encore matelassées, et il y avait des meurtrières percées dans les cloisons. Sur une muraille blanche, des mots apparaissaient, distincts, écrits avec un charbon pris dans l'âtre : *Cambriels est un c.....,* dernière imprécation d'un soldat vaincu, suprême insulte au chef, dont, en se battant, il attendait l'arrivée et la victoire. On voyait des traces de sang partout. Sur le bahut, sur le pétrin, des fragments de cervelle avaient jailli, secs maintenant et semblables aux mâchons de papier dont, à l'école, les deux enfants criblaient le plafond et la chaire du maître.

Un dégoût leur venait, insurmontable, et, traînant des armes et des casques qu'ils voulaient emporter comme souvenirs, ils prenaient leur course vers la forêt.

Là, derrière un arbre, ils trouvaient un cadavre verdi par la pluie, mais conservé par le froid des premières nuits d'hiver. Un moblot encore, enveloppé dans sa capote gris de fer, la face contractée en un grimaçant rictus et ses grands yeux blancs ouverts plongeant leur immobile et vague regard dans le vide. Sa tête reposait sur son havresac; il tenait, de la main gauche, son chassepot au canon rouillé, de la main droite, une lettre que faisait bleuâtre la déteinte de l'encre sur les feuilles mouillées. Autour de lui, d'autres papiers traînaient chiffonnés et boueux sur la mousse. Blessé durant la retraite et se sentant frappé à mort, il s'était réfugié là pour mourir, le pauvre soldat, trouvant encore la force avant le hoquet suprême, de relire les lettres de ceux qu'il aimait.

Charlot, l'air soudain grave et le cœur étreint, revoyait nettement cette scène.

Il tremblait, pris d'un saisissement devant

cet œil vitrifié et ces lèvres pâles retroussées sur les gencives violettes. Lucien, plus brave, s'approchait et prenait le papier. Ils le rapportaient en ville, et les mères se le passaient en pleurant. C'était l'épître naïve et rustique qu'adressaient au mobile ses vieux parents restés seuls à la ferme. Les recommandations s'y mêlaient aux nouvelles des gens du pays, à des détails sur les bestiaux : « Blanchette avait mis bas... On avait vendu deux porcs... Le maître d'école lui souhaitait bien le bonjour... Il fallait qu'il se soignât bien... » Vers la signature, l'écriture semblait tremblante et la tendresse rude, que la plume du paysan n'avait pu ou su exprimer, se devinait là, dans les déliés plus grêles et dans les lettres tracées à deux fois.

La guerre continuant, Duclos s'était fait à ces choses. Ses souvenirs, à dater de cette visite à la Burgonce, devenaient d'ailleurs confus. Dans la fin de cette année-là, il ne se rappelait que vaguement les émotions. Un épisode seul accrochait sa mémoire au passage, la peur qu'il avait éprouvée certain jour.

Son ami Lucien, parti à Lunéville pour une semaine, l'avait laissé seul. Il errait comme une âme en peine, n'ayant pas d'autre camarade. Les désirs renaissaient plus vifs, excités

par le jeûne, dans la privation des caresses que
lui prodiguait son ami. Et, à une récréation,
il s'était enfermé dans l'étroite cabane bâtie
au bout du préau des frères et dans laquelle,
aux heures de classe, sans qu'aucun besoin les
y poussât, les gamins se suivaient incessamment, heureux d'échapper pour dix minutes à
leur maître. Depuis quelques mois, sa puberté
naissante le tourmentait de son travail interne,
et dans l'obscène curiosité de son enfance précoce, il contemplait à tout instant les signes
extérieurs de ce changement qui s'opérait en
lui. Cette fois-là, il s'était abandonné, éperdu,
plus assoiffé que jamais des mystérieux plaisirs. Soudain, dans le frisson d'un long spasme,
il s'apercevait qu'il était homme. Mais ce phénomène étrange, cette émission convulsive
l'épouvantaient tout d'abord. Il éprouvait, une
minute, l'effroyable crainte d'avoir contracté
je ne sais quelle atroce maladie ; et, pâle, prêt
à défaillir, une sueur glacée au front, il contemplait, cloué sur place, cette chose soudainement venue. Peu à peu, cependant, un travail
se faisait en lui. Il se rappelait les explications
de Leroy restées incomprises et qu'il n'avait
pas osé lui faire répéter par peur de paraître
trop ignorant, lui, le petit Parisien. C'était
donc pour cela que le soir, sous la tonnelle, son

ami, en l'embrassant plus fort, le repoussait brusquement! Comment n'avait-il rien vu à Ormont? Un soupir de soulagement soulevait sa poitrine et une joie l'emplissait. Il était un petit homme à présent, comme son camarade, qui désormais ne pourrait plus le blaguer et le traiter de marmot!

Dans l'irréparable aberration mentale qui dépravait ses dix-huit ans mal venus, Charlot revivait cette scène monstrueuse avec un passionné bonheur. Vautré sur l'herbe, il souriait, se remémorant avec complaisance les obscènes détails qui marquaient sa vie passée et ses étapes dans le vice. Une poésie bâtarde s'en mêlait bientôt, tendrement banale, qui habillait cette déchéance d'amoureuses couleurs. Il ouvrait sa boîte de fer-blanc et, d'entre les feuilles de son herbier, il retirait les lettres que Lucien lui écrivait à cette époque.

On les avait mis, en effet, tous deux au collége, où, grâce aux leçons particulières, à l'intelligence de l'un, à la bonne volonté de l'autre, ils doublaient leurs classes, rattrapant le temps perdu. Charlot, pour plaire à Mlle de Closberry, était capable de tous les efforts. Son mal, au surplus, en attendant le détraquement final, passait par les phases ordinaires et suractivait ses facultés physiques et intellectuelles.

Il éprouvait alors une boulimie qui atteignait son cerveau et son estomac à la fois, dans le besoin instinctif de réparer de toutes façons la continuelle déperdition de ses forces, avant leur émoussement général. Les deux amis étaient séparés maintenant, se trouvant dans les classes différentes et demi-pensionnaires. Les récréations seules les réunissaient dans le jour. De là ces lettres enfiévrées et brûlantes qu'ils échangeaient d'étude en étude.

Charlot souriait en les relisant. Cet immonde attachement, cet amour contre nature lui faisait battre encore le cœur. Il les traitait d'enfantillages, ces joies malsaines évoquées à présent, et plus douces dans l'estompement indécis des choses du passé; cependant, il aurait voulu goûter de nouveau leur étrange et troublante saveur.

Les premières initiations de Lucien à la littérature antique perçaient. çà et là, dans ces pages écrites sur du papier de copie rayé de bleu, ou au verso d'un pensum, d'un devoir. Il était Alexis, et Duclos Corydon, car des feuillets de leur Virgile, de leur Ovide, de leur Horace, des bouffées chaudes et malsaines montaient qui grisaient leurs jeunes têtes des parfums voluptueux d'un Orient blasé. Et à côté des réminiscences classiques qui déton-

naient dans leur correspondance, il y avait des
adaptations naïves des *Morceaux choisis* de
littérature qu'on leur fourrait entre les mains,
— section épistolaire, — et, bientôt, des
romans graveleux ou simplement ineptes qu'ils
cachaient dans leur pupitre : Fénelon et Paul-
Louis Courier, Ponson du Terrail et Paul de
Kock mêlés.

Pendant cinq ans, ils s'étaient écrit de la
sorte, comme deux amants, jouant, plus con-
vaincus à mesure qu'ils grandissaient, leur
rôle d'homme et de femme. Naturellement,
Charlot était la femme, toujours dominé, mais
se vengeant inconsciemment, par une coquetterie réellement féminine, et infligeant à Lucien
les tortures qu'une véritable maîtresse lui
aurait fait subir. Dans cette collection de
lettres, il y avait cinquante ruptures, cinquante
réconciliations Reproches tendres, mensonges
coquets, amoureuses querelles : rien n'y manquait. Avec cela, une vertuomanie, fruit du
milieu exclusivement clérical et enseignant,
dans lequel ils vivaient, les envahissait, donnant un étrange cachet à leur inavouable
intimité. Leur dévotion s'en était allée, mais
le spiritualisme vague et bête de la philosophie
universitaire l'avait remplacé, faisant succéder
un abrutissement à un autre. Ces onaniaques

dé quinze et seize ans se récitaient du Lamartine entre deux baisers. Le *lapin*, encore en seconde, adorait « le Créateur », en s'enrhumant à sa fenêtre par les soirs de lune, et son ami, alors en rhétorique, répondait, sur le mode byronien, en déclamant *Rolla* ou la *Nuit de Mai*. Ils étaient ignoblement heureux, divinement idiots.

La dernière lettre du paquet portait comme épigraphe une citation du *Banquet* de Platon. Lucien parlait de Diotime, et, sa nature méridionale ardente l'emportant, las des manœuvres à deux, banales, toujours les mêmes, il rêvait une plus réelle possession.

Et, dans l'espoir de vaincre les répugnances de Charlot, il lui indiquait, avec la prophétesse de Mantinée, le chemin de la pédérastie à la vertu.

IX

L'IDYLLE se terminait sur cette invite :
Charlot avait refusé de se laisser convaincre. Lucien avait du reste alors quitté le
collége pour aller à Nancy passer son bacca-
lauréat et, pendant son absence, sa victime
épuisée et à bout de forces avait dû s'aliter.

C'était, pendant ces cinq années de collége
et d'intime camaraderie, la troisième fois qu'il
s'abattait ainsi, terrassé par son mal. En
dehors de ces grandes crises, dont son in-
croyable vitalité de Parisien avait jusque-là
triomphé, il avait eu vingt attaques moins
graves, chaque changement de saison exaspérant son état, et le laissant plus détraqué. Il

manqua mourir à ce dernier coup, et lorsqu'il revint à la vie, ce fut au tour de sa protectrice de se mettre au lit.

La pauvre femme se désolait à la fois de voir son protégé si maladif et de renoncer à sa chère espérance : Charlot avait parfois des accès épileptiformes, il ne pourrait jamais être prêtre. C'était là pour la vieille fille un incessant crève-cœur. Depuis deux ans, elle avait dû congédier son beau rêve, mais elle ne s'en consolait pas, et, lorsque au chevet de son fils adoptif, elle veillait, anxieuse et souffrant plus que lui, elle ne parvenait pas toujours à taire sa cruelle désillusion. Alors, Charlot se soulevait sur ses coussins, l'attirait près de lui, l'embrassant avec de câlines caresses ; et, soudain toute heureuse, elle se reprenait à bénir le bon Dieu. Elle ne quittait son « cher petit » que pour courir aux offices, le grondant affectueusement de ce qu'il voulût la retenir, et ne comprenant pas, la pauvre âme, que l'adolescent, conscient de sa faiblesse, souhaitait la garder près de lui pour ne pas risquer de céder aux tentations qui assaillaient sa solitude oisive.

Sa chute, en effet, s'accélérait furieusement, avec une névrose génitale consistant en une répétition singulière et surhumaine de l'acte vital. Chacune des trois maladies qu'il avait faites en marquait les étranges étapes et permettait au malheureux d'en mesurer nettement les ravages. Le brave docteur Joly n'y comprenait rien, parlant vaguement de névrose, de croissance et d'une affection cardiaque que l'épilepsie de la mère aurait sans doute léguée à l'enfant. Aussi l'accablait-il, naïvement, de toniques reconstituants, de ferrugineux, de bromure de potassium et de sirop de pointes d'asperge.

A vrai dire, les ruses du malade rendaient presque concevables l'erreur et l'hésitation du vieux praticien. Charlot se refusait à tout examen, permettant à peine au docteur de l'ausculter, et, sur les conseils de Lucien, dissimulant tous les symptômes qui auraient pu trahir le monstrueux secret de sa perversion génésique. Son camarade lui soufflait d'adroites réponses à toutes les questions, et consultait, pour mieux rendre introuvable au médecin le véritable diagnostic, des ouvrages de vulgarisation médicale qu'il volait dans la bibliothèque de son oncle. Il prit là un opuscule sur les *Maladies nerveuses* que Charlot dévora en cachette, et grâce auquel il put égarer à coup sûr l'honnête M. Joly, et détourner ses soupçons.

Puis, ces deux collégiens avaient, à l'instar des soldats qui veulent « carotter » une exemption de service, mille recettes que Duclos mettait à profit pour duper le vieillard.

Malgré toutes ces précautions, le malade avait cependant d'insupportables transes. Son linge, ses rêves, ses mensonges en se coupant, tout enfin, pouvait le trahir. Il souffrait encore de ne pouvoir se soigner réellement, et de ne tirer d'une crise dont, avec des soins appropriés, il aurait pu sortir rétabli pour longtemps. qu'un repos juste assez réparateur pour lui rendre les forces nécessaires à une nouvelle chute.

Lorsqu'au cours de ses promenades, et les lettres de son ami relues pour la vingtième fois, ses souvenirs le reportaient aux affres par lesquelles il avait passé au cours de ses maladies, le misérable cessait brusquement de sourire. Ses tours joués au docteur ne l'égayaient plus, et la réalité poignante l'étreignant soudain, il se débattait en vain contre la constatation navrante de son état. Alors, il comparait à un cancer rongeur le mal qui le minait. Puis, c'était une nouvelle crise de larmes, après laquelle il se levait, cherchant dans une marche éperdue une distraction à la pensée obsédante qui allait le hanter jusqu'au soir. Il

marchait plus vite, il courait même, sentant
battre à ses flancs sa boîte d'herboriste dont
le ballottement sourd fouettait sa course, mais,
bien vite, il s'arrêtait époumoné et sans
haleine. Et il maudissait sa faiblesse physique,
ses jambes trop tôt lasses, son souffle trop tôt
haletant. Une rage l'empoignait. La lassitude
le rejetait encore sur le sol, et l'idée, l'effroyable idée, revenait dévorante, plus implacablement. Sa fixité l'effrayait par instants, autant
que son mal, et c'est avec terreur qu'il s'avouait
vaincu par elle, la révolte de sa volonté
l'hébétant chaque jour davantage.

Il recommençait alors son douloureux cal-
vaire, le parcourant pas à pas, dans l'analyse
cruelle des souffrances anciennes et de la torture présente.

Avec une inexorable précision, il étudiait
ce qu'avait fait de lui les phases successives
de son intoxication, comme s'il passait en revue,
dans un album de famille, la collection de ses
portraits à différents âges. Seulement, les
épreuves étaient nettes. Le temps, qui pâlit les
photographies et jaunit le papier, n'avait res-
pecté dans sa mémoire affaiblie que les souvenirs se rattachant à son aberration maladive.
Avec une effrayante exactitude, il les évoquait
à lui-même.

Ç'avait été d'abord un changement moral ;
son caractère s'était aigri dans une morosité
défiante et irascible. Il avait éprouvé de passagères mélancolies et passionnément aimé la
solitude. Bientôt, les symptômes avaient paru
s'exaspérer, s'acharnant surtout sur son organisme, détraquant son pauvre corps et l'étio-
lant en pleine croissance. Des palpitations et
une anhélation sénile l'avaient saisi.

C'était là comme la première période. Il en
regrettait la clémence. Peu à peu, en effet,
une consomption l'envahissait plus profondément, se trahissant par des sensations soudaines de froid et de chaud. Ses forces dimi-
nuaient et, avec l'altération de la plasticité,
l'amaigrissement devenait plus effrayant de
jour en jour. Dès cette époque, il constatait
d'ailleurs sa déchéance physique ; voulant n'y
plus songer, il courait en demander l'oubli à
Lucien, et renonçait à consulter son miroir.
Mais, auprès de son ami, la pensée de cette déchéance lui revenait encore. Il découvrait, se
sentant impropre à tous les jeux, que l'ébran-
lement de son système nerveux amenait une
débilité croissante de ses muscles, atteignant
surtout ses reins et ses jambes. Navré, il passait ses récréations sur un banc de la cour. Cependant, le soir venu, et rentré au dortoir, il

cédait encore, fatalement. Sa sensibilité générale s'exaltait davantage à la suite de ces conti-
nuelles rechutes et, parfois, la nature lassée se
refusait à réparer son travail détruit. Alors,
Charlot avait de longues insomnies; puis
c'étaient des somnolences, pleines de rêves
écrasants et coupées par des réveils en sursaut.
Le jour, des éblouissements et des vertiges
achevaient de l'éreinter; il avait l'œil égaré
dans une incessante inquiétude.

Les ferrugineux de Mlle de Closberry restaient
inutiles; la chlorose et l'anémie allaient leur
chemin, troublant l'une après l'autre toutes les
fonctions organiques de cet être devenu leur
proie. L'estomac, frappé le premier, avait
d'étranges caprices. A certains jours, l'enfant
n'entrait que pour la forme au réfectoire.
D'autres fois, il dévorait les haricots et les
pommes de terre du collège avec un appétit
furieux. Sa fringale devenait un véritable pica;
même il dérobait souvent la maigre miche d'un
de ses camarades et courait s'enfermer dans les
lieux d'aisances pour dévorer ce pain goulûment.

Les mois coulaient dans l'accroissement des
ravages du mal. Du côté des phénomènes psychiques, les troubles morbides s'accentuaient
plus encore que du côté des fonctions nutri-

tives. Le malheureux se rappelait ses tristesses
subites, et comment, avec des remords confus,
une pusillanimité l'avait pris à quinze ans qui
le tenait toujours. Sa propre lâcheté l'écœurait,
mais il continuait à se reconstituer le passé,
période par période, avec, par instants, l'âcre
plaisir de remuer cette boue qui était lui-
même.

L'image de Lucien le distrayait d'ailleurs,
traversant et retraversant ses souvenirs.
Lorsque vers seize ans son innervation génitale
s'était à jamais déréglée, c'était à Lucien qu'il
était allé se plaindre tout en larmes, et confier
à quel point la maladie s'aggravait. Son ami
avait souri, l'invitant à une philopodie reposante qui l'épuiserait moins, et lui avait cité
Suétone, qu'il appelait le naturaliste de l'histoire, tout fier de ses premières connaissances
littéraires et de son *bachot* conquis à dix-sept
ans. La dépravation du jeune lauréat à présent, en effet, ne se manifestait plus que par
d'ignobles paradoxes de potache vicieux. Sa
passion s'était émoussée, mais sa robuste santé
ayant triomphé des précoces débauches, son
horreur de la femme s'en allait maintenant à
vau-l'eau. A Nancy, il venait d'entr'apercevoir de troublants horizons. Pour s'être frotté
à quelques jupes, il avait recouvré les sains

désirs qui font l'homme, et, avide de mordre
au fruit mystérieux, il prenait en pitié ce qu'il
appelait son amourette avec le petit Parisien.
Son compagnon, toutefois, ne parvenait pas à
s'expliquer ce changement, la vue d'une femme
l'apeurant encore dans un dégoût monstrueux
et instinctif. Et c'était lui, Charlot, qui répétait alors à son aîné les leçons que celui-ci lui
avait adressées jadis. Abêti par sa vie de for-
çat universitaire autant que par le détraquement de ses sens, il cherchait, à son tour, dans
ses classiques des arguments qui pussent lui
ramener son ami. Il forçait le jeune bachelier
à relire ses propres lettres et l'accablait de
tendres reproches, d'objurgations naïves puant
le *Conciones* : n'écrivait-il pas encore, peu de
temps avant ses examens, le contraire de ce
qu'il disait à présent ? Pourquoi donc lui
parlait-il de César l'épileptique, de son oncle
Marius, l'alcoolique, et de cette hérédité
effrayante qui avait gangrené de vice toute
leur descendance d'empereurs ? Oui ou non,
Trajan était-il de mœurs tunisiennes ? Et
Titus, le doux Tite de Racine ?... Après lui avoir
cité l'antiquité, lors de leurs crises de vertuomanie, pour justifier leur amour, son amant
allait-il l'abandonner ? Il ne pouvait nier : il
devenait comme tous leurs autres camarades,

écrivant sur tous les murs le fameux vers latin :

Ardeo quum video barbatum virginis antrum.

Et dessinant sur les marges de ses cahiers des silhouettes de femmes avec des hanches larges, des croupes puissantes et des tétons de nourrices. Pouah!...

Charlot, arrivé à cette page de sa vie, revoyait encore le large rire avec lequel son ami accueillait ses doléances. Bientôt l'ingrat couchait avec les servantes du voisinage, et l'abandonné fréquentait moins son ancien condisciple, ne l'appelant plus que son chaste Harmodius. Ç'avait été au fond pour lui un crève-cœur que cette transformation de leur liaison, mais il avait dissimulé au fuyard, par crainte de lui paraître ridicule, et parce qu'il l'aimait toujours d'une amitié dévote et fervente. Seulement, il avait avec indignation refusé de le suivre dans ses équipées amoureuses, et désormais sacrifié sans lui aux exigences de sa névrose. Enfin, son compagnon ayant atteint ses dix-huit ans, avait quitté Saint-Dié, et, depuis une année, il était au régiment.

Depuis un an déjà, le pauvre désespéré restait seul!... Oh! cette année, c'était la plus cruelle! Il avait quitté le collége, et fainéant, il nourrissait son mal dans une oisiveté qui en multipliait les accès...

Ne trouvant plus rien à se remémorer, jusqu'au soir il promenait sa désolation par les champs et par les bois. Il errait au hasard, se fatiguant à plaisir dans l'espoir incertain de se procurer un prompt sommeil, mais sans pouvoir s'empêcher de revivre ces douze derniers mois solitaires et terribles et de sonder les progrès qu'ils avaient fait faire à son intime blessure. La mort lui semblait devoir être au bout de cette étape, et très proche. Il en saluait l'idée ainsi qu'une délivrance, puis, tout à coup, il frissonnait, repris d'une poltronnerie d'enfant et se rappelant une charogne grouillante de vers qu'il avait découverte au bord de l'eau, l'autre été, en allant à la baignade.

Un jour, vers six heures, comme il revenait d'une de ses promenades, Charlot, en arrivant devant la cathédrale, aperçut, au tournant de la rue, un grand rassemblement devant la porte de Mlle de Closberry. Il eut peur, et, malgré lui, ralentit le pas, pris de palpitations brisantes et d'un cruel pressentiment, incapable d'ailleurs de réfléchir. Les jambes molles et soudain plus avachi, plié sous une émotion confuse, il regardait de loin les bonnes des maisons voisines ramassées en tas devant l'entrée. Tout à coup, leurs rangs s'écartèrent et toutes ensemble firent le signe de la croix, en s'agenouillant sur le trottoir. Le jeune homme, le cœur brusquement serré, vit sortir de l'allée Guillaumet, l'enfant de chœur, avec sa robe et sa calotte rouges, qui agitait une sonnette et portait un fanal au bout d'un bâton. Derrière lui, le père Choisel, roide sous son surplis, marchait lentement, avec son éternelle extase dans les yeux, et tenant dévotement des deux mains le Saint-Sacrement contre sa poitrine. Son sacristain lui emboîtait le pas et l'abritait sous un parasol de soie blanche, dont les franges d'or, les broderies et les soutaches mettaient un dais d'étincelles au-dessus du bon Dieu et du bonnet carré du prêtre.

Charlot s'avança, chancelant ; puis, à quelques mètres de la maison, s'arrêta. Une angoisse l'étranglait, lui comprimant la gorge, et, voulant n'avoir pas compris, à demi hébété encore, il contemplait, accoté à la muraille, la lueur blafarde du falot qui vacillait, marquant les dandinements du jeune lévite. Furieusement, il s'accrochait à cette lumière, dans la vague prévision qu'elle partie, et sa raison revenue, il entrerait de plain-pied dans le malheur, dans le deuil.

Guillaumet cependant, pressé de retourner à
sa partie de *guiche*, allait vite, brandissant,
comme une trique, le flambeau sacré. La rue
traversée, et la sainte troupe sortie de l'ombre
des maisons, la pâle lumière, secouée, sembla
jaunir davantage dans l'embrasement du soleil
couchant. De pourpres reflets d'incendie ra-
saient les toits et jetaient aux murs d'en face
une nappe sanglante. Le prêtre la sentit couler
sur son dos. Sa soutane se fit grise d'abord,
rousse ensuite, et, au-dessus de sa tête, le dais
s'alluma, scintillant comme un cerf-volant
doré, avec l'étoilement de ses passementeries,
sur la blancheur à présent rosée de la moire.
Puis, à l'angle d'un mur, comme une bougie
que l'on souffle, tout s'éteignit brusquement.

Alors, Charlot se secoua dans un frisson,
avec l'effroi irraisonné qu'arrache aux natures
faibles l'inopinée venue de la mort. Il aurait
fui peut-être, mais les servantes se relevaient,
les genoux meurtris de leur écrasement sur la
pierre et secouant leurs tabliers. Elles l'avaient
vu :

— Oh! monsieur Charles! monsieur Charles!.... quel malheur!... La pauvre demoiselle
demandait encore après vous à quatre heures...

Sans répondre, il monta l'escalier. Son cœur
battait si fort, qu'il lui semblait en entendre

l'écho gronder sous les marches. Un grand
trouble lui venait avec une furtive rougeur. Il
se rappelait, refoulant ses larmes, qu'à quatre
heures même, juste au moment où sa bonne
maman le demandait, il était au *Sapin qui
pisse*, dans la forêt, en train de souiller bes-
tialement la mousse épaisse et matelassée, dont
l'élasticité rendait plus délirant son immonde
plaisir. Et, la main sur la rampe de l'escalier,
les yeux clignotants, il lui semblait encore entendre l'agaçant et doux gargouillement de
l'eau qui, dans l'auge là-bas, tombait du tube
rigide, planté à même dans l'écorce de l'arbre.
Il revoyait la fontaine feuillue et vivante dont
la source incontinente chantait monotone, et,
vainement, il se débattait contre cette vision,
ainsi que dans un cauchemar.

Cette coïncidence entre son accouplement
hideux avec la terre et le suprême appel de sa
mère adoptive l'étreignait si poignante, qu'il
n'osait ni entrer, ni demander si la pauvre
vieille vivait encore. Jamais il ne s'était trouvé
aussi vil, aussi lâche, aussi malade, aussi malheureux. Pourquoi n'était-ce pas lui qui était
mort? Et ses vieilles idées de religiosité fataliste et bête le ressaisissaient : le bon Dieu le
punissait pour sûr. Chaque fois qu'il cédait à
son ignoble passion, il lui arrivait malheur. Il

méritait ce coup qui l'assommait et cette douleur encore confuse dont son égoïsme s'effarait déjà. C'était bien fait. S'il avait eu du cœur, il se serait jeté dans le puits, tout de suite.

Une rage le tenait ; il avait cédé cette fois sans s'en apercevoir, malgré lui presque, et après une si longue lutte contre la tentation, que son bonheur avait été dérisoirement court. Et dire qu'il s'était juré la veille de ne pas recommencer avant le vendredi suivant ! On était au mardi. Mon Dieu ! comme il était lâche !

Tout à coup, il se prit à pleurer. Une religieuse, entendant du bruit, ouvrit la porte de la vieille fille, et il entra machinalement, sans savoir ce qu'il faisait, mais soulagé déjà par ses larmes.

— Votre protectrice venait d'expirer quand M. Choisel est enfin venu...

La sœur annonçait tout de suite cette nouvelle au jeune homme, n'ayant dans sa dévotion étroite, en face de ce cadavre à peine refroidi et de ce fils accablé, que le regret de cette fin trop tôt survenue pour l'Église et du bon Dieu dérangé pour rien.

— ... Mlle de Closberry était heureusement une sainte, elle avait communié l'avant-veille, et elle était sans doute encore en état de grâce quand l'attaque l'avait abattue...

Charlot n'entendait pas le pieux bavardage de la religieuse. Il s'était abîmé à genoux au pied du lit, la tête perdue dans les draps, brisé de sanglots et, fou de honte, ne voulant plus voir la face pâle de la morte. La vieille avait à présent son ancienne physionomie, la figure sèche et dure qu'il lui avait vue, avant de s'être fait aimer d'elle. Et une désespérance envahissait le misérable, comme s'il avait découvert un reproche suprême, une malédiction inachevée, dans ces traits anguleux et secs, dans ces lèvres pâles et minces, dans ces yeux froids, sans regard, dans tout ce cher visage, désormais sans tendresse et méchamment remodelé par le doigt de la mort.

Pendant huit jours, la douleur de l'orphelin fut navrante. Un effondrement s'était fait en lui. Une semaine après l'enterrement, comme, un matin, il allait partir au cimetière, le père Choisel l'appela au salon. Il y avait là un homme habillé de noir qui feuilletait une serviette remplie de papiers. L'entrevue fut courte. Le curé se taisait, l'œil plus luisant que jamais, laissant parler son compagnon. Abasourdi, Charlot ne comprit pas tout d'abord. On lui lisait un testament. Pourquoi ? Il ne devina la

situation que lorsque le prêtre, se levant, lui
mit cinquante francs dans la main, en lui donnant l'adresse d'un avoué bien pensant qui
l'emploierait dans son étude. On le chassait
poliment : Mlle de Closberry était morte sans
avoir ajouté un codicille à son testament.
L'acte que le jeune homme venait d'entendre
était antérieur à son arrivée chez elle.

Soit, en effet, qu'elle n'eût pas cru à la gravité de sa maladie, soit que les prêtres l'eussent depuis un mois détournée de laisser sa
fortune à son fils adoptif, la vieille fille n'avait
pas communiqué au notaire la promesse qu'elle
avait souvent faite à Charlot d'assurer son
avenir.

Chassé ! Il éprouva la sensation d'un coup de
massue sur la nuque, et s'en fut titubant, heurtant les meubles. Une heure après, son déménagement était opéré. Quand il se retrouva
dans une chambre garnie banale et froide, il
eut une crise de violent désespoir. Ce n'était
pas, pourtant, qu'il regrettât cette fortune qui
lui échappait. Il n'y avait jamais pensé jusque-
là, en ignorant même la valeur, et ne sachant
pas le prix de l'argent, mais quelque chose
était détraqué en lui par sa brusque expulsion.
Il lui semblait qu'on renversait tous ses souvenirs, qu'on rendait amères les douceurs de son

passé. L'idée qu'il ne reverrait plus la maison familière et le grand jardin qui l'enserrait de verdure lui arrachait des larmes comme s'il y avait laissé quelque chose de son cœur, ce qu'il avait de meilleur en lui, pensait-il.

Il ne sortit pas d'une semaine, tout à son chagrin. Un jour, le désir le prit de visiter la tombe de sa bonne maman et il alla pleurer au cimetière, mais, en revenant, il rencontra un ancien condisciple qui le plaisanta sur son entrée prochaine dans une étude. Charlot rentra aussitôt à l'hôtel et, du coup, sa douleur se fondit en une rageuse colère. La vieille servante de sa protectrice avait répandu son histoire par toute la ville. Son orgueil se cabrait.

Pendant une heure, il blasphéma, accusant tout le monde, montrant le poing au ciel, maudissant la prêtraille et éprouvant une vague jouissance à jurer comme un charretier pour injurier la pieuse clique et le mielleux cafard qui l'avaient dépouillé. Tout à l'heure, il avait vu une cornette à la fenêtre de l'ancienne chambre de Mlle de Closberry. Oh! les coquins! Et, se rappelant sa dernière lecture, il commença un monologue désespéré, en arpentant sa chambre comme un ours en cage. De classiques imprécations lui revenaient, avec de grands gestes, souvenir des tragédies jouées

au collége les jours de distribution de prix.
Tout à coup, il songea qu'il était seul dans sa
chambre, à l'abri des surprises, les rideaux
clos, la porte fermée au verrou et qu'il avait
une glace en face de son lit. Depuis quinze
jours, il avait, confiné dans sa douleur, oublié
ses obscènes pratiques. Pourquoi se contien-
drait-il davantage, maintenant? En cédant
aux suggestions lancinantes de sa névrose, il
lui semblait d'ailleurs qu'il allait se venger des
sœurs, des prêtres, de l'injustice du sort, de la
société tout entière. Lentement, il retira tous
ses vêtements, voulant faire durer son plaisir
et rendre plus délicieux ce retour à la boue
dans laquelle il sombrait. Et quand, avec une
maladive admiration de son corps, il eut étalé
la maigreur de ses chairs flétries d'adolescent
mal éclos, il eut un sourire étrange de menia-
que. Un libido féroce le secouait déjà, mais,
dans sa ressouvenance rancunière de son
orgueil blessé, de sa tendresse à jamais morte,
il se roidit, rappelant sa raison, et, avant de se
poster devant la glace, il se tourna vers la
croisée, s'orientant, cherchant dans quelle
direction se trouvait le presbytère. Alors,
avec une dernière injure à ses spoliateurs,
il eut un geste ignoble. Puis, il s'abandonna, grinçant des dents, l'œil égaré, se

tordant dans l'exacerbation aiguë de ses accès
en retard.

Une heure après cette crise, il se rendait au
Recrutement. Son parti était arrêté : il allait
s'engager, quitter l'abominable ville, rejoindre
son ami Lucien. En ouvrant la porte du bureau
militaire, il souriait, s'étonnant de n'avoir pas
pensé à cela plus tôt, ne réfléchissant pas
autrement d'ailleurs à la gravité de sa subite
détermination. Repris de ses anciennes rêve-
ries, il se voyait déjà en uniforme, menant la
vie libre de garnison avec son vieux camarade,
s'embarquant, toujours avec lui, pour une
colonie lointaine, et, peut-être, au retour,
atteignant l'épaulette. Il était incapable, pour
l'instant, de songer à autre chose qu'à son
voyage, son arrivée et son futur équipement.
Sa cervelle de linotte ne sortait pas de ces
trois conséquences de la décision qu'il venait de
prendre. Au fond, avec cela, peut-être était-il
envahi de la griserie du moment? Les souvenirs de la guerre étaient encore vivants à cette
époque où l'on parlait partout, surtout dans
l'Est, de la réorganisation de l'armée, des
devoirs et de l'avenir réservés aux jeunes.
Charlot se remémorait confusément toutes les
conversations patriotiques qu'il avait enten-
dues, et un vague enthousiasme, dont il était

surpris lui-même, lui soufflait une ardeur bel-
liqueuse, réveillant à cette heure son amour
d'enfant pour les troupiers, le tambour et les
uniformes voyants.

La réponse du commandant de recrutement
jeta un véritable seau d'eau froide sur cette
fièvre. Que de formalités, que d'exigences pour
accepter un dévouement qui s'offrait! L'orphelin n'en revenait pas; à vrai dire, il ne savait
rien de la vie. Depuis sa sortie du collége, il
avait ainsi, à chaque pas, des étonnements
naïfs, et c'est d'un air furieux contre la société
et contre lui-même qu'il se heurtait contre les
réalités auxquelles l'*Enéïde* ne l'avait qu'in-
suffisamment préparé : est-ce que l'Eglise et
l'Université lui avaient enseigné la loi, et,
avec la loi, les nécessités sociales? Il fut presque impertinent vis-à-vis de l'officier et se fit
répéter plusieurs fois ce qu'il avait à faire.
Puis, force lui fut de ronger son frein et
d'attendre, en dépensant le moins vite possible
les cinquante francs de l'abbé Choisel.

Enfin, au bout de plusieurs jours, il reçut
de Paris, avec l'acte de décès de son père, une
pièce officielle constatant que sa mère avait
disparu depuis six ans, et, dès lors, il n'eut
plus que les démarches habituelles à remplir.
La visite médicale fut cependant toute une

affaire. Le major le trouva anémié et faible de constitution et ne lui signa un certificat d'aptitude qu'à contre-cœur, et vaincu par ses supplications. Le surlendemain matin, après être allé pleurer une dernière fois sur la tombe de sa protectrice, Charlot quittait Saint-Dié.

Il n'avait pas voulu écrire à Lucien pour lui annoncer son engagement. Ce serait une surprise, une vraie surprise qu'il lui ferait en débarquant à Toulon et en courant se jeter dans ses bras à l'improviste. Quel bon moment ils passeraient tous deux ! Son cœur bondissait, quand il s'imaginait leur réunion, et sa tête voyageait.

— Toulon !

Enfin ! il pouvait descendre de son wagon, aller retrouver son camarade ! Depuis Marseille, son compartiment était rempli de matelots qui riaient, criaient, chantaient, buvaient, fumaient, chiquaient, crachaient, dansant parfois sur les banquettes aux sons aigus d'un biniou, et un insurmontable dégoût le saisissait au contact de ces joyeux gars. Ils avaient « du vent dans leur toile » et, tout en complotant de ne pas regagner la *Division* avant le lendemain matin, ils énuméraient les joyeuses gouges du Chapeau-Rouge et de la rue de

l'Arme-Dieu qu'ils iraient voir, chacun vantant
sa femelle avec d'obscènes détails et de cyniques
descriptions. Plus violente, l'horreur que
Charlot avait pour la femme se réveillait à ces
discours. Il se dégagea de l'étreinte d'un gabier
qui voulait à toute force lui offrir un verre en
sortant de la gare, et il courut jusqu'à la grille.
Là, il rencontra un soldat et lui demanda son
chemin, se rengorgeant pour lui apprendre son
engagement. Le troupier, flairant une aubaine,
le mena au *Bureau des Revues* faire viser sa
feuille de route, et, de là, à la caserne. En chemin, le conscrit ne vit rien de la ville et du
port. Il marchait vite, forçant son guide à accé-
lérer le pas, impatient d'arriver au Mourillon
et de trouver Lucien. Tout à cette préoccupation, il n'aperçut pas davantage le grand
bâtiment dans lequel il entra. Il n'entendit
pas non plus les exclamations dont les hommes de garde, assis devant la porte, l'ac-
cueillirent :

— Tiens, encore un *bleu !*

Son ami, il lui fallait son ami! Un troupier
complaisant voulut bien aller le chercher à sa
compagnie. Cinq minutes après, il revenait
seul.

— Parti !

— Comment, parti ?...

Charlot tremblait, tout pâle, et s'appuyait au mur.

— Parfaitement, mon vieux, répondit le soldat. Il a permuté, la semaine dernière, avec un de ses copains de la 12ᵐᵉ qui avait peur d'aller en Cochinchine. A c't'heure, il est en route à bord de la *Creuse*. Si vous voulez le rattraper, faut vous presser, car la gabare file bon train!

Le malheureux n'entendait point les lazzis de l'homme. Ses jambes flageolaient. Il s'échoua sur un banc du corps de garde et resta là, morne, les bras ballants, le regard perdu dans le vide. Il ne se rappelait pas avoir encore autant souffert Non, pas même en apprenant la mort de Mˡˡᵉ de Closberry, il n'avait éprouvé pareil coup! Cette désillusion l'assommait; sans la présence des soldats, il aurait pleuré : il se sentait faible comme un enfant. Mais, devant ses futurs camarades, il lui fallait se roidir, et, dans cette tension de tout son être, son égoïsme se réveillait, surnageant seul du milieu de ses sentiments contenus. Une sensation de froid lui glissait sur les épaules, le faisant frissonner. Il regarda alors la grande cour sablée et plantée de platanes. Malgré son ensoleillement inouï, malgré le vert des feuilles, malgré le va-et-vient de fourmilière qui la rayait en tous sens, elle lui sembla atrocement morne, implacablement solitaire et triste. Et tristes aussi d'une tristesse navrante en sa monotonie, lui apparurent les bâtiments blancs régulièrement percés de fenêtres égales. Un sentiment de faiblesse et d'isolement tombait sur lui de leur alignement sévère. Brusquement, il se souvint qu'étant gamin, à Paris, il était allé, avec son père, voir un voisin détenu à Mazas. Il avait, ce jour-là, devant la prison blanche et rébarbative, éprouvé la même sensation glacée. Et il se rappelait avoir alors empoigné plus fort la main de son père en se serrant contre lui, dans une involontaire et peureuse répulsion. Quelle main serrerait-il maintenant ? Il était seul.

Ce Lucien, comme il le haïssait ! Le misérable avait eu le cœur de partir sans lui dire un seul mot, sans lui envoyer l'adieu banal qu'il avait, lui, Charlot, adressé, en quittant Saint-Dié, aux plus indifférents de ses anciens condisciples ! Et il avait aimé ce lâche, ce traître ! Et tout à l'heure, dans le train, il ne tenait plus en place dans sa soif de le voir, dans son désir d'arriver plus vite ! Il poussait le wagon avec ses pieds, l'imbécile ! Il maudissait les pauvres mathurins qui, dans leurs ébats de joyeux drilles, le distrayaient de ses

pensées de bonheur! O buse et triple buse!
Est-ce que quelqu'un était bon, brave, honnête? Est-ce que ça existait, l'amitié, le dévouement et le reste? Ceux qui en étaient capables,
comme son père et sa protectrice, mouraient.
Pour les autres seulement la vie s'ouvrait sou-
riante, toute large... Et l'on verrait que cette
canaille de Leroy reviendrait bien portant de
cette Cochinchine, où tant de braves gens
laissaient leurs os!... Parbleu! oui, il reviendrait, faraud, avec des galons, sans doute, et
il se vanterait de son voyage, et il le raconte-
rait à son ancien camarade... Ah! mais non,
qu'il ne lui parlât plus, s'il se retrouvait sur sa
route, ou sinon il lui casserait la gueule!...

Il jurait à présent, s'excitant à envisager,
sous toutes ses faces, la conduite de son ami.
Sa douleur se faisait colère et il serrait les
poings.

Le sergent de garde vint le tirer de ses
sombres réflexions:

— Qu'est-ce que c'est que ce *pierrot* qui
clampine encore au poste de police? Veux-tu
me foutre le camp?... Allez! hop! un homme!...
Conduisez-moi ce particulier au bureau du
gros-major...

Charlot se releva et suivit un planton. A la
porte du cabinet de l'officier, il s'arrêta pour

s'essuyer les yeux, car brusquement les larmes
lui venaient dans la confuse révélation de sa
vie désormais à vau-l'eau et de sa liberté en-
terrée: il était encore en pékin et on l'injuriait
déjà!

X

DEPUIS trois mois, Duclos était soldat. Ce n'était plus le même homme, et, dans les rares moments qu'il pouvait donner à la réflexion, il éprouvait un abasourdissement brisé. Les premiers jours, il avait cru à un mauvais rêve : cela n'était pas possible.

L'été finissait; il n'y avait pas d'exercice · l'après-midi, à cause de la chaleur, et, la théorie achevée, les recrues s'endormaient ou jouaient. Ecrasé de la fatigue du matin, Charlot faisait la sieste. Lorsqu'il se réveillait, il avait un étonnement douloureux, une sensation de cauchemar, à découvrir la chambrée avec ses murs blanchis à la chaux, sa double rangée de

couchettes, ses planches à bagages couvertes
d'effets et de sacs, symétriquement espacés et
disposés. Ahuri, il se frottait les yeux. Souvent
alors, le cœur trop gros, il se retournait, la
tête sur l'oreiller, pour pleurer sans être vu.
Puis, c'étaient d'autres souffrances, de petites
misères que faisaient grosses son inexpérience
de grand bêta, ses habitudes d'enfant gâté,
amolli par le confort et les caresses autant que
par son mal. Dans ce régiment, où s'agitaient
plus de deux milliers d'hommes, dans cette
compagnie d'engagés volontaires incessamment grossie par des arrivées, au milieu de
cette chambrée où, dans une étroite promiscuité, trente-deux conscrits vivaient côte à
côte, il se sentait aussi seul qu'à Saint-Dié,
avec la gêne en plus. Bientôt, cependant, il
n'eut plus même le temps de se désoler. Levé
à l'aube, il n'avait pas, jusqu'au retour de la
manœuvre du soir, qu'on faisait après la soupe,
une seule minute à lui. En rentrant, il ne
tenait pas debout; ses jambes flageolaient, et
de douloureuses palpitations rendaient sa
respiration anxieuse. Il avait alors à panser
son épaule, meurtrie à travers la chemise et la
vareuse par le poids de son chassepot, le passager regret d'avoir orgueilleusemeut insisté
pour être accepté lors de l'examen du médecin

major, le lendemain de son débarquement à
Toulon. A présent, il était trop tard. Pour
rien au monde, il n'aurait consenti à retourner
à la visite. Il avait une terreur folle des punitions, et redoutait son caporal et tous ses chefs,
plus qu'il n'avait craint jamais Hilarion et Isidore. Et, la paupière appesantie, les membres
roides, il graissait son fusil au plus vite pour
aller, tout poussiéreux encore, se jeter sur son
lit. Il reposait là, avec accablement, d'un sommeil d'ivrogne, lourd et sans rêves. Un coup
brusque sur l'épaule l'éveillait en sursaut.

— L'appel! nom de Dieu!...

Il se levait, et, tout ensommeillé encore, il
retapait la couverture, puis, immobile au pied
de sa couchette, il attendait, roide comme un
piquet, dans l'attitude règlementaire, l'œil
mort, et bâillant avec fureur. Tout à coup, une
sonnerie de clairon, étrangement claire dans le
silence soudain de la caserne et de la cour,
commençait. Machinalement, Charlot plaquait
des paroles sur les notes sèches et vibrantes
qui résonnaient dans sa tête : « *C'était avec
Lucien...cien! C'était avec Lucien... cien !...
cien!... cien !* » Le *cien* traînait, s'alanguis-
sant avec la plainte prolongée et mélancoliquement fignolée du cuivre, dans le « coup de
langue » terminant la sonnerie. L'officier

et le sous-officier de semaine entraient ; le caporal de chambrée, debout au milieu de la pièce, faisait l'appel, et Charlot, nommé le premier, se rendormait encore sous la pluie des « *Présents!* » qui déroulait trente-deux intonations différentes, allant du glapissement au bourdon, et, décroissante, gagnait les salles voisines, semblant y éveiller un écho.

Enfin, l'appel fini, la caserne un instant morte ressuscitait avec un immense brouhaha. Des piétinements secouaient les plafonds, et, des cinq étages, les troupiers se précipitaient, dévalant par les escaliers sonores, et couraient aux vespasiennes. Duclos était déjà entre ses draps. Sa couverture montée jusqu'au menton, il se replongeait dans le sommeil, bienheureusement. Il n'entendait presque jamais sonner l'*extinction des feux*, puis, à dix heures, la *fermeture des cantines*. Il se ruait tout de suite au repos, à l'anéantissement, bercé par un interminable conte de chambrée que quelque vieux soldat entamait, s'assurant de l'attention de ses auditeurs par des « *Cric!* » auxquels répondaient des « *Crac!* » de plus en plus rares.

Le bon sommeil ! comme Charlot aurait voulu qu'il durât vingt-quatre heures ! Ne plus penser, s'annihiler, oublier la monotonie cruellement désespérante de son existence ! Il ne

rêvait plus, ne songeant même pas à ses
anciennes pratiques, se sentant sans forces et
sans désirs, ou, s'il avait parfois un fugitif res-
souvenir de ses débilitantes habitudes, l'oubliant aussitôt et se disant: « Je suis une brute
heureuse. » Car la fatigue avait eu enfin raison
de son mal et paralysait, dans une anesthésie
de ses sens rebelles aux caresses, son imagination elle-même.

Peu à peu, il se fit à son métier. Inconsciemment, il jouissait de son retour à la santé et de
la renaissance de ses forces. Un jour, il reçut
de l'abbé Choisel cinq francs en timbres-poste,
et, les ayant vendus le dimanche suivant, il
alla à la cantine se gorger de gros vin et de
figues avec ses deux camarades de lit. Cela lui
valut deux amitiés solides. Il rentra, en chantonnant, un peu gris, et, dès lors, devint un
troupier véritable. Il ne sortait que rarement
et n'était jamais encore descendu en ville, ne
trouvant pas le courage de faire les quelques
kilomètres qui l'en séparaient. Il préférait re-
monter le boulevard de l'Eygoutier, qui longeait les casernes jusqu'au polygone. Là, il
gagnait le bord de la mer et se couchait dans
le varech. Avec des étonnements sans fin, il
admirait la rade, éprouvant un incessant bonheur à perdre ses regards sur l'eau bleue. Ses

surprises d'enfant, devant les Vosges, n'étaient
rien auprès de celles qui l'hébétaient en face
de cette mer, et surtout de ses navires. Il avait
une affection ravie pour les cuirassés de l'escadre, et généralement pour toute embarcation.
Même il s'y mêlait un respect confus, qui naissait de ses craintes. Les premières fois, il
n'avait point osé se baigner, et il avait, de
bonne foi, admiré les canotiers du régiment,
quand il les avait vus, semblables à des matelots, courbés sur leurs avirons, et faisant voler
la baleinière du colonel, ou allant, avec leur
grand canot, chercher le pain du régiment à
l'Arsenal. Ses deux amis, deux braves paysans
qui n'avaient jamais d'argent, l'accompagnaient
et partageaient ses étonnements naïfs.

Les réservistes arrivèrent, mais il était ac-
climaté maintenant et il ne souffrit pas des
grandes marches. Il était heureux, au contraire, de partir à l'aube, le pain bouclé sur le
sac, le pantalon rentré dans les guêtres, et de
gagner les champs dans la prime fraîcheur du
matin. Il était du premier bataillon, derrière
la musique, et il retrouvait ses joies de gamin
à entendre les ronflements de la grosse caisse
et les borborygmes des trombones. Le « *dzim,
boum, boum!* » du départ lui faisait sauter le
cœur. Il allait, marquant le pas, dodelinant de

la tête, l'air content, riant à voir s'entr'ouvrir
les fenêtres des maisons encore silencieuses et
des têtes de femmes, en bonnet de nuit, s'y
encadrer une minute. Le pont-levis dépassé,
c'était bientôt la campagne.

— Pas de route! commandait le chef de
bataillon.

On mettait l'arme à la bretelle, les rangs
s'espaçaient irrégulièrement, et les files se dé-
doublaient, par les sentiers rocaillenx, entre
les vignes. Mais le soleil montait implacablement. Le mont Faron, vers lequel on se diri-
geait, s'éloignait toujours, s'enlevant, étonnamment clair avec ses flancs arides, sur le bleu cru
du ciel. Une farineuse poussière montait en
nuages sous les pieds des soldats, poudrant à
blanc les uniformes. Les bidons, à chaque
instant allégés, sonnaient le creux, en tintant
contre les poignées des sabres. Alors, le colonel Ligier se retournait et, donnant de l'épe-
ron à son arabe, courait le long des flancs de
la colonne jusqu'à l'arrière-garde.

— Eh bien! on ne chante donc pas, les enfants?...

Soudain, Charlot se sentait du cœur au
ventre. Il partait, avec les autres, à plein
gosier :

Où est Thomas ?

Formidable, une clameur courait de la dernière compagnie à la première :

Il est en bas !...

Et le refrain, repris en chœur, montait dans l'air, roulant par les vignes. Puis c'était :

Meunier, tu dors !
Ton moulin va trop vite...

Ou encore :

Le marsouin sur terre et sur l'onde
Se fout bien des quatr'z éléments !

Et tout le répertoire naïf ou grivois que chantait le régiment depuis des années. Sous le rhytme des joyeux couplets, on se redressait, le sac et le fusil semblant moins lourds. Parfois, par dessus la haie d'une bastide, une tête de paysan surgissait, étonnée, avec de gros yeux ronds. Et Charlot lui criait plus fort que les autres :

— *L'as paga loü capeou?*

Il riait, heureux, sans savoir pourquoi.

Quand les réservistes partirent, son éducation militaire était terminée. Il quitta la compagnie des recrues et « passa au bataillon », dans une compagnie de vieux soldats. Ce furent de nouvelles habitudes à prendre.

Un jour, son sergent-major et son fourrier l'appelèrent. Ils avaient entendu dire qu'il calligraphiait en véritable élève des frères, et, tout de suite, ils lui donnèrent du travail.

Docile et plein de zèle, il s'en acquitta si bien que les deux sous-officiers ne lui permirent plus de quitter la *chambre de détail*. On l'exempta de tous les exercices et de toutes les corvées; il montait seulement sa garde à son tour. Il eut dès lors du temps à lui, de longues heures à perdre en flânerie, sa besogne quotidienne de comptable terminée.

Cette liberté le gêna d'abord et pesa presque autant sur ses épaules que sa fatigue des premiers jours. En vain il essaya de l'employer à lire; les romans que le fourrier apportait du cabinet de lecture l'ennuyaient, parlant tous de l'amour et de la femme. Et las, accablé de son désœuvrement, il passait à la fenêtre les journées pendant lesquelles il était seul.

A travers le grillage étroit, il découvrait, de son cinquième étage, le petit arsenal avec ses hangars, ses chantiers de bois et ses cales de navires en construction. A côté du *Foudroyant*, d'où montait la chanson continue des maillets des calfats, il apercevait un lambeau de la rade semblable à un pan de lustrine bleue étendu à sécher. Derrière, le grand arse-

nal et la ville étageaient dans lesoleil, jusqu'au
pied des montagnes, un amas confus de toits
gris et rouges, qu'étoilait çà et là l'irradiation
d'une vitre ou d'un carré d'ardoises. Plus haut,
il y avait des taches vertes irrégulières, clair-
semées. Les cabanons accrochés aux flancs des
hauteurs y marquetaient de teintes vives les
oliviers et les vignes, pareils parfois à des
mausolées blancs avec leur ceinture de cyprès
et d'eucalyptus. Au-dessus, sur la montagne
toute nue, grimpait un manteau pelé, couleur
d'ocre, avec, par places, la grisaille des rochers.
A la crête, les forts profilaient comme leurs
arêtes sévères sur le ciel. Charlot tournait
le cou et suivait la ligne, tantôt largement
ondulée, tantôt sèchement horizontale qui
rasait les cimes, s'élevant, comme en un
cap plus haut et plus aigu, sur le Faron,
et s'éteignant, en un détour, sur les croupes
puissantes du Coudon, qui, vu du Mourillon,
apparaissait assombri et comme abandonné du
soleil.

Bientôt, cette vue ne lui dit plus rien, l'emplissant même d'un profond ennui. Il en connaissait les moindres détails, il en avait fouillé
les moindres replis. Et alors il retomba dans le
rêve.

Un jour, une tentation lancinante l'envahit,

Il ressentit comme des piqûres d'aiguille sur le front avec une affre pesante. Ce fut spontané, irréfléchi, machinal, instinctif. Il revint à lui, sur le lit de son sergent-major, tressaillant encore à la douceur mourante et spasmodique des caresses retrouvées, de la volupté ancienne reconquise. Hagard, il s'imaginait mal comment il était venu là depuis la fenêtre, comment cela s'était fait. Ses oreilles bourdonnaient, son cœur battait de grands coups anxieux dans sa poitrine et, haletant, les yeux papillottant, il s'étonnait de l'obscurité brusquement venue dans la chambre.

Peu à peu, les grondements de son sang s'apaisèrent et son souffle se refit régulier. Il avait rêvé pour sûr : il faisait jour. Titubant, il sauta à bas du lit et courut à la fenêtre, soulagé à revoir le tableau accoutumé et, en bas, la chaussée blanche et les broussailles vertes que, rapetissés par la hauteur, les dômes des platanes entassaient en rond au bord du trottoir. Il voulait s'imaginer qu'il n'avait point quitté cette croisée, discutant avec lui-même, et accumulant ces raisonnements illogiques et obstinés de l'ivrogne, qui se tenant encore debout, lutte avec son ivresse et, se sentant vaincu, s'entête à la nier.

Tout à coup, il eut la nette perception de sa

rechute. D'abord, il en fut abasourdi, mais
son cerveau, comme trop étroit pour deux
idées, ne parvint à émettre qu'un sentiment
de peur ; Charlot venait de voir la porte
ouverte : on aurait pu le surprendre. Cette
crainte lui amena de la sueur au front, et, sur
le moment, il ne songea point aux conséquences
de son nouvel abandon, tout entier seulement
au danger qu'il venait de courir.

Quand le fourrier rentra, le malheureux commençait à peine à se rassurer, et le sous-officier
lui ayant donné du travail, il se mit à remplir
des états imprimés, et à écrire avec rage, pré-
cipitant sa besogne pour ne plus penser à rien.
Cependant, la nuit venue, il ne put dormir et,
assiégé de réflexions douloureuses, il se rendit
compte de sa déchéance nouvelle, navré tout de
suite, mais déjà sans forces contre les nouvelles
attaques de sa névrose et n'osant se permettre
à lui-même de réagir énergiquement. Même,
il sentait, insensiblement, le remords de sa
faute se fondre en un regret inavoué de n'avoir
pas savouré longuement ce plaisir, dont il
avait été sevré depuis trois mois, et d'être
retombé inconsciemment, ainsi que dans un
rêve, dont au réveil on pleure le rapide et
passager bonheur.

Il se contint pourtant ce soir-là ; il appela le

sommeil à son aide, se récitant des pages de
théorie et d'anciennes leçons apprises par
cœur au collége, forçant son esprit à une gym-
nastique de mnémotechnie pour reconstituer
l'emploi détaillé de sa journée, ou bien comptant mentalement de 1 à 1,000, et voulant à
tout prix chasser les troublantes pensées, s'endormir. Une céphalalgie enserrait son crâne
d'une fiévreuse cuisson. Enfin, il ferma les yeux.

Le lendemain, la tête lourde, il se leva
le dernier. Une paresse le tint longtemps
cloué sur son banc, le nez sur un registre, le
regard perdu. Il alla se laver seulement à neuf
heures. Pressés par l'approche de l'appel, les
troupiers se battaient pour arriver aux lavabos
dans la cour; il dut attendre. Mais à voir les
torses nus des camarades, les chairs blanches
et vigoureuses qui luisaient sous le pis des ro-
binets, il revint à ses rêves, et remonta la bouche
sèche, l'œil noyé. Aussi bien, pourquoi résistait-il davantage? Depuis trois mois, il s'était
refait; ce n'étaient pas deux défaillances én
vingt-quatre heures, avec les économies qu'il
avait réalisées, qui le remettraient à bas,
comme à Saint-Dié. Il se hâta de s'enfermer,
profitant de la solitude que l'appel et le défilé
de la garde mettaient dans les chambres. Et,
dès lors, ce fut fini.

Implacable, la plaie s'était rouverte, et la rechute de Charlot était d'autant plus violente, d'autant plus rapide, que sa convalescence avait été plus pénible et plus lente. De nouveau, il s'affaissa. La chose eut lieu presque sans lutte. Les premiers jours, il comptait ses accès, se marquant une limite, et se disant qu'à telle date il reprendrait sa vie des trois derniers mois, mais, bientôt, il s'abandonna sans songer, et ne voulant plus se rendre compte de l'étendue de sa déchéance, comme hors d'état désormais de réfléchir. La réapparition des symptômes extérieurs, dont la constatation le désolait jadis, le laissa presque indifférent.

Son fatalisme, irraisonné maintenant, devenait, en effet, chaque jour plus fort, et semblait être la traduction psychique de l'exaltation de son organisme. Son inertie accroissait l'irrésistibilité de ce nouvel entraînement et le rendait presque continuel.

Le malheureux ne vivait plus. Il se laissait aller, apathique, épuisé, sans plus même un regard sur son passé, sans plus même un de ces regrets, qui, à Saint-Dié, soutenaient sa vie, tout en la désolant. Ainsi qu'une machine, il accomplissait sa besogne quotidienne, insouciant de tout, pourvu qu'il pût, sa tâche faite, retrouver sa démoralisante solitude. Cependant ce ne lui était pas toujours facile de s'isoler, dans cette caserne vivante où grouillait la population d'une ville, et les bords de la mer, en cette saison et aux heures auxquelles il était libre, n'étaient pas assez déserts pour qu'il osât s'y risquer. Il errait alors l'air en peine, ahuri comme un chien égaré, et ne retrouvait son pâle sourire d'anémique qu'en se mettant au lit, le soir venu.

Aussi bénissait-il ses jours de garde, et, volontiers, la nuit, montait-il faction double. Il aimait les postes éloignés, réputés les plus tristes. Accoté contre sa guérite, pelotonné dans son caban, il aimait à laisser couler les heures, et à ne s'apercevoir de la fuite du temps qu'au passage des rondes. Il retrouvait là les torpeurs exquises qui l'enserraient tout petit, quand, sur les genoux d'Origène, il contemplait l'illumination du ciel. Mais son bonheur actuel lui paraissait puiser dans sa solitude une plus douce saveur. Puis, il était autrement splendide et troublant qu'à la rue des Récollets, le cadre qui, maintenant, abritait ses molles songeries. Et dans l'attendrissement maladif de son cerveau déséquilibré, cédant à un besoin vague d'idéalité, fruit de son éducation première et de ses romanesques lectures, le jeune maniaque l'ad-

mirait comme l'eût fait un noctambule roman-
tique et sain. Son détraquement, par l'état
d'hyperesthésie même auquel il avait conduit sa
sensibilité nerveuse, le rendant merveilleuse-
ment impressionnable, il tombait dans de réelles
et longues extases.

D'ordinaire, c'était à la *Chaîne-Castigneau*,
à l'entrée de la darse, qu'il aimait à veiller.
Derrière lui, l'Arsenal s'étendait silencieux, et,
de sa place, il n'apercevait que la silhouette des
navires désarmés, qui, rangés comme des chevaux à l'écurie, le long des quais, lui semblaient
monstrueusement grandir dans le noir.

Un chenal percé dans le rempart faisait communiquer avec la mer le bassin où ces vais-
seaux dormaient amarrés aux canons-bornes.
Au bord étaient les postes des soldats et des
marins vétérans. Charlot se tenait un peu
plus loin, de façon à découvrir la rade,
tout en surveillant l'arrivée des rondes de
l'autre côté du chenal. Souvent, le matelot
chargé de passer celles-ci d'une rive à l'autre,
essayait de lier conversation avec lui, mais
il ne répondait pas, préférant contempler
l'eau.

Elle clapotait à ses pieds contre les pierres
avec un bruit monotone de rires qu'on étouffe.
Des phosphorescences y couraient, dont les

éclipses soudaines et les subites aurores allaient
du quai jusqu'aux flancs du bac. Plus loin, dans
le bassin, elle était noire comme de l'encre, et
criblée d'étoiles, si calme que le saut d'un poisson y faisait, à perte de vue, un bouleverse-
ment circulaire dans l'élargissement duquel
l'ombre semblait lutter pour rendre définitif et
total le partiel et passager engloutissement des
étoiles.

Mais, avec un tremblotement, les astres
finissaient par ressurgir tous, plus clairs qu'a-
vant leur chute. Charlot les saluait, puis,
son regard gagnait le large. Là, il se fixait, au
milieu des bâtiments espacés de l'escadre, sur
une nappe pareille à du mercure, où la lune
concentrait sa lumière, dans un éblouissement
froid. Et, tout autour, sombre, étaient les cuirassés, sombre les flots, sombre plus loin les
côtes, les forts, les batteries ; au-dessus, le ciel
lui-même était moins clair, et il semblait que
toute lueur eût disparu sous l'irradiation
blanche et triste de ce vif-argent nageant sur la
mer et frémissant avec les vagues que ne pouvait étouffer son glacis.

Le jeune homme éprouvait à le contempler
un trouble indéfinissable. Emu, comme tous les
faibles devant ce qui est grand, il avait la brusque perception des profondeurs glauques que

recouvrait ce manteau de lune, et il s'y perdait en esprit, délicieusement, dans la maladive jouissance de la solitude et du silence. Mais soudain, du pont d'un des cuirassés, un tintement montait qui se répercutait de navire en navire, et, mélancolique, une voix criait dans la nuit : « Bon quart, bâbord ! » Comme le son de la cloche, le cri se répétait d'un bord à l'autre, avec des modulations longuement tristes et différemment étranges. Puis, le silence recommençait, et Charlot pour ne pas le troubler, évitait de crier « au large ! » lorsqu'un canot de pêcheur venait sans bruit traîner ses filets dans les eaux de l'Arsenal.

Cependant la lune descendait dans le ciel, faisant plus intense, derrière elle, l'illumination cuivrée des étoiles. Entre les navires, ce n'était plus une ronde nappe de mercure, mais un large sillon qui rampait comme un serpent, se tordant à chaque ride de la mer. La blanche coulée, filait, s'éparpillant pareille à une queue de comète qu'aurait dévorée l'eau. Et les cuirassés se profilaient maintenant, distincts, avec leurs mâts courts et roides et la trame ténue de leurs cordages qui tissait des toiles d'araignées dans un coin du ciel. Les feux de position apparaissaient immobiles, et leur fixité, sous la décroissante promenade des astres, était d'un agacement endormant et doux.

Charlot y cédait une minute et ce court abandon de sa volonté suffisait. Quand il relevait la tête, il ne songeait plus qu'à s'associer à cette poésie nocturne que son éducation sentimentale l'invitait à goûter. Redevenant le petit détraqué, il écoutait parler sa névrose, car la douceur des crises méditerranéennes, si elle raffraîchissait son front de ses senteurs alcalines, réveillait en même temps ses ignobles désirs. Nul ne le voyait : que la lune, Et, sous l'œil complaisant de « Phœbé », le factionnaire latiniste, l'œil alangui, et murmurant quelque classique distique, défaisait son caban et appuyait son fusil contre sa guérite. Nul ne le voyait. Dans une hébétude radieuse, il consommait son immonde sacrifice, avec un bonheur qu'il n'éprouvait que là, comme s'il avait possédé la nuit, la mer et la laiteuse clarté du ciel. Sa tendresse expirante courait sur les flots. Il mendiait une caresse des choses, et pâle, palpitant, il lui semblait que sa cervelle se fondait peu à peu, dans une fuite délicieusement lente.

Les réveils étaient terribles. Quand on relevait le poste, il ne pouvait qu'à grand'peine suivre à la caserne ses camarades.

Ceux-ci le surprirent un jour, en faction, et l'accablèrent de quolibets. L'histoire fit le tour du régiment, et la soldatesque s'en amusa fort. Charlot, qui jadis serait mort de honte sous de pareilles railleries, le prit philosophiquement. Lorsque, le matin, son camarade de lit le voyant se lever péniblement, les reins cassés, les jambes molles et les yeux cernés, lui criait : « Il a plu cette nuit? », il répondait avec un sourire indifférent.

Cependant peu à peu son état s'aggravait : ses chefs s'inquiétèrent. L'un d'eux, son lieutenant, crut trouver un remède : au lieu d'envoyer le misérable à la visite, il le recommanda à deux troupiers et lui remit quelque argent. Le soir même, Charlot, entraîné par ses compagnons, pénétrait dans le Chapeau-Rouge, qui est à Toulon le quartier des filles.

A la première prostituée qu'il avait vue, dépoitraillée et cynique, au seuil d'un bouge, le jeune homme avait voulu rebrousser chemin ; mais les deux soldats le retinrent par les bras et lui firent parcourir, ruelle par ruelle, le faubourg entier. Charlot était écœuré, ses répugnances croissaient à chaque pas, et toute son horreur maladive de la femelle se réveillait, plus violemment, comme justifiée cette fois par les tableaux de débauche ignoble qu'il découvrait

autour de lui. Alors, pour lui donner du courage, ses amis le firent entrer dans les buvettes.
Sur leur invitation, il vidait petits verres sur
petits verres, mais, seule, sa démarche s'alourdissait et ses yeux conservaient leur fixité surprise. Dans les caboulots même, du reste, son
dégoût éclatait. Accoudé sur le comptoir de
sapin recouvert de fer-blanc, il regardait les
gens aller et venir dans la petite boutique, et
le rideau d'indienne qui masquait la porte
s'ouvrir et retomber sans relâche. C'étaient
des filles qui accouraient en fumant, pour
prendre un verre d'anisette et racoler des
clients. Au moment de payer, elles se trous-
saient et tiraient de l'argent de leurs bas. Plus
souvent, c'étaient des couples qui, débraillés
encore, venaient, avant de se séparer, trinquer
à leurs passagères amours. Puis, dans les coins,
des marchés se concluaient. Il y avait des dis-
cussions, d'âpres marchandages. De petits
soldats, tentés, comptaient leur monnaie, pro-
posaient des prix. Et le tapage ne discontinuait
pas, dans l'odeur amère de l'absinthe, dans la
fumée opaque tombant du plafond, au milieu
d'un mélange criard d'uniformes et de jupons,
d'épaulettes rouges et jaunes, de pompons
verts, de plumets tapageurs et de cols bleus.
Des sabres ne cessaient d'égratigner les dalles

et de sonner en cognant les murs. Parfois, une bande d'Italiens entrait en hurlant une chanson de leur pays, et des bottes dans lesquelles s'enfonçait le pantalon de velours on voyait surgir le manche de corne des couteaux. Ou bien, encore, c'étaient des matelots qui se ruaient au comptoir, bousculaient tout le monde, et insistaient pour vendre au patron quelque enseigne de sage-femme ou de limonadier qu'ils avaient décrochée en route.

Et Charlot, ahuri, fermait à demi les yeux, en se cramponnant au bras d'un de ses compagnons, et traînait de débit en débit l'affreuse vision de cette foule en rut, et surtout de ces tétines, de ces cuisses grasses et de toutes ces chairs de femmes qui, de tous côtés, accrochant son regard, le hantaient désespérément.

Quand ses amis le crurent suffisamment gris, quand eux-mêmes marchèrent moins droit et ne répondirent plus aux appels ou aux injures des prostituées que d'une voix pâteuse, ils entrèrent dans une maison. A la porte, il y eut lutte. Le conscrit ne voulait pas les suivre, mais ils l'empoignèrent :

— Faut que tu y passes ! C'est l'ordre du lieutenant !...

Puis, ils le poussèrent au milieu d'un salon où

une douzaine de filles demi-nues sommeillaient, en attendant des pratiques :

— Ohé! les colombes!... Voyez-vous ce particulier-là!... Eh bien, il l'a encore!...

Et ce fut un grand tumulte.

XI

ELLES l'entouraient, se haussant sur la pointe des pieds, se bousculant pour le mieux voir, et le dévisageaient, curieuses, avec de longs éclats de rire.

— C'est y vrai, dis? Tu l'as encore?

Il ne répondait pas. Rouge et pâle à la fois, les yeux perdus, haletant d'angoisse, il demeurait stupide et une sueur au front, n'ayant plus qu'une pensée, ne formulant qu'un souhait : voir le parquet s'entr'ouvrir sous ses pieds et l'engloutir loin, bien loin, dans les caves, profondément. La sous-maîtresse avait tourné la clé du compteur à gaz; maintenant, c'était dans le salon une illumination furieuse et crue

sous laquelle son regard papillotait. Et le
cercle se resserrait toujours autour de lui,
avec l'envolée blanche des gestes câlins et la
promenade devant sa figure des bras nus qui
cherchaient à l'attirer. Il se débattait avec une
résistance de son torse qu'il cambrait en
arrière, mais les mains inertes et, pour se
dégager, ne pouvant se décider à toucher,
même du bout des doigts, les poitrines poudre-
risées et les blancheurs troublantes qui s'étalaient autour de lui. On l'entraîna sur un
canapé. Toutes les femmes voulaient l'avoir, et
se le disputaient, disant que « ça portait
bonheur » et que « ce devait être très drôle ».

Il avait envie de pleurer, mais ses deux
compagnons ne pouvaient s'accommoder de cet
attendrissement. Ayant fait choix de deux
filles, ils s'approchèrent :

— Allez, hop ! Duclos ! faut déraper, mon
vieux. T'avons pas amené ici pour rester à
l'ancre sur des coussins. Tu vas donner
six francs à Madame, pour nous trois, offrir
ton aile à une de ces poulettes et monter avec
nous...

Le malheureux ouvrit son porte-monnaie et
paya, en sortant longuement les pièces une à
une, avide de prolonger les quelques minutes
qui le séparaient de sa condamnation, et livide

comme un homme qu'on toilette pour l'écha-
faud. Puis, il lui fallut s'exécuter, choisir entre
toutes ces ribaudes dont, hagard, il ne voyait
que les gorges nues. Et, dans sa maladive
exaspération contre la femme, il alla à la plus
plate, une brune, coiffée à la Titus, habillée
en Bébé et pareille à un garçon. Elle eut un
cri de triomphe, mais les autres pensionnaires ·
grognaient. Cette traînée de Camélia avec ses
œufs sur le plat enjôlait tous les hommes!
Qu'est-ce qu'elle pouvait bien leur faire, cette
vache? Et l'autre, ce mufle de puceau, il allait
joliment s'étrenner!...

Charlot n'entendit rien. Titubant comme un
ivrogne, il montait l'escalier derrière ses
camarades.

Dans la chambre, il respira, sans rien voir
d'abord de l'ameublement qu'un sopha sur
lequel il se laissa tomber. Camélia vaquait à
ses préparatifs, en chantonnant une romance.
Elle vint à lui.

— T'es gentil tout plein, mon petit homme!...
Qu'est-ce que tu vas me donner!

Il comprit, et, pendant un moment, il eut
un espoir. Une fois payée, elle le laisserait tranquille sans doute; il pourrait s'en aller. Rou-
vrant son porte-monnaie, il lui tendit une pièce
de cinq francs. Camélia tapa dans ses mains,

toute joyeuse de cette largesse extraordinaire de la part d'un soldat, fourra la pièce dans un tiroir, et, les bras ouverts, courut au donateur.

— Comment t'appelles-tu?

— Charles...

— Eh bien ! mon petit amour de Charles, il faudra que tu reviennes me voir. Tu sais, je suis gentille, moi! Tu peux demander partout des renseignements sur Camélia...

Elle s'était assise près de lui et l'attirait. Il la repoussa, en entrebâillant davantage, sans le vouloir, le peignoir de la femme.

—Oh ! le petit cochon ! fit-elle en riant.

Et, croyant qu'il voulait la voir toute nue, elle se releva et se dévêtit, ne gardant que ses bas rouges, enrubannés d'une faveur noire aux genoux, puis elle revint au sopha.

Charlot la regardait sans un désir, silencieusement, et ayant à peine la vague curiosité de l'examiner de plus près. Il échappa encore à ses étreintes. C'était là la femme? C'est ainsi que c'était fait? Pouah! Et il se redressa, raccrochant la boucle de son ceinturon pour cacher son dégoût.

— Bonsoir ! dit-il, et il se dirigea vers la porte.

Camélia le considéra d'abord comme stupé-

faite, puis elle sauta sur lui, l'empoigna par
les épaules et le ramena : Est-ce qu'il se foutait
d'elle, par hasard ? Alors, il ne la connaissait
pas ! Elle était Camélia !... On pouvait demander partout des renseignements !... S'imagi-
nait-il qu'elle était malade ?... Non ! Non ! Ça
n'allait pas se passer comme ça ; elle lui flan-
querait plutôt ses cent sous sur la gueule !
C'était la plus sale chose qu'on pût faire à une
femme : ne pas vouloir quand elle voulait.
Puisqu'il avait payé pour monter chez elle, il
ferait son affaire ! On était putain, mais bonne
fille, et honnête en commerce.... Qu'est-ce
qu'elle lui avait donc fait ? Fallait qu'il le
dise... Elle avait du cœur, elle n'était pas une
mokotte, mais bien une Parisienne... Elle était
née 286, faubourg du Temple... Connaissait-il
ça ?...

Elle criait à présent, furieuse du mépris
qu'elle lisait dans les yeux de l'homme. En
passant, elle lui racontait sa vie, hachant ses
phrases, la lèvre sifflante, mêlant les injures aux
caresses. Il eut peur et revint s'asseoir, lui
parlant de Paris, espérant qu'il en serait quitte
avec une causerie de dix minutes. Mais, bientôt, la conversation tomba et il s'aperçut
qu'elle était de Poitiers.

Elle ne l'en appelait pas moins toujours

» pays ». et se donnait un accent faubourien. Tout en parlant, elle l'avait pris à la taille et cherchait à réveiller ses désirs.

— Ce diable de Bébé qui l'a encore!

Des rires la rempoignaient. L'idée que ce grand garçon pâle, que ce troupier était vierge, l'amusait.

Charlot avait fermé les yeux, sentant monter à son cerveau l'ivresse alcoolique contenue jusque-là. Il ne voulait plus voir, d'ailleurs, cette chambre odieuse, ces banalités écœurantes, cette femme nue. Et, avec un sourire de pitié, il pensait aux folies que certains de ses camarades commettaient pour de pareilles créatures, au mal qu'ils se donnaient pour réunir quelques sous et venir se vautrer près d'elles, sur un sopha crasseux, dans un cabinet puant le renfermé et les eaux de toilette. Il se reportait alors aux douces heures qu'il passait la nuit, en faction : son plaisir solitaire avait un cadre sublime, au moins! Et songeant à l'influence que la femme exerce sur tant de millions d'hommes, il s'étonnait, se sentant vaguement supérieur à l'humanité.

Tout à coup, le malheureux détraqué cessa de philosopher et rouvrit les paupières. La main de Camélia courait sur son corps. Brusquement, elle se fixa, et Charlot, stupéfait,

sentit renaître les voluptés spéciales que Lucien
lui avait jadis apprises. Il pouvait s'imaginer
maintenant que son ami était revenu et recommençait ses anciennes caresses Les lèvres de
la fille vinrent alors se coller aux siennes, et
l'illusion fut un instant complète. Mais au
moment où il pâlissait de joie, la prostituée le
lâcha, puis se coucha en l'attirant. Il se refusait, devinant soudain, mais elle l'étreignit plus
fort, et, par peur d'une nouvelle scène, dans
l'impérieux besoin, peut-être aussi, d'atteindre,
coûte que coûte, le paroxysme voluptueux
auquel il touchait tout à l'heure, il céda.

— Enfin! cria la fille victorieuse.

Cinq minutes se passèrent, cinq minutes très
longues. Camélia, surprise, soupirait. Charlot
haletait, à bout d'efforts, voulait partir.

La courtisane, cependant, l'encourageait. Il
avait peur sans doute, puisque c'était la première fois, ou bien, il avait bu trop de bière ?
Il secouait la tête, ne sachant que répondre,
furieux et honteux de son impuissance.

— Allons, ça va venir! reprenait la femme.

Et elle l'aidait, usant de tous ses artifices de
gouge experte, changeant de position, s'échi-
nant à amener le sacrifice. Mais ses efforts et
ses soins restèrent inutiles. Charlot, qui, assis
à côté d'elle, redevenait homme sous ses agiles

caresses, s'épuisait à conserver cette ardeur, lorsqu'il était entre ses bras.

A la fin, elle eut un juron. Alors, il lui échappa, se précipita dans l'escalier et s'enfuit.

Il courut longtemps, et loin, aussi loin qu'il put, jusqu'à ce que ses jambes lassées refusassent de marcher. Enfin, anxieux, époumoné, il se laissa tomber sur le sol. Il avait dépassé les fortifications, il était sur la route des Maisons-Neuves, seul, dans le noir. Des fossés, une chanson de crapauds montait, mélancolique ; plus loin, un grillon monotone s'égosillait à geindre dans l'herbe des talus. C'était partout un parfum de lavande qui, avec une chaleur, rasait le sol. Le ciel était couvert de nuages, et Charlot, navré et perdu dans l'obscurité, ne découvrait que des formes vagues et sombres. Oh ! comme il aurait voulu se retrouver à Castigneau, au bord de la rade, par une nuit étoilée ! Son désespoir, croyait-il, aurait cessé là-bas, devant la laiteuse et consolante clarté réfléchie par la mer, tandis qu'ici, il le sentait s'accroître de toute la pesanteur banale du paysage familier, dont, dans l'ombre, il reconstituait de mémoire les terrains vagues, les remparts, la route poussiéreuse le cimetière là-haut et, dans le bas,

le champ de manœuvre pierreux et nu arpenté
tant de fois. Ce cadre détesté faisait suite au
Chapeau-Rouge d'où il venait de fuir. Il n'osait
y évoquer les rêves dont, d'ordinaire, il char-
mait sa solitude, avec la terreur inavouée de
constater encore son impuissance, malgré
l'absence de Camélia. L'heure passant, il se
décida enfin à tenter l'expérience, écoutant,
tremblant en lui-même. Bientôt, il eut un soupir soulagé : dociles, les sensations ordinaires
s'éveillaient à son appel. Qu'avait-il donc tout
à l'heure, là-haut? Etait-ce le dégoût? Mais il
se rappelait fort bien que son dégoût avait
disparu, lorsqu'il s'était abandonné entre les
bras de la fille, pour retrouver coûte que coûte
ses spasmes interrompus. Qu'était-ce donc?
Cet inconnu en venait peu à peu à l'effrayer,
et, sous l'impression de la tristesse obscure du
milieu, il se laissait aller à un attendrissement
d'une désespérance infinie. Certes oui, il mé-
prisait la femelle et ce n'était pas celle de
ce soir qui le guérirait de sa mysogynie;
certes oui, il ne reviendrait pas dans ce
Ghetto ignoble et crapuleux s'accoupler à
quelque gouge : il aimait trop pour cela sa
chère solitude et ses solitaires plaisirs; mais
cependant, il regrettait le rôle ridicule qu'il
avait tenu. Oui ou non, était-il un homme

comme tous les autres? L'idée qu'il se trouvait
hors de cette humanité par lui méprisée, l'hébétait presque. Son orgueil se cabrait. Il voulait,
le misérable, ne pas vivre comme ses camarades, mais non leur être inférieur. Et cependant, cela devait être ainsi : il ne valait pas
les deux soiffards abrutis avec qui, toute la
soirée, il avait roulé de caboulot en caboulot!
Sur cette constatation navrante, son cœnr
se creva, et, longtemps, il sanglota dans la
nuit.

Le lendemain, à son réveil, les premiers
camarades qu'il rencontra furent ses deux
compagnons de débauche. Ils riaient. Camélia
avait dû sans doute leur parler de sa décon-
venue, et à cette idée, le rouge monta à la
figure de Charlot.

— Eh bien, pierrot! firent les deux troupiers, il paraît que nous avons déserté?

Du geste, il leur demanda le silence.

Ensuite, à l'appel, ce fut le tour du lieutenant, qui, d'abord, éclata de rire, puis se fâcha.
L'histoire, le jour même, s'ébruitait. Charlot
résolut alors de faire, coûte que coûte, ses
preuves, et, surmontant sa honte et son
dégoût, il retourna au Chapeau-Rouge, le
dimanche suivant. En chemin, il tremblait,
pris d'une timidité de petite fille. Jamais il

n'oserait pénétrer dans le bouge d'où il s'était
si piteusement enfui. Devant sa répugnance à
y entrer, un des troupiers s'offrit à aller chercher Camélia; elle viendrait le rejoindre au
café de Provence, à la limite du quartier.

Cinq minutes après, elle arrivait et, tout de
suite, mettait à l'aise son amant malgré lui.
Elle avait l'air d'un homme, déhanchée, avait
des allures garçonnières, et portait un costume
de matelot. Charlot avait dès les premiers
mots recouvré sa bonne humeur; à présent, il
était même joyeux, comme il ne l'avait jamais
encore été à Toulon. Cette fille l'amusait avec
son bagout et ses souvenirs de voyage. A force
de fréquenter des marins, elle s'était assimilé
leur langage et s'imaginait, pour être allée en
Algérie, les avoir suivis partout. C'était un bon
camarade, une sorte de cantinière hommasse.
On but plusieurs tournées, puis Charlot, ayant
repris tout courage, la suivit daas sa chambre.

Il eut bien une palpitation quand elle se
dévêtit, mais son angoisse s'envola vite. Ses
désirs, que Camélia avait éveillés au café,
persistèrent, lorsqu'elle vint se planter devant
lui. Même, il n'avait plus aucun dégoût; une
confuse curiosité de la femme succédait à ses
anciennes terreurs. Et il l'empoigna rageusement, roulant avec elle sur le lit.

Quand il se releva, il avait l'air triomphant. Cette virginité perdue lui mettait une flamme dans les yeux, une fanfare dans le cœur. Il était homme! Ses habitudes solitaires ne l'avaient point complétement détraqué! Il exultait radieusement.

Cependant à ce triomphe moral se mêlait un bonheur physique infiniment doux. Il sortait d'extases inouïes que, seul, il ne s'était jamais procurées encore, et un étonnement joyeux l'écrasait. C'était cela la femme? Le fruit valait qu'on y goûtât, qu'on y revînt ; et s'expliquant pour la première fois les infidélités de Lucien, il eut le remords de s'être si longtemps trompé. L'amour dont lui parlaient les romans lui semblait à présent naturel. Si au lieu d'une prostituée, cette femme dont les baisers lui brûlaient encore les lèvres eût été une jeune fille qu'il pût aimer !

Comme il rêvait, l'air bête, elle se releva en chantant, se secouant sur la cuvette ainsi qu'un caniche. Et avec sa peau mouillée, ses cuisses blanches, elle lui parut si désirable qu'il la ressaisit. Elle se débattait un peu, disant qu'il n'avait payé que pour une fois, mais au fond toute heureuse de cette intensité de désirs et de cette candide admiration de sa chair. Ils se recouchèrent. Charlot ne pouvait se décider à

la lâcher. La femme, remuée, éprouvait elle-
même sa part de ce délire, mettant dans ses
caresses et dans ses baisers une passion qui
n'était plus feinte, et se livrant tout entière,
dans une bestiale jouissance, ainsi qu'elle l'eût
fait avec son amant de cœur.

Charlot sortit transfiguré.

Dès lors, il n'eut plus qu'une préoccupation,
se procurer de l'argent, retourner, s'abreuver
à cette source de plaisir qui venait de lui être
révélée. Il vendit sa ration de pain, ne vivant
plus que de soupe. Il bazarda de vieux effets
et trafiqua des petits services que, comme
comptable, il pouvait rendre à ses camarades.
Il était devenu âpre au gain comme un juif,
mettant de côté, sou à sou, et économisant
soigneusement les vingt-cinq centimes de son
prêt, tous les cinq jours. Il écrivit à l'abbé
Choisel, inventant des histoires de vêtements
perdus, d'équipements volés qu'il fallait rem-
placer sous peine de punitions, et de livres à
acheter, d'études qu'il voulait faire. L'abbé, à
deux ou trois reprises, lui envoya vingt francs,
puis, bientôt, se lassa et s'informa auprès de
son confrère, l'aumônier du régiment. Celui-ci
éclaira le curé et Charlot ne reçut plus que de
pieuses mercuriales. Où avoir de l'argent ? Le
plaisir était tarifé à un ou deux francs la

séance, suivant les maisons. Il y avait ensuite le pourboire de la prêtresse. Où trouver cette somme chaque soir ? Puis, quand bien même il l'eût trouvée, elle eût été insuffisante. Sa folie génésique grandissait et continuels étaient ses désirs. La suractivité de ses sens ne lui laissait que ce rêve : la femme, et la morbide hyperesthésie de ses organes ne le poussait incessamment qu'à un seul acte : la possession. Le désespoir de ne pouvoir satisfaire sa passion manqua le rendre fou. Il perdit tout sens moral. Il mendia de Camélia des caresses gratuites, mais elle refusa de le prendre pour amant de cœur. Elle craignit la colère du matelot auquel, pour l'instant, elle appartenait. Puis, elle était jalouse, et Charlot à ses heures de richesse l'avait trompée, allant de femme en femme, fatigué de la maigreur déjà et recherchant les robustes commères aux chairs grasses.

Le malheureux endura le plus épouvantable des supplices. Chaque soir, le gousset vide, il allait rôder au Chapeau-Rouge, dans l'espoir qu'un ami l'inviterait, ou qu'enfin, une fille s'éprendrait de lui. Être aimé ! être l'heureux favori que les règlements intérieurs des maisons publiques autorisent les pensionnaires à recevoir « à l'œil » : tel était le rêve infâme et

continu dont la fixité abrutissait son existence.

Il souffrit comme un damné et se replongea
dans ses habitudes anciennes, mais les extases
passées ne revinrent plus. Ce bonheur incom-
plet l'écœurait à présent et il avait conscience
du mal que ce simulacre de plaisir lui faisait.
Cependant il n'y renonça pas, le voulant au
contraire plus fréquent chaque jour, et impuissant, dans le détraquement de son innervation
génitale, à lutter contre les tendances satyria-
siques que l'hérédité avait mises en lui. Il
inventa de nouveaux procédés de plaisir.

Un jour, il se rappela les légendes idiotes
qu'il avait vues, jadis, au bas de caricatures
représentant des troupiers et des bonnes d'enfant. Pendant une semaine, il alla tous les
jours, aux heures de musique, rôder dans les
allées du jardin de ville ou de la place d'Armes.
Il s'asseyait auprès des nourrices et engageait
avec elles des conversations banales. A peine
lui répondait-on. Il se lassa vite et renonça à
chercher une maîtresse, sentant toute la profondeur du mépris des Toulonnaises pour l'uniforme.

Maintenant, il ne bougeait plus de la caserne,
et s'éreintait davantage chaque jour. Bientôt
il tomba malade, mais il n'osait se présenter à

la visite quotidienne du médecin major. Sans
doute, il serait moins aveugle que le docteur
Jolly, ce médecin de la marine à l'œil sévère et
aux favoris rouges. Charlot avait une peur
atroce de lui et se cachait, quand il le rencontrait dans la cour. Il ne pouvait cependant plus
se traîner. Un spasme cardio-pulmonaire le
jetait continuellement dans des crises de palpitations et sa respiration haletante et précipitée
l'angoissait au moindre mouvement. Les phénomènes névropathiques qu'il avait déjà con-
statés à Saint-Dié se reproduisaient, mais
moins diffus et se localisant sur son cerveau.
Ils s'accélérèrent tant, qu'un matin, il ne put
se lever. Sa faiblesse ne lui arracha qu'un pâle
sourire. S'il pouvait enfin crever ! pensait-il. Et
pour rendre plus prompte cette fin ardemment
souhaitée, il se jeta plus violemment dans son
vice, n'ayant plus qu'un désir ; celui d'expirer
au cours d'un de ses accès et de ne pas savoir
en mourant si les râles qui déchiraient sa
gorge étaient des râles de volupté ou d'agonie.
Epuisé, il s'évanouit, et on le fit transporter à
l'infirmerie, d'urgence.

Il ne s'était pas trompé. Le docteur, en
l'examinant, le lendemain matin, n'hésita pas
à diagnostiquer son mal exact. Une heure
après, Charlot était emporté sur un brancard

jusqu'au Carré du port et, là, s'embarquait sur
la canonnière de Saint-Mandrier. Un sommeil
de plomb l'empoignait et c'est dans une salle
d'hôpital qu'il se réveillait au bout de quelques
heures.

Il se dressa sur son séant, regardant autour
de lui et pris d'une vague inquiétude. La tranquillité froide et correcte de la grande salle le
rassura bientôt. Même, ses trente-deux lits
blancs, très séparés, lui semblèrent gais. Cela
le reposait de la chambrée étroite et mal-
propre. Le soleil entrait par les croisées
entr'ouvertes, avec un vivifiant parfum de pins
maritimes. De sa place, il découvrait un lambeau bleu qui marquait l'entrée de la rade,
entre les collines et les panaches roides des
palmiers du jardin botanique.

— La visite ! cria un infirmier.

Tous les malades retirèrent leur bonnet et le
chef de service entra, suivi d'autres docteurs,
de ses élèves et de la sœur. Il s'arrêta pour serrer son grand tablier et Charlot se mit à trembler. En attendant que son tour vînt d'être
examiné, il lisait de loin son bulletin d'hôpital
rédigé par le médecin-major de son régiment
et qui, épinglé sur une feuille de clinique, venait d'être déposé au pied de son lit. Un flot
de sang lui empourpra les joues. Sa maladie

y était décrite tout au long, avec des mots spéciaux scientifiques dont, avec sa connaissance des langues mortes, il ne devinait que trop la redoutable étymologie. Une honte l'empoignant, il cacha sa tête dans les draps.

Le médecin en chef, les aides-majors et les étudiants étaient à présent au pied de son lit, dans un grand silence. Ils se passaient le bulletin. La religieuse, l'air placide, regardait son nouveau pensionnaire. Tout à coup, le chef assujettit son lorgnon sur son nez et se retourna vers elle :

— Ma sœur !... dit-il simplement.

Elle comprit, pinça les lèvres et fit demi-tour sur elle-même, semblant n'avoir plus que la préoccupation de chasser avec un pan de son tablier quelques grains de poussière restés sur le couvercle du poêle.

L'infirmier-major avait, cependant, rejeté le drap qui couvrait Charlot, et la nudité maigre du malheureux s'étalait, effrayante, sur la blancheur du lit. Alors, longuement, les médecins l'examinèrent, l'un après l'autre, puis on le palpa et on l'ausculta. La peau livide de son thorax se rosait sous la percussion répétée des doigts secs, et, sur la région du cœur, il avait des petits cercles blancs qui marquaient les places où s'était posé le stéthoscope. Quand ce fut fini, on le recouvrit et le médecin en chef, se penchant, lui cria, l'air colère :

— Bougre de saligaud ! vous voilà dans un fichu état ! vous êtes content, maintenant ?...

Charlot, écrasé de honte et devinant que les autres malades entendaient, ferma les yeux. Et le bourdonnement de son sang l'empêcha d'entendre la dictée lente des prescriptions.

Le reste du jour, il feignit de dormir, mais à la contre-visite son supplice recommença. Un aide-major vint s'asseoir à son chevet et l'interrogea longuement, tout en remplissant d'une écriture fine et serrée la colonne *Observations* de sa feuille de clinique. Dès qu'il se fut éloigné, Charlot, les dents claquant de terreur, et pris d'une soudaine crainte de cette mort par lui souhaitée la veille, se mit à dévorer la feuille, que le docteur avait déposée au pied du lit ; mais l'émotion obscurcissait sa vue et il ne découvrait que des lambeaux de phrases : « inflammation du rectum..., affection catarrhale complexe de la portion prostato-uréthrale du canal... irritation propagée de proche en proche jusqu'au méat... »

Il se rassura. Tout cela se guérissait ; il n'aurait plus recours à l'introduction de corps étrangers, et, dans quelques jours, il n'y paraîtrait plus ; mais que lui avait-on trouvé à

l'intérieur ? Pourquoi lui avait-on prescrit de
la digitaline en même temps que de l'acétate
d'ammoniaque, du bromure de camphre et du
bromure de potassium ? Il n'osait poursuivre
sa lecture, tremblant d'être surpris par l'infirmier-major, qui causait avec le médecin quelques lits plus loin, et voulant cependant se
renseigner tout de suite, avant qu'on ramassât
les feuilles. Alors, du coin de l'œil, avec des
sursauts de la tête, il parcourut le papier,
tout en le laissant sur ses draps, à la hauteur
de ses genoux légèrement relevés.

Aux premiers mots, il eut un soupir de
soulagement : « Pas de lésion cardiaque, avait
écrit l'aide-major... Grande impressionnabilité
du cœur et spasme cardio-pulmonaire presque
continuel... Respiration haletante comme dans
les névropathies hystériques à détermination
thoracique. L'air pénètre librement dans les
vésicules pulmonaires. Circulation régulière...
Perturbation directe de l'innervation cardio-
pulmonaire et perturbation consécutive résultant de l'aglobulie qu'ont entraînée chez ce
jeune homme les excès commis pendant la
phase ascendante de l'évolution... »

Le malheureux ne put pas, ce soir-là, pousser plus loin sa lecture ; mais ces quelques
lignes lui suffisaient, l'allégeant de toute funè-

bre appréhension. Au lieu de la condamnation
qu'il craignait d'y découvrir, il y puisait un
rassurant espoir. Son visage blème s'éclaira,
et il avala ses drogues amères sans grimace,
avide à présent de guérir. Le lendemain matin,
il eut un autre bonheur. Parmi les aides-
médecins de service dans la salle, il retrouva
un ancien condisciple, le fils du docteur Jolly,
Celui-ci n'avait point de sotte fierté. Il serra la
main du soldat, son ancien camarade de collége,
et le recommanda à son chef de service. Charlot dès lors fut gâté, même de la sœur.

Il allait mieux et, depuis cinq jours déjà, il
était à l'hôpital, quand, l'oisiveté aidant, ses
rêves le reprirent. Il ne voulait pas céder,
laissant seulement vagabonder son imagination
et rêvassant continuellement les yeux ouverts.

C'étaient des femmes extraordinaires, des or-
gies surhumaines, toute une débauche artificiel-
lement vécue durant des journées entières. Peu
à peu, il en venait, dans ses malsaines songeries, à trouver banale et froide la possession
qui en formait le dénouement. Il voulait mieux,
il raffinait son plaisir imaginaire et cherchait
sans cesse un perfectionnement qui pût satisfaire son esprit, car, ainsi que tous les hommes
de son tempérament condamnés au célibat,
Charlot, qui connaissait à peine la femme,

s'était blasé par l'imagination et tombait aux rêves sadiques.

L'implacable hérédité rendait d'ailleurs incoercitive la fougue de ses désirs. Il rechuta fatalement. Rien n'y fit, ni les punitions, ni les conseils et les prières du jeune docteur Jolly, ni les menaces des autres médecins. Les moyens mécaniques restèrent même inutiles, ainsi que les cruelles scarifications qu'on opéra sur ses organes, dans le but d'entraver ses mouvements par la douleur. Vainement les anti-aphrodisiaques s'accumulaient sur la planchette de son lit : les troubles sensoriaux s'accroissaient et le misérable s'hébétait à vue d'œil. Il appétait sans cesse les mortelles jouissances, cherchant des sensations nouvelles, inouïes, impossibles, rêvant parfois d'étranges mutilations. L'acte accompli, il éprouvait un resserrement douloureux au renflement de la moelle à la région lombaire, et il pleurait, ne sachant si ses larmes lui venaient de cette souffrance ou de la honte d'avoir encore une fois cédé. Puis, après quelques heures ou quelques minutes, il se laissait aller de nouveau.

Sa démarche, son aspect, son habitus commençaient cependant à déceler le fou génésiaque. Ayant entendu, un soir, un infirmier annoncer qu'il était de garde à l'amphithéâtre, et se réjouir « parceque les macchabées, n'ayant point besoin de tisane comme ces sacrés malades, le laisseraient dormir », Charlot conçut le rêve ignoble d'aller la nuit au milieu des morts polluer leur chair froide. Ce rêve l'obséda jusqu'à l'aube. Quand le jour parut, il se secoua, navré de son érotique délire, et se refusant à croire ses souvenirs.

Enfin, un matin, les médecins de Saint-Mandrier tinrent conseil autour de son lit, et tombèrent d'accord sur la nécessité de réformer le misérable, pour qu'il pût assouvir ses sens égarés par l'accomplissement des besoins légitimes.

Huit jours après, le jeune soldat avait en poche son congé de réforme, et, grâce à la générosité de son ami Jolly, pouvait passer chez Camélia une nuit bienheureuse.

Quand il rentra à la caserne, on l'appela chez son sergent-major pour lui remettre sa feuille de route :

— Où vous retirez-vous ? lui demanda le fourrier en achevant de remplir l'imprimé.

Il rougit et balbutia. Son abrutissement était tel qu'il n'avait point encore réfléchi à ce qu'il ferait une fois sorti du régiment. Retourner à Saint-Dié ? mieux valait la mort. Il songea alors à Paris, aux ressources que la grande ville offrirait à ses instincts irréfrénés, et, prenant un parti :

— A Paris, répondit-il, 108, quai de Jemmapes !

Un sourire lui venait à l'idée d'habiter la vieille maison où il était venu au monde et de promener son indépendance là où s'était écoulée son enfance malheureuse et battue.

XII

Chose étrange : Charlot, qui jamais n'avait
pu se vaincre et dont l'éréthisme sen-
suel était d'une irrésistibilité farouche, sembla
se rasséréner dès qu'il se fût décidé à se fixer à
Paris. Il s'avouait des pressentiments, se répétant que dans la grande ville où grouille le
vice à bon marché, il trouverait facilement une
maîtresse. Et, dans le souvenir des désillusions
passées, il s'efforçait à ne pas songer à ce
qu'elle pourrait être. Ce serait une femme,
murmurait-il en riant à lui-même. et, pour
l'instant ne demandant rien de plus, il bannis-
sait tout rêve l'ayant pour objet. Il renonça à
ses solitaires pratiques pendant dix jours, jus-

qu'au moment de son départ. Aussi, le voyage lui fut-il un enchantement : il marchait à la guérison.

Une heure après son arrivée à la gare, il était installé quai de Jemmapes, à côté de l'ancien logement de ses parents. L'abbé Choisel, à la nouvelle de sa mise en réforme, lui avait adressé cent cinquante francs, tout en lui déclarant que désormais il n'eût plus aucun subside à attendre de lui. En vingt-quatre heures, avec cette somme, Charlot eut acheté un lit, une table, deux chaises et quelques ustensiles. Restait un emploi à trouver. Il alla distribuer les lettres de recommandation que lui avait données M. Jolly et ne tarda pas à obtenir, chez un marchand de fer de la rue des Vinaigriers, une place de comptable aux appointements de cent vingt-cinq francs par mois. C'était peu de chose, mais il avait une belle confiance dans l'avenir. Une maison de vente par abonnement lui avait cédé des vêtements et du linge qu'il payait cinq francs par semaine : il était heureux.

Les premiers jours, la nouveauté de son existence l'empêcha de songer. Il avait à se mettre au courant de sa besogne ; sorti de son magasin et son repas terminé, il bornait ses promenades aux bords du canal. Au quai de

Jemmapes, le teinturier seul s'était souvenu de l'avoir vu tout gamin. Le ménage Rozier était mort; des Auvergnats hargneux et taciturnes les remplaçaient. Charlot, dans la grande cité ouvrière, s'ennuya vite, se sentant déclassé du reste, et blessé dans ce que son éducation à Saint-Dié avait mis d'aristocratique en ses goûts. Il regrettait d'être venu là et n'osait se l'avouer. Bientôt, il quitta sa chambre à l'aube et n'y rentra qu'à dix heures le soir, pour dormir. Au fond, il avait cru que tout ce coin de quartier ferait lever en lui un monde de souvenirs et il avait une incessante et naïve surprise à constater sa propre indifférence devant les tableaux qu'il s'était si souvent rappelés en imagination. Tout cela était sale et laid. Les bords du canal fangeux et mal pavés l'écœuraient. Même, devant l'eau noire qui dormait au-dessus de l'écluse, il avait le passager regret de la rade de Toulon et de ses flots bleus couleur du ciel. La rue des Récollets et l'école des frères ne lui donnèrent pas la moindre émotion. Il en fut mécontent; cette première désillusion l'effrayait et lui semblait menacer tous ses rêves. Un instant, il s'accusa d'insensibilité, mettant cette absence d'émotion sur le compte de son détraquement.

Justement, ses désirs se réveillaient avec

l'exaspération de leurs six jours de repos. Il était temps qu'il leur trouvât un écoulement. Il chercha, mais, en attendant, il se laissa retomber aux déplorables pratiques auxquelles il devait sa libération, et si bien convaincu de son impuissance depuis son séjour à l'hôpital, qu'il obéissait docilement aux incitations de sa névrose, à quelque heure qu'il les sentît se manifester.

Il sortait à présent de son magasin le plus tôt qu'il le pouvait, mangeant à peine le soir, pour avoir en poche quelque argent. Puis, il courait les rues, guettant une occasion, un hasard, il ne savait trop quoi lui-même. Il remontait d'abord la rue des Vinaigriers. C'était l'heure de la sortie des ateliers ; les trottoirs et la chaussée regorgeaient de monde.

Il allait lentement, dévisageant les ouvrières avec des regards luisants qui les faisaient rire, mais aucune ne répondait à son muet appel et il atteignait le boulevard Magenta, tout en pestant contre sa maladresse ou son peu de chance. Parfois, il tremblait qu'un homme s'aperçût de ses préoccupations sexuelles et lui cherchât querelle. Il était toujours lâche ; ses désirs étaient d'ailleurs d'une instantanéité si violente que la crainte d'être trahi par sa démarche, autant que par ses regards, mettait en lui une lourde gêne.

Il gagnait ainsi la place du Château-d'Eau, se traînant de banc en banc et se frottait à toutes les jupes, avec des essais timides de conversations, des propos banals et bêtes auxquels les inconnues, après un rapide examen de leur interlocuteur, ne répondaient qu'à demi-mot. L'heure s'écoulait et il se décidait à rentrer chez lui, mais une fois dans sa chambre, il avait de furieux accès de désespoir. Cette vie-là ne pouvait durer ; si ça allait être connu à Toulon, mieux valait qu'il se cassât la tête tout de suite. Et chaque fois, son accès se terminait par une crise de larmes, dont l'attendrissement se fondait en d'étranges et cruelles voluptés, chaque jour plus raffinées, et plus longuement poursuivies.

Les premiers jours, il s'était abandonné sans crainte, avec cette réflexion que, sans doute, c'était la dernière fois, et qu'il trouverait une maîtresse le lendemain. Il avait besoin de se donner cette excuse à lui-même, car les dernières paroles des médecins de l'hôpital Saint-Mandrier lui résonnaient encore aux oreilles : c'était la mort à brève échéance, s'il ne se guérissait pas. On lui avait conseillé aussi de se marier. Et, plein d'amertume, il se rappelait cette

prédiction et ces conseils, en constatant l'im-
possibilité de trouver une femme qui voulut de
lui. Il se reprochait continuellement sa timidité. Sans doute, il fallait être plus hardi
et ne pas se rebuter. Pourquoi rougissait-il
aux premiers mots qu'il adressait aux prome-
neuses ?

Comme à Saint-Dié, comme à Toulon, il
éprouvait un incessant écrasement et se sentait
seul dans la foule. Il lui semblait que s'il avait
connu quelqu'un, il aurait été plus audacieux,
plus habile. Un camarade de son âge lui aurait
été d'un grand service, pensait-il, et aurait fait
son éducation, mais par malheur il ne connaissait personne; il était le seul employé du marchand de fer. Alors, il songea aux filles qui
font le trottoir. Le manque d'argent l'en avait
éloigné jusque-là, mais le jour où il toucherait
ses premiers appointements, il se risquerait.
Il avait justement remarqué une petite femme
brune, assez jolie, qui, tous les soirs, station-
nait au carrefour de la rue de Lancry, de la
rue des Marais et du boulevard Magenta. Il
commencerait par elle.

Le soir même où il fut payé, il se fit accoster
et la suivit, croyant se rendre à quelque hôtel.
La fille l'emmena rue des Marais, et le poussa
dans un couloir sale, au bout duquel elle ouvrit

un ignoble cabinet que lui louait un marchand
de vin. Elle cogna contre la cloison et un garçon
apporta une chopine de vin rouge et deux verres;
on trinqua. Charlot, pris de dégoût, regardait la
pièce nue dont les murs suintaient, et où, pour
tous meubles, il n'apercevait qu'un atroce
canapé recouvert d'un cuir gras, une table, un
chandelier, une terrine. Il paya la femme,
ferma les yeux pour recevoir ses ignobles caresses et s'enfuit avant qu'elle se fût relevée. En
chemin, sa rageuse colère s'exhala par des cris
qui faisaient retourner les passants. Semblable
à un ivrogne, il frappait à grands coups de poing
les devantures sonores, et jouissait à meurtrir
ses mains sur les ferrures des volets. Le gui-
gnon ne l'abandonnerait donc jamais? Mais
qu'était-ce donc que la vie et qu'avait-il fait
pour souffrir de la sorte? Il venait de dépenser
presque tout ce dont il pouvait disposer pour
un mois, et, en échange de cette somme qui
représentait mille privations, il n'avait même
pas obtenu deux minutes de plaisir! C'était
une fatalité. Il y avait quelqu'un dont la volonté
s'opposait à ce qu'il sortit de ce vice solitaire
au bout duquel l'attendait la mort. Il était
maudit!

Et repris de la religiosité vague de son enfance, il songea brusquement à attendrir cette

Providence dont les coups le poursuivaient inexorablement Il courut jusqu'à l'église, mais en vain il heurta les portes. Comme un boutiquier las de sa journée, la Providence avait fermé son magasin de consolations Charlot, à ce dernier coup, eut à peine la force de blasphémer ; il rendra chez lui et se jeta dans son immonde plaisir avec une rage érotique où la colère le disputait à la lubricité inassouvie. Le lendemain, il ne put bouger et garda le lit deux jours. Quand, épuisé, il se releva, quant il vit dans son miroir ses traits ravagés, il eut peur et, pendant une semaine, il se drogua consciencieusement, avec une crédulité aveugle et puérile dans tous les médicaments dont il entendait parler. Puis, il retomba encore. Il songea qu'il serait peut-être plus heureux ailleurs que rue des Marais. Dès qu'il eut quelque argent, il se rendit rue de la Lune, mais il en revint malade. De nouveau, il dut avoir recours au pharmacien et il ne se guérit qu'à force d'opiat.

Cependant, le mois de continence, auquel l'avait forcé son mal, l'avait rétabli, en contraignant son système nerveux à un repos réparateur, et il se félicitait déjà de ce commencement de retour à la santé, quand, aux dernières pilules, ses sens se réveillèrent plus

impérieux. Cette fois, il écarta avec horreur la
pensée d'un nouvel amour de hasard. Il avait
visité, à la Ruche du Château-d'Eau, un musée
médical, « visible pour les hommes seulement »,
et il en était sorti terrifié et bénissant le bon
Dieu qui l'en avait tenu quitte avec une
uréthrite bénigne. Il s'imaginait bien que,
dans une maison publique, il ne courait pas
autant de dangers ; mais comment y entrer
seul? Il n'oserait jamais. Plusieurs jours de
suite, il rôda rue d'Aboukir, faisant les cent
pas devant les bouges à gros numéros, et pris
d'une timidité respectueuse devant le tambour
des portes, pareilles à celles des églises. Enfin,
désespérant de trouver assez de courage, il se
grisa un soir et pénétra dans une des maisons.
Son ivresse s'envola vite. Le « salon » à son
entrée s'était soudain illuminé, et vingt femmes
abandonnant leur dîner accouraient, la bouche
encore grasse. Charlot les contemplait avec
hébétement. Il ne retrouvait pas cette familia-
rité qui, au Chapeau-Rouge, à Toulon, jetait
les filles aux bras des soldats dès leur arrivée;
c'était, au contraire, une froideur correcte.
Ces dames s'étaient assises comme pour une
réception familiale et se taisaient, se bornant
à se laisser voir. Seulement, elles étaient moins
vêtues encore que les Toulonnaises, ne sortant

pas de chez elles comme celles-ci pour aller
rouler les cafés du quartier. Elles n'avaient
qu'un peignoir de gaze transparente, fendu du
col au pied et ne tenant à leurs corps que par
les manches. Et elles s'offraient du geste seulement, se faisant valoir en des poses étudiées.
Dans un coin de la pièce, l'une d'elles, une négresse, hideuse, obèse, énorme, étalait dans un
fauteuil une avalanche de chair grisâtre, tout
en achevant de mastiquer un croûton de pain
avec un bruit agaçant de mâchoires.

— Allons ! monsieur, fit la sous-maîtresse,
vieille femme très digne et très polie, faites
votre choix !...

Charlot choisit une grosse fille blonde, celle
dont la poitrine lui parut la plus ferme, puis,
ayant payé, il monta au deuxième étage avec
sa compagne. Il exultait, l'œil luisant, la lèvre
humide. Dans la chambre, la femme le cajola.
Elle serait bien gentille, elle aurait toutes les
complaisances, mais il fallait qu'il fût généreux.
Hors de lui déjà, il lui donna ce qu'elle demanda,
ne voulant pas songer qu'il n'aurait point de
quoi manger le lendemain, et tout au bonheur
de l'heure présente. Mais ce bonheur fut dérisoirement court. Et, cinq minutes après, il se
retrouva dans la rue.

Pourtant, il n'eut point de colère. Naïf, il

s'imaginait avoir mal choisi. Une autre fois, il
serait plus heureux. Il emportait en attendant
le charme troublant, la vision exquise de ces
vingt femmes nues, splendides sous la clarté
chaude du gaz, avec des fleurs et des rubans
dans les cheveux, et exhalant des parfums
autour d'elles. C'est ainsi qu'il s'était toujours
représenté l'intérieur d'un sérail. Maintenant,
pour peupler la solitude de ses rêves, il évoque-
rait ce capiteux souvenir. Le soir même, ne
pouvant dormir, il s'abandonna à la tentation,
et, les yeux fermés, tandis que ses mains s'égaraient à la recherche de molles caresses, plus
lentes, il revit les pensionnaires de la rue
d'Aboukir; il se pâmait sous leurs baisers,
tandis que la négresse lui éventait le front...

Et il retourna à ce qu'il appelait en souriant
son harem. Il vivait de pain sec, il empruntait.
Même, dans son aberration, il chercha, mais
sans y parvenir, à voler son patron. Bientôt,
à bout de ressources, il dut renoncer à ses
visites au bouge. Il avait vendu le peu qu'il
possédait, ne gardant que son lit, sa table et
les vêtements indispensables. Son marchand
d'habits n'étant plus payé, avait fait pratiquer
une saisie-arrêt sur ses maigres appointements. Ce fut une misère noire, horrible.
Maintenant, il allait sale et crasseux, sans

honte, insensible à la faim et au froid, n'ayant
dans sa maladive dépravation qu'une idée fixe,
qu'une préoccupation sensuelle prolongée,
incessante : la femme.

Cet état obnubila vite le peu d'intelligence
qui lui restait. Il dépérissait de toutes façons,
et, au cours de son continuel satyriasis, ses
divers sens étaient atteints, les uns après les
autres. Quand il travaillait le soir chez le marchand de fer, il portait de grosses lunettes
bleues, comme un vieillard, sa rétine impressionnable étant blessée par la clarté mobile et
crue du gaz. Le bruit des rails de fer et des
plaques de tôle jetés dans les sous-sols du magasin lui meurtrissait le tympan et lui causait de cuisantes migraines. D'ailleurs, il ne se
soignait plus, se jugeant perdu, et, sous l'accablement d'un découragement infini, se laissant
vivre avec une morne indifférence.

Son mal s'accéléra avec le retour du printemps. Des accès de dépression alternaient
avec des accès d'agitation. Tantôt, il se livrait
au vice avec bébétude, machinalement, tantôt
avec d'ingénieux raffinements longuement cal-
culés. Il restait des semaines entières sans
sortir, si ce n'est pour aller de sa chambre au
magasin avec la passivité d'un automate ; puis,
quinze jours durant, il était pris d'une soif de

promenades. A six heures, en quittant son bureau, il allait courir Paris jusqu'à minuit, et, le dimanche, dès l'aube, il errait par les rues. Confusément, il nourrissait l'espoir d'un hasard qui le sauverait, de quelque chose d'extraordinaire qui surgirait sur sa route.

Du reste, il éprouvait, à certains moments, la nécessité de fuir à tout prix sa chambre et la populeuse cité du quai de Jemmapes. Là, parfois, en effet, des conceptions délirantes l'empoignaient dans la solitude nue de ses quatre murs. Les cris des femmes et des enfants sautant à la corde dans la cour, par les beaux soirs, l'exaspéraient. Il avait des hallucinations dont le réveil lui laissait la crainte vague d'un malheur. Des cauchemars sadiques le tourmentaient à présent, et son imagination tournait comme un cheval de manége dans la poursuite de plaisirs hors nature. Il rêvait de boire du sang dans des baisers, d'assaisonner ses plaisirs de crimes. D'autres fois, il se tordait sous l'instantanéité irrésistible et monstrueuse du désir de commettre quelque acte ignoble devant tout le monde. Il courait se plonger la tête dans l'eau, ou bien il se jetait contre les murs pour ne pas céder à son besoin fou d'ouvrir la fenêtre toute grande, et dé s'y livrer à une immonde exhibition devant les fillettes qui jouaient au-dessous.

C'est durant ces périodes d'excitation qu'il sentait, dans un reste de raison, la nécessité de fuir. C'est alors surtout qu'il battait les pavés, voulant hâter par une écrasante fatigue le retour de la période d'affaissement qui lui rendrait le sommeil et retarderait l'éclat qu'il pressentait. Il lui arriva de dire tristement à son patron :

— Je suis candidat à la folie...

Le marchand de fer haussa les épaules. Il avait remarqué les allures louches de son commis, les longues absences qu'il faisait subitement au cours de son travail et l'incurvation significative de sa taille.

— C'est la faute à la veuve Poignet ! répondit-il avec un gros rire.

Et Charlot se mit à rire aussi, lâchement.

Les railleries de son maître le trouvaient à présent insensible. Après avoir fait quelques pas dans la rue, il les oubliait, soudain distrait par un embarras de voitures, ou par un cercle de gamins ricanant autour de deux chiens accolés, l'air très bête, sous une porte cochère. Il ne pensait plus à rien, marchant vite, par habitude, jusqu'au boulevard Saint-Martin. Là, il ralentissait le pas,s'arrêtant aux devantures, ou regardait passer les femmes.

Sa promenade le conduisait jusqu'au passage Jouffroy, et il s'arrêtait longuement à son extrémité devant les vitrines remplies de phothographies d'actrices. Il les connaissait toutes, mais ne se lassait jamais de les revoir, se gorgeant de la vue des cuisses et des poitrines qui, sur les grandes cartes-album, semblaient vivantes. Devant cet étal de chair, il haletait, plus pâle en dévorant ces nudités que les vieux qui se pressaient à ses côtés, également avides de voir.

Dans le tas, deux femmes attiraient surtout ses regards, et celles-là étaient ses maîtresses favorites. Il y avait d'abord la grosse Haimey, du *Skating*, une forte fille dont la gorge énorme débordait ignoblement, et dont les gros yeux de veau semblaient contempler le ciel, dans une extase pâmée. Puis, c'était Marrhy, de l'*Alcazar*, moins opulente de corsage que sa voisine, mais plus éhontée encore. Elle se penchait en agitant son éventail et ses seins sortaient du corset pareils à des gourdes. Elle retroussait en même temps sa robe à la hauteur de ses cuisses, montrant un morceau de peau au-dessus de ses bas rayés, et elle riait d'un rire idiot de pierreuse qui vient de « faire » un

promeneur à l'angle d'un trottoir. Comme mû
par un instinct, c'est à ces deux femelles, dont
une promiscuité bizarre exposait les portraits
à côté de ceux des reines de l'art, actrices de
l'Opéra, du Français et des scènes où le talent
passe avant ce que recouvre le maillot, c'est à
ces deux gourgandines de beuglant que Charlot
rêvait le plus. C'est elles qu'il venait saluer et
c'est à elles que s'adressaient, la nuit, les sanglots d'amour qui, peu à peu, le tuaient.

Mais voilà qu'on éteignait le gaz : les vieux
remontaient et accostaient les dernières jeunes
filles qui rentraient des ateliers, le nez en l'air,
se dandinant effrontément. Charlot, les jambes
cassées de sa longue station devant la vitrine,
et l'œil rempli de formes blanches qui dansaient,
traversait la rue Grange-Batelière et enfilait le
passage Verdeau. Là, c'étaient les parfumeuses
ou la libraire qu'il guettait tapies dans leur
boutique obscure et faisant des signes aux
passants bien mis. Elles lui semblaient dési-
rables dans ce noir, avec leurs yeux qui luisaient et l'éblouissement éternel de leur sourire,

D'autres soirs, il allait rue Vivienne ; il y
avait là d'autres marchands de photographies,
qui vendaient surtout des reproductions des
tableaux de nu du dernier Salon. Même il

aurait préféré ces nudités-là, que rendaient
plus capiteuses la discrétion savante du peintre
et une disposition artistique inconnue aux
photographes de Skating, s'il n'avait pas, avant
tout, cherché des apparences de réalité pour
colorer ses rêves. Plus loin, dans les bâtiments
qui flanquaient la bibliothèque nationale,
d'autres vitrines l'attiraient encore, plus
étranges celles-là, et dont les scandaleuses
exhibitions arrêtaient des groupes serrés de
passants. Les femmes dont les photographies
s'y étalaient avaient posé avec un loup de
velours, mais ce masque constituait à peu près
leur seul costume, et renversées dans des
attitudes lascives, ou retroussées devant des
glaces qui réfléchissaient ce que leur posture
ne laissait qu'imparfaitement deviner, elles
s'offraient impudemment, comme des filles
soumises dans le salon d'une maison de tolé-
rance. Au premier rang des curieux, des enfants, la pupille dilatée, les dévoraient du
regard, et le groupe des passants grossissait,
sans que les premiers venus songeassent à
s'arracher à la contemplation de cette chair.
Les gens étaient silencieux, mais ils avaient
les lèvres tirées, les joues pâles et les yeux
comme des braises. Charlot les devinait en rut
comme lui.

Il connaissait tous les magasins de ce genre dans le centre de Paris, du Palais-Royal aux Passages, et il les visitait l'un après l'autre, guettant les nouveautés, les reprises, les changements de tableaux.

Et ainsi, tout le long de sa route, il emmagasinait des désirs.

Il était tard quand il regagnait son quartier, avide d'être seul, marchant vite. Aux jours de fortune, il allait prendre l'omnibus à la Madeleine, pour trouver une voiture vide, car un de ses bonheurs était de se mettre tout au fond, à l'intérieur, le nez contre la vitre et, jusqu'à la station du Château-d'Eau, de voir dans un trot régulièrement rhytmé les croupes larges et grasses des chevaux s'élever et s'abaisser avec un dandinement. D'inavouables envies lui venaient dans cette contemplation. Ahuri, il quittait l'omnibus, et jusqu'à sa porte, il rêvassait encore, cherchant quel mode d'onanisme il emploierait ce soir-là, s'arrêtant sous les becs de gaz pour tenir conseil avec lui-même, puis courant, comme s'il avait eu quelque amoureux rendez-vous.

Peu à peu, dans le détraquement blasé de son cerveau, il sentit devenir plus fréquentes les monstrueuses tentations qui l'assaillaient depuis quelques mois. Le jour, à son bureau, il pleurait, prévoyant un malheur, un crime, et ayant encore dans le dos le frisson d'affriolante horreur que lui avait causé la lecture du compte rendu du procès Menesclou. S'il allait finir comme ce Menesclou!... Il se secouait, la gorge étreinte par une subite angoisse, mais, la nuit venue, dans la solitude de sa chambre, il se mettait sur son séant, réveillé en sursaut par un effrayant cauchemar, et il songeait dans l'ombre, des heures entières. Sa folie génésiaque rêvait toujours du sang, et il avait, quand le jour revenait, des étonnements douloureux à se rappeler avec quel sang-froid terrible il avait projeté un ignoble crime et longuement choisi sa victime parmi les fillettes de la maison. Il courait alors se mettre la tête sous le robinet de la fontaine dans la cour, voulant chasser ce qu'il appelait un mauvais rêve. Au fond, il sentait que sa résistance était inutile. La tentation se faisait à présent atrocement régulière, l'assaillant aux mêmes heures, quoi qu'il fît et où qu'il fût.

Une après-midi enfin, elle le chassa du bureau avec une impulsion irrésistible. Il prit dans un tiroir le canif dont il taillait ses crayons et il rentra chez lui prétextant une indisposition. Il voulait courir, mais un priapisme cruel le força à s'arrêter, et il alla lentement, rasant

les maisons, la bouche sèche, l'œil mort, voyant
rouge en dedans, mais l'air placide. Même il
ricanait en approchant de la maison, et en
saluant les voisines qu'il rencontra sur le quai,
il s'imaginait ce que serait leur stupéfaction
tout à l'heure.

— Les imbéciles, pensait-il, qui ne se doutent
point de ce que je vais faire!

Et, serrant le manche de son canif, il entra.

Tout de suite, il eut une désillusion. La
cour était vide, les fillettes qui y jouaient d'ordinaire étaient absentes. Une rage empoigna
le misérable Cependant, il se composa un
visage et, l'air naturel, en prenant sa clé, il
demanda au concierge où étaient les enfants.
L'Auvergnat répondit qu'une de leurs petites
camarades d'école était morte et qu'elles étaient
à l'enterrement; mais comme Charlot remontait chez lui, les dents serrées, il rencontra,
devant sa porte, la fille de sa voisine la blanchisseuse, une gamine de quatorze ans. Elle
était trop grande, trop femme; il n'avait point
songé à elle. Il s'effaça pour la laisser descendre.

— Pardon, m'sieu! fit-elle, et elle s'en alla
lentement, le frôlant de ses jupes, et lui coulant au passage un regard vicieux de fille précoce.

Il la suivit des yeux, soudain remué, puis, brusquement, il la rappela :

— Marguerite! viens donc, que je te donne une image.

Elle remonta bien vite et entra.

— Tes parents ne sont pas là? lui demanda-t-il, en lui prenant la main.

— Non! répondit-elle, maman est au lavoir et papa est en train de ramasser sa cuite dans les environs...

Il lui fit poser son panier plein de linge et ferma la porte à double tour. Elle le regardait sans inquiétude, jacassant, heureuse d'être chez un homme, allant de la cheminée à la table et touchant à tout. Alors, brusquement, il l'empoigna et la jeta sur le lit. Elle riait, l'œil allumé, sans résistance, et même se serrant contre lui. Ce rire le déconcertait; il laissa tomber son canif.

Bientôt, l'enfant cria. Ses cris étaient ceux de la vierge qui devient femme dans une souffrance, mais ils suffirent à effrayer Charlot. Perdant la tête, il prit peur et, laissant la jeune fille sur son lit ensanglanté, il dégringola par les escaliers et s'élança dans la rue.

D'abord, il courut devant lui, tout droit, au hasard. La fatigue le força vite à ralentir le pas, et alors seulement il essaya de réfléchir;

mais il ne put associer deux idées. Un bourdonnement emplissait sa tête d'un vacarme, et
il sentait distinctement qu'il devenait fou. Il
alla s'asseoir sur un banc du boulevard
Richard-Lenoir, regardant sans voir autour
de lui. Il faisait un grand soleil très chaud qui
lui chauffait le crâne; il songea qu'il s'était
sauvé tête nue. « J'aurais dû prendre mon chapeau! » murmura-t-il machinalement, en passant la main sur ses cheveux, puis il éclata de
rire. Il n'était pas fou, puisqu'il raisonnait et
pensait à son chapeau. Et il voulut songer
aussi à ce qu'il venait de faire, mais l'idée du
chapeau s'était ancrée en son cerveau. On l'ar-
rêterait tête nue! La perspective de l'arresta-
tion disparaissait devant celle de cette nudité
de sa tête, et il ne sortait pas de là, riant toujours d'un rire idiot, et le regard perdu dans le
vague. Au bout d'un instant, comme il se sentait grillé, il pensa à se lever, pour aller se
mettre à l'ombre, mais ses jambes ankylosées
refusèrent de se déployer, et, d'instinct, il se
coucha sur le banc, tout de son long, comme
les ivrognes, en s'abritant la tête des deux
bras. Cependant, ses mâchoires séparées par le
rire ne pouvaient plus se refermer et sa langue
sèche pendait. Il eut la confuse souvenance
d'avoir vu son camarade de lit bâiller ainsi à

l'hôpital, où on le soignait pour une hémiplégie
survenue à la suite d'un coup de baguette de
fusil reçu dans l'œil. Et Charlot faisait d'in-
croyables efforts pour se rappeler s'il n'avait
pas, lui aussi, reçu un coup. Il porta la main
à son front, s'attendant, dans la sensation
d'une migraine, à trouver une baguette de fusil
plantée sous son arcade sourcillière et enfoncée
jusqu'au cerveau. Puis, il bégaya : « Je suis
saoûl... »; et il s'endormit sur ce refrain, dans
un oubli reposant. Il bavait à présent et la
salive qui coulait du coin de sa bouche jusqu'à
son cou lui semblait une rafraîchissante
caresse sous laquelle sa fièvre s'en allait.

Le malheureux se réveilla au bout de plusieurs heures. Il faisait nuit, et un sergent de
ville l'invitait à circuler. La vue de l'uniforme
lui donna un saisissement et la raison lui
revint tout d'un coup. Il se releva et se reprit
à courir, sans entendre le rire de l'agent.

Il pleuvait, il avait froid, mais, le souvenir
du viol qu'il avait commis le hantant, il n'osait
se mettre à l'abri. L'arrêter! on allait l'arrêter! Une terreur l'empoignait qui le faisait
claquer des dents, et il courait toujours plus
fort.

A l'aube, il était au Point-du-Jour. En passant devant un boulanger, il se sentit pris de

fringale à humer le parfum du pain chaud. Il se fouilla il avait quatre sous. Il acheta deux pains au lait et il alla se cacher au Bois de Boulogne.

Au bout de deux jours, il s'étonna de ne voir personne à sa poursuite. Il avait tellement faim qu'il souhaitait lâchement d'être découvert. Puis, il rêva d'aller se livrer lui-même. D'abord, cela lui vaudrait des circonstances atténuantes. Il rentra à Paris, se traînant et s'arrêtant toutes les cinq minutes, tant il était faible. A sa dernière halte, il essaya de se rappeler l'adresse du commissaire de police de son quartier. Sa mémoire oblitérée refusait d'obéir. Enfin, il se souvint, c'était rue Corbeau, tout près du quai de Jemmapes ; il s'y dirigea.

A la porte il eut un frisson. Il apercevait le concierge de sa maison et le père de Marguerite. Sans doute, ils étaient là pour leur plainte ; et voilà qu'ils l'avaient vu : ils allaient lui sauter au collet, lui enlever le mérite de sa reddition. Il demeurait immobile sur le trottoir, le cœur serré par une désespérance. Soudain, l'Auvergnat lui cria :

— Mochieu Duclos, venez-vous prendre un verre ?

Il ne répondit pas et regarda les deux

hommes. Mais non, le doute n'était pas permis, ils ne plaisantaient pas : ils ne savaient rien. Et, les yeux hors de la tête, ahuri, il les suivit chez le mastroquet, en face. Les deux amis attendaient un voisin qui faisait dresser un certificat au commissariat et les avait amenés comme témoins.

Charlot rentra avec eux, quai de Jemmapes. Dans l'escalier, il croisa la petite Marguerite, qui lui reprocha de s'être si vite sauvé. Comment diable avait-il pu craindre les révélations de cette gamine précoce et délurée? La promiscuité hideuse dans laquelle elle était élevée l'avait préparée à tout; de ce viol, elle ne devait regretter que l'inachèvement.

Et, après le premier soulagement, il eut comme une colère de son impunité il était tellement nul qu'il échappait même au bagne, et que, jusqu'au crime, rien ne lui réussissait!

XIII

IL reprit sa vie, ses promenades. L'exacerbation de son mal couvait maintenant en dedans, et sa folie génésiaque, dévoyée du crime par l'insuccès de sa première tentative, ne rêvait que des bestialités confuses, d'un sadisme grossièrement hors nature, mais où n'éclatait plus la furie de voir couler du sang. C'était un délire tranquille, des hallucinations vagues entrecoupées de syncopes, des défaillances en pleine rue, au cours desquelles il monologuait. Deux ou trois fois, il eut des crises hystériformes qui le jetèrent, écumant, pantelant, les yeux hors des orbites, au bord d'un trottoir. Des gardiens de la paix le ramas-

saient. Une de ces attaques le saisit au magasin. De ce jour, son patron, pris de pitié, cessa
de le rallier, et voyant dans ces accès non
l'effet mais la cause des habitudes vicieuses de
son employé, l'augmenta de cinquante francs
par mois, s'ingéniant à lui rendre l'existence
plus douce.

Charlot s'était lassé des étalages de photographies; il fréquentait les musées, les concerts
en plein air, et, dans le détraquement de son
système nerveux, qui superactivait tous ses
sens en confondant leur sensibilité, il éprouvait
les mêmes troubles sensoriaux à l'audition
d'une valse lente et langoureuse, qu'au Louvre
devant l'Endymion caressé par la Lune, du
grand Salon carré. Depuis la période de collapsus qui avait succédé à son crime, il avait
aussi l'amour des parfums. Avec la gratification
que lui donna le marchand de fer lors de son
inventaire, il acheta vingt sortes d'essences et
un peignoir de femme, brodé de fausses dentelles
dans lesquelles couraient des rubans. Les dimanches, lorsque la pluie l'empêchait de sortir, il
passait ce vêtement sur son corps nu, après
s'être couvert de poudre de riz et s'être versé
un flacon d'eau de Lubin dans les cheveux ; et,
assis devant sa glace, il restait toute l'après-
midi à lire les œuvres de M. Octave Feuillet.

Il rêvait d'amour platonique, de petits oiseaux chantant dans le bleu, de jeunes filles pâles, les yeux au ciel, prêchant leurs fiancés comme *Sibylle*. A cinq heures, il posait son livre, écœuré par l'odeur des plombs et des lieux d'aisances qui, le soir, après les journées chaudes, rendait inhabitable son taudis. Alors, il s'habillait et allait aux Buttes-Chaumont. La nuit, ses habitudes onanistiques le rempoignaient et il ne pouvait s'endormir qu'après leur avoir obéi.

Deux dimanches de suite, il se rendit à la messe, et même, à une fête, il communia. Mais il se lassa vite de l'église, comme de tout. La tendresse consolante qu'il cherchait sous les voûtes ne venait pas, le prêtre lui rappelait Hilarion, les dévotes étaient laides, et, désillusionné, il eut encore des négations banales, sans bases, comme ses crédulités. Il se soulageait à traiter le curé de vieux farceur.

Il en arrivait dans son ennui maladif à maudire Paris. C'était là cette ville de toutes les distractions ? Alors, il songea qu'il n'en connaissait qu'une infime partie, et il acheta, dans un bureau d'omnibus, un petit guide à l'usage des étrangers. La première vignette du livre le frappa : le Jardin des Plantes. Il était inexcusable, lui Parisien, d'ignorer cette merveil-

leuse promenade, dont il avait tant entendu
parler. Et il y alla tous les dimanches, pris
d'une passion pour les animaux, guettant
leur coït avec une curiosité obscène, mais
jouissant surtout à voir les singes se livrer à
d'immondes pratiques, et, sur ce spectacle
d'animaux corrompus comme lui, philosophant
à perdre de vue.

Un matin, comme il attendait qu'on ouvrit
leur rotonde, une main lui frappa sur l'épaule.
Il se retourna brusquement et reconnut le
jeune docteur Jolly. D'abord, sous le regard de
son ancien condisciple, il eut une rougeur,
devinant bien que son ami s'apercevait de son
état et allait lui faire des reproches, mais la
joie l'emporta vite sur la honte et fut si expan-
sive que le jeune médecin, touché, eut à peine
le courage de le gronder. Charlot, ému de la
sympathie affectueuse de ces reproches, prit le
bras du docteur et, tout en marchant, lui
raconta sa vie durant ces derniers mois, se
retenant à grand'peine de pleurer. Il commençait l'histoire de Marguerite, quand son camarade arrêta sa confession. Ils étaient devant
l'hôpital de la Salpétrière et le marin avait à y
entrer pour entendre le cours du professeur
Charcot, mais il ne voulait pas abandonner pour
cela son pauvre Duclos : il avait heureuse-

ment deux cartes, il allait l'amener avec lui.
Bien qu'il ne fût que pour quelques jours à
Paris, il le soignerait, il l'aiderait d'abord,
après le cours il l'emmenait déjeuner,

Charlot, inondé de bonheur, l'œil rayonnant,
ne put que balbutier un remerciement en serrant la main du brave garçon que le hasard re-
mettait sur sa route et à qui il devait déjà sa
position. C'est en bénissant les singes, à son
amour desquels il devait cette rencontre, qu'il
pénétra dans l'hôpital, en montrant sa carte au
gardien. Où allait-il ? il ne savait, et ne songeait qu'à son heureuse chance, en traversant
sans les voir les enfilées interminables des
cours et des jardins.

Enfin, son compagnon lui dit : « Nous y
sommes ! » et le poussa dans un petit escalier
de bois au bout duquel s'ouvrait une salle
étroite, très longue, remplie de gradins, couverts de bancs et de chaises, qui descendaient
jusqu'à une estrade, pareille à une scène de
café-concert. Les deux amis s'assirent. Charlot,
distrait, regardait vaguement la foule d'étudiants qui déjà s'étageait dans la salle, l'emplissant d'un bourdonnement de conversations. Et
complaisamment, le docteur Jolly lui expliqua
les appareils qu'on voyait sur l'estrade, les
figures peintes sur des châssis qui pivotaient

sur des pieds mobiles, et, tout au bout, contre
le mur, semblable à la toile de fond d'un
théâtre, un immense tableau représentant
Esquirol au milieu des folles. Charlot écoutait
mal, tout à la contemplation de quelques
jeunes femmes d'une laideur intelligente qui, à
côté de lui, lisaient gravement leur cahier
de notes et repassaient la leçon du dimanche
précédent, le crayon déjà à la main.

Cependant, la scène se peuplait. Les élèves
du maître s'asseyaient sur les côtés, et le pré-
parateur allait et venait, disposant tout, faisant
voler son tablier à chacune de ses enjambées,
avec l'air affairé d'un régisseur. Brusquement,
le professeur entra et tout le monde se leva en
applaudissant. Charlot le dévorait du regard,
se rappelant à présent ce qu'il avait lu dans
les journaux sur ce savant, à l'époque où la
presse commençait à faire sa réputation. Il
examinait le docteur avec cette curiosité respectueuse du provincial pour toutes les noto-
riétés, lui trouvant un masque empâté de premier consul, et l'aspect bonhomme, malgré
la profondeur calme de son regard et le déve-
loppement de son front de penseur. Et, naïvement, il s'étonnait de ce que cet homme célèbre
portât un col à la Garnier-Pagès, eût la
face rasée, et laissât ses cheveux tomber en

boucles sur ses épaules. La gloire pour Charlot devait être d'autre apparence, moins bour-
geoisement habillée surtout. Il aurait voulu
voir le docteur Charcot costumé comme Esquirol, là-bas derrière, sur la toile de fond. Mais
le maître se leva :

— Messieurs...

Le geste était théâtral, d'une largeur sobre ;
la voix portait, claire et distincte. Duclos, content, se rassit, et écouta, l'air attentif. A un
moment, il s'étonna. En accompagnant son
ami Jolly, il avait cru s'ennuyer, entendre parler de choses auxquelles il ne comprendrait
rien, et voilà que cette leçon l'intéressait. Au
passage, il cherchait l'étymologie des mots
techniques, ne voulant rien perdre, comprenant tout. Et, dans les pauses que faisait le
professeur pour montrer du doigt, sur les
tableaux, certaines figures, il se demandait si, à
voir continuellement de près les horreurs ma-
ladives dont il parlait, ce médecin ne finissait
pas par avoir pour la femme le dégoût dont il
avait été possédé lui-même.

Mais le maître avait fini la rapide révision
de son dernier cours ; il abordait maintenant
les paraplégies consécutives à l'hystérie, et
il allait plus lentement, expliquant son sujet en
détails. On avait fait entrer une malade, une

femme pâle que deux infirmières soutenaient
pour la conduire dans un fauteuil, devant le
public, au milieu de l'estrade, et Charlot regardait avec surprise cette misérable qui, l'air
indifférent, se retroussait pour permettre au
docteur de montrer le tremblottement nerveux
de sa jambe gauche.

Après celle-là, une douzaine d'autres vinrent,
l'une après l'autre, s'asseoir sur la scène,
toutes présentant des cas différents, curieuse-
ment bizarres. La dernière avait un bandeau
sur la figure; à peine lui voyait-on un œil.
Elle semblait vieille et jouait avec sa tabatière,
tout en dandinant ses épaules. Charlot, écœuré,
la regarda à peine, et se mit à écouter la bio-
graphie de la malheureuse, que faisait le professeur : elle était à la Salpétrière depuis sept
ans. La police l'avait ramassée un jour aux
Champs-Elysées, sur un banc, et on n'avait pu
savoir son nom véritable que longtemps après,
car elle n'avouait au début qu'une partie de
son histoire. Elle était un exemple des troubles
morbides que transmet l'hérédité, son père
étant mort du *delirium tremens*, et sa mère,
qui était épileptique, s'étant volontairement
noyée à l'hospice. Son cas était très curieux.
Lorsqu'après la crise de la ménopause, elle
s'était décidée à parler, on avait pu reconstituer

sa vie. A dix-huit ans, elle était nymphomane et n'avait jamais pu se guérir. Avec l'âge, elle était devenue alcoolique, et l'hystérie avait remplacé la nymphomanie, pour faire place à son tour, après la ménopause, à une paraplégie remarquable...

Et le docteur lui ayant dit de se retrousser, la malade releva ses jupes très haut, en riant idiotement. A présent, on voyait ses chairs flasques et livides jusqu'à son ventre ridé.

Cependant le professeur poursuivait ses expériences, démontrant l'insensibilité de la jambe droite, puis, à l'aide d'un aimant, la transférant à l'autre, à volonté. Quand ce fut fini, il lui ordonna de rabaisser sa robe. Elle ne bougeait pas, mais on l'entendait rire. Alors une infirmière s'approcha, et, d'un geste brusque, lui fit lâcher ses cotillons qui lui couvraient la tête. Le bandeau mal attaché vint avec, découvrant brusquement le visage.

Et, tout à coup, dans la salle, on entendit un grand cri qui fit retourner tout le monde : Charlot venait de reconnaître sa mère.

Sa mère ! C'était sa mère, cette vieille ignoble, atroce, dont le professeur avait dit les débordements, la nymphomanie éhontée, puis l'hystérie et l'alcoolisme ! C'était sa mère, cette misérable dont l'âge critique avait à peine éteint les sens, et qui, le nez encore barbouillé de tabac, riait tout heureuse de montrer ses nudités horribles à une assemblée de jeunes hommes! Il sanglotait.

Le docteur Jolly l'avait pris sous le bras et l'emmenait à travers les curieux, voulant éviter une enquête qui eût fait découvrir le prêt de la carte à un étranger, et répondant à tous les étudiants qui l'interrogeaient, que son compagnon, fils d'une épileptique, s'était trouvé mal en entendant le professeur parler d'hérédité.

Une fois dans la cour, il respira, puis, sur le boulevard de l'Hôpital, il appela un fiacre et conduisit Charlot au restaurant, le consolant en route, le remontant, avec une sollicitude où se mêlait autant de camaraderie d'ancien condisciple que de curiosité de savant pour un cas remarquable. Peu à peu, sous les caresses des bonnes paroles, Charlot cessa de pleurer. Après tout, de quoi s'émouvait-il? Cette conférence clinique ne lui avait rien appris de nouveau sur sa mère. Elle lui avait au contraire expliqué sa brusque disparition de l'orphelinat de Passy et pourquoi la police n'avait pu la retrouver. S'il n'avait pas été brusquement surpris, il serait resté indifférent. Il en vint à se trouver bête, il s'excusa auprès de son compagnon, puis il déjeuna avec appétit, se forçant à boire.

Pendant les trois jours que son ami resta à Paris, il ne pensa plus à cet incident. La vie lui semblait charmante. Le docteur, voulant l'arracher à son vice, s'ingéniait à l'amuser de toutes façons, lui enseignant la débauche à bon marché, la façon d'accoster les femmes. Tout à sa cure, le médecin, sans même y penser, se faisait le professeur d'un enseignement ignoble, et montrait à son élève comment il fallait s'y prendre pour faire connaissance avec les ouvrières rentrant seules au logis, lui recommandant celles qui n'étaient ni assez jeunes, ni assez jolies pour être suivies des calicots bellâtres ou des vieux dépravés. Il souhaitait de voir le jeune homme se lier avec une de ces pauvres filles auxquelles le mariage est interdit et qui, vivant dans le luxe tout le jour, s'ennuient à mort, le soir, auprès de leurs parents ouvriers, même quand l'éveil seul de leurs sens ne leur fait point rêver la rencontre d'un homme, la possibilité d'un amour tendre, comme ceux des feuilletons du *Petit Journal*, mais avec, en plus, les chaudes et troublantes caresses dont la corruption de l'atelier les entretient tout le jour.

En accompagnant le médecin à la gare,

Charlot lui avait sincèrement promis de renoncer à ses habitudes. Calmé par trois nuits
passées avec des filles, il se croyait capable de
se surmonter, et, repris d'espérance, il essaya
de mettre en pratique les conseils de son ami.
Il suivait les ouvrières qui regagnaient les
quartiers populaires, s'attachant avec une
résignation de chien battu, à celles qui s'en
allaient, seules, sans attirer les regards, aux
laiderons, aux vieilles filles. Mais il n'osait les
accoster. Ce devait être terrible de les aborder
à brûle-pourpoint! Il arpentait les rues, une
sueur au front, se donnant jusqu'au prochain
carrefour pour se décider, puis, lâchement,
avec la rancœur de sa bêtise ancienne et la
colère de sa nouvelle maladresse, il s'arrêtait
au bord du trottoir : brusquement, l'inconnue
était entrée dans une allée, sous une porte, et
il n'entendait maintenant plus rien, pas même
le vacarme des voitures, dans le silence de
mort que faisait en lui la disparition du bruit
des petits talons de l'ouvrière, sonnant tout à
l'heure à coups secs sur le pavé. Et il recommençait sa chasse, s'efforçant de se persuader
qu'il était prêt à aborder la femme, lorsqu'elle
avait disparu.

Enfin, il se risqua un soir, et, balbutiant, il
adressa la parole à une ouvrière qu'il suivait

depuis trois quarts d'heure. Elle se retourna, l'examina d'un rapide coup d'œil, et, dans un éclat de rire, lui cria :

— Eh ! va donc, pané !

Il était tombé sur un loustic d'atelier, sur une fille grêlée et maigre, mais si drôle qu'elle ne manquait jamais d'amants. Puisque d'autres l'entretenaient, pourquoi se serait-elle privée de railler ce pauvre diable, qui n'était pas même joli garçon ?

Le docteur Jolly ne savait pas, lui, provincial, que, comme celle des grisettes, la race des ouvrières prenant un amant « pour savoir ce que c'est » a disparu. Cet amant, on le trouve parmi le personnel masculin du magasin, parmi les voisins de table, à la crêmerie où l'on déjeune, et, quelques jours après, on le lâche. En tout cas, dans la rue, on n'écoute, que l'homme respectable, c'est-à-dire cossu, les vieux de préférence, ceux, en un mot, en qui on espère trouver le monsieur généreux dont les légendes de l'atelier entretiennent continuellement les nouvelles venues.

Charlot apprit confusément tout cela, mais à ses dépens. Il n'avait pas attendu son insuccès, d'ailleurs, pour retourner à ses habitudes et, pendant vingt-quatre heures à peine, il avait tenu le serment fait à son ami.

A présent, le soir, il rôdait le long des
boulevards extérieurs, de la Villette au quartier Rochechouard. Il n'espérait plus rien, et sa
profonde désespérance était si intimement en-
racinée qu'il n'avait plus la force de se plaindre, repris de ses théories de fataliste et
traînant son boulet avec une résignation pas-
sive et morne, dans la conviction qu'il en serait
ainsi toujours, éternellement, et que rien ne
lui réussirait jamais, jusqu'à ce qu'il crevât,
épuisé et vidé, au coin d'une borne ou dans son
lit. Et il se vidait, à furieux coups, trouvant
que le mal n'allait plus assez vite.

Il aimait le boulevard extérieur, à cause de
ses arbres et de l'étroite promenade qu'ils
allongeaient en une allée sablonneuse faisant
deux chaussées, à cause de ses bancs surtout.
Il s'intéressait à sa population spéciale, à ses
typiques promeneurs, ouvriers en famille, se
reposant là, dans la recherche d'une impro-
bable fraîcheur, et marmots vautrés dans le
sable. Plus tard, quand ces braves gens rentraient chez eux, il observait les filles montant
leur quart, ou les ivrognes battant les murs,
et il s'amusait bêtement de tout, comme les
enfants : du passage des tramways cornant
leur trompe, ou des cochers à la queue-leu-leu,
s'endormant sur leur siège et réveillés par une

engueulade du sergent de ville ou du gardien de
la station. Mais, surtout, Charlot adorait s'asseoir au-dessus du tunnel du chemin de fer de
l'Est ou de celui du Nord. Devant lui, là, il
n'avait plus au moins la sempiternelle clôture
des bâtisses, masquant l'horizon et faisant du
boulevard un boyau. A l'endroit où la voie
passait sous la chaussée, c'était par dessus
le garde-fou en tôle bordant le trottoir, un
grand vide en éventail dans lequel le regard
se perdait. Au bout, il découvrait l'illumination flambante de Paris qui mettait dans le ciel
la pâleur rose d'une pointe d'aube. Plus près,
en bas, c'était un fourmillement de becs de
gaz, de feux rouges et verts, de signaux de
toutes sortes qui éclairait l'entrecroisement
embrouillé des rails, dont l'écheveau luisant
allait s'élargissant vers la gare. Et il avait une
hébétude d'une immense douceur à sentir,
dans l'écrasante inertie de son repos, une vie
spéciale, étrangement fiévreuse, monter à lui de
ces routes de fer, avec les roulements sonores,
les bruits métalliques longuement réguliers
des plaques tournantes. heurtant, à chaque
wagon, leur fonte contre l'arrêt du buttoir, et à
entendre les coups de sifflet, stridents ou pro-
longés en glapissement, que poussait, dans
d'incessants va-et-vient, une armée de locomo-

tives. Il les aimait aussi, les noires machines, dont les cercles cuivrés s'allumaient par éclairs sous le gaz. Il se les imaginait vivantes et monstrueuses, à les voir semer derrière elles un crottin de braises rouges, qui lentement s'éteignaient, ou, lorsqu'elles venaient dans sa direction, à chercher un regard dans leurs gros yeux rouges, d'une aveuglante fixité sous leurs paupières de laiton, toujours ouvertes. Il les suivait longtemps, par esprit, dans leur course sur l'acier miroitant et poli des rails ; puis, dans la décroissance triste du vacarme de leur fuite, il se perdait à considérer les lourdes volutes de fumée blanche qui sortaient longtemps encore, presque à ses pieds, de la gueule du tunnel, et montaient, toutes droites, en des entassements croulants. Le toit de la gare dépassé, il ne les voyait plus, confondues sur le ciel clair, et il abaissait les yeux pour en retrouver les derniers flocons accrochés comme de la ouate entre les fils télégraphiques.

Un soir, comme il se levait du banc d'où il venait, pendant de longues heures, de contempler la gare du Nord, Charlot vit une femme accourir à lui. Elle lui prit le bras, l'entraînant, si haletante que, d'abord, elle ne put parler. Stupéfait, il marchait vite, poussé, traîné par elle, muet, lui aussi, de surprise. Au

premier bec de gaz sous lequel ils passèrent,
il vit qu'elle était jolie, et cela lui mit une joie
dans l'âme, sans qu'il sût pourquoi. Il voulut
s'arrêter, mais elle le tira :

— Non... de grâce... emmenez-moi... les
agents me courent après...

Alors, il comprit. Il se retourna et vit sur
l'autre trottoir, presque à sa hauteur, des
femmes qui fuyaient, éperdues, avec de grands
cris et un fla fla de jupons sonnant sur leurs
talons. Derrière, une bande de drôles se ruait.
Quelques-uns allaient passer près de lui. Et il
se rappela ce qu'il avait lu, les coups de filet
donnés par les agents des mœurs, la chasse
infâme racontée tout au long par des feuilles
policières dont cette ignominie amusait les
lecteurs, bourgeois vertueux et femmes hon-
nêtes ; mais, en même temps, il se souvint des
trucs de troupier qu'il avait employés autrefois
pour dépister un adjudant et dont le meilleur
consistait à ne pas fuir le sous-officier, mais à
le croiser, au contraire, avec un salut qui éteignait ses soupçons.

— N'ayez pas peur, dit-il à la femme et, re-
broussant chemin, allant lentement, il dépassa
les chasseurs, puis le groupe des argousins qui
attendaient leurs camarades en gardant cinq
ou six filles. Ceux-ci dévisagèrent bien le

couple, mais Charlot les regardait si tranquillement en s'appuyant sur son parapluie, qu'ils ne reconnurent pas la femme, la prenant pour une habituée du bal de l'Elysée Montmartre ayant ses papiers en règle et qui rentrait ayant « fait » un bon jeune homme à l'air naïf. Quelques pas plus loin, Charlot fit prendre à sa compagne une rue de traverse. Elle était en sûreté maintenant : ils pouvaient causer ; cependant, elle tremblait encore et elle ne consentit à s'arrêter que boulevard Denain, devant la gare du Nord, à la terrasse d'une brasserie flamande.

Charlot avait heureusement quelque argent, il commanda deux bocks, et alors la malheureuse lui dit son histoire. Histoire banale, vulgaire, mais qui intéressa comme un roman le malheureux pour qui Paris et ses mystères étaient encore un inconnu insondé. Elle s'appelait Fanny Méjean, et était fille de braves gens. Son père était chauffeur à la raffinerie Lebaudy, à la Villette, sa mère matelassière dans le même quartier. A seize ans, elle avait été séduite. De fait, elle n'accusait pas trop son premier amant. Elle s'était quasiment offerte. Elle aimait l'homme. C'était dans son sang, et les torgnoles que lui avait administrées son père n'avaient pu la guérir de sa passion. Elle avait fui la maison paternelle et roulé un peu partout, descendant de collage en collage jusqu'à une misère noire qui l'avait fait rouler, peu à peu, dans la boue. Ce n'était cependant pas entièrement sa faute. Si son premier homme avait été honnête, elle serait encore avec lui, mais il l'avait dépravée à plaisir, et devenu agent des mœurs, l'avait fait mettre en carte pour vivre à ses dépens, sans souci.

Elle racontait cela, tranquillement, d'une voix traînarde, avec des mots crus, des détails cyniques, comme ne comprenant pas l'horreur de ce qu'elle disait. Et Charlot regardait son front bas, ses pommettes saillantes, ses petits yeux ; et dans sa beauté inintelligente et vulgaire, il retrouvait confusément, dans une répulsion instinctive contre ce souvenir, quelque chose des traits de sa mère avec cette apathie abrutie du regard qu'il lui avait vue, l'autre jour, à la Salpétrière. En même temps, une colère lui venait contre la société qui permettait de telles horreurs : cette fille élevée au hasard dans les exemples mauvais, tandis que ses parents s'échinaient loin d'elle au travail, cette corruption la prenant dans la rue et à seize ans la livrant, détraquée déjà, au premier venu, puis, cette police abusant de la malheureuse sans défense, vivant d'elle comme d'une chose, la parquant dans le vice et lui interdisaut tout retour à un état meilleur.

C'est avec une résignation bête qu'elle disait ses misères, n'ayant plus qu'un regard moutonnier et morne, perdu dans le vague, en parlant de ses premières révoltes. Au moins, elle n'aurait pas voulu exercer son métier dans le quartier de ses parents, mais la préfecture n'y avait pas consenti. On lui avait fixé et son trottoir, et ses heures. Continuellement, c'étaient des contraventions, des terreurs, des poursuites. Même chez elle, on la persécutait.

Il fallait qu'elle fût dans ses meubles, elle ne pouvait se mettre à la croisée, sortir quand il lui plaisait, recevoir une amie ; un inspecteur dont elle avait refusé d'être la maîtresse ne lui laissait pas une heure de repos. Il voulait la faire entrer en maison. Puis, elle s'était résignée, la rébellion ne menant qu'au Grand Hôtel de St-Lazare. Elle avait fait sa paix avec les agents, se livrant à tous ceux qui la voulaient, et elle aurait été heureuse, si le chef qui commandait l'expédition de ce soir ne lui avait demandé de l'argent.

A présent, elle ne savait où aller. Elle n'avait plus le sou et son hôtel était surveillé sans doute. Son amant de cœur était à Mazas pour plusieurs mois. Il ne lui restait qu'à se foutre à l'eau. Elle pleurait.

Charlot lui prit le bras, la consola. Son attendrissement l'emportait sur le dégoût.Cette femme était comme lui un paria. Elle était avec cela jolie, et un désir lui venait de la regarder en pleine lumière. Il lui offrit de l'emmener et elle consentit, avec une joie qui lui mit une flamme dans les yeux et, pour un instant, la fit belle.

Une heure après, ils étaient au quai de Jemmapes. Tout d'abord, elle se livra avec froideur, semblant payer en caresses machinales l'hospitalité que le jeune homme lui offrait et le service qu'il lui avait rendu. Mais, bien vite, elle s'étonna, se sentant frissonner sous cette étreinte passionnée qui ne se lassait pas, toujours plus violente.

Et brusquement, elle adora l'homme qui la tenait ainsi, le mangeant de baisers. lorsque, brisé, il s'abattit à côté d'elle sur l'oreiller, lui racontant à son tour sa vie, son long martyre, sa longue appétence de la passion et l'écrasement de sa félicité présente. Elle n'avait jamais été aimée de la sorte, et, dans son cœur de femme, une pitié s'éveillait pour ce misérable à qui elle apportait le bonheur et la guérison. Tous deux étaient les victimes d'une inexorable fatalité et mis au ban de la vie sociale, mais elle trouvait qu'il était encore, lui, le plus à plaindre, n'ayant jamais été aimé. Une tendresse d'une maternité vague se mêlait à la lascivité de ses caresses. Ardemment, rageusement, elle lui rendait ses baisers, et tous deux s'acharnaient, avides, insatiables, dans la folie de leur chair et la fête de leur cœur, comme s'ils avaient voulu, l'un et l'autre, se payer en d'inoubliables extases des tortures anciennes, et noyer dans une nuit d'ivresse le douloureux souvenir de leur passé.

XIV

CE fut un collage, une association infâme
et douce de deux vices et de deux affec-
tions. Également détraqués, l'un par son mal
héréditaire, l'autre par six ans de prostitution
qui n'avaient qu'excité son étrange utéromanie,
ils s'aimèrent éperdûment, mêlant dans un continuel contact leurs dissemblables névroses.

Charlot s'étonnait cependant de ne pas
éprouver la félicité qu'il s'était promise pour
le jour où il aurait une maîtresse. Ce n'était
pas qu'il ne fût heureux, mais ce remède qu'il
avait cru souverainement efficace : la possession d'une femme, lui avait apporté la guérison, non le repos. En vérité, son bonheur avait

été si brusque et si complet qu'il avait causé en tout son être une troublante révolution. Même il eut, les premiers jours, une sorte de folie post-connubiale entrecoupée d'accès semblables à des congestions épileptiformes. Et dans la renaissance de son intelligence dont l'acuité se débattait contre ses préoccupations sexuelles à présent moins impérieuses, il se rendait nettement compte qu'imparfait serait son rétablissement. Il aurait fallu que Fanny fût, ou réellement une fille, c'est-à-dire une machine, ou bien une femme ordinaire, relativement honnête et de sens rassis. Or, elle n'était ni l'une, ni l'autre. Elle n'avait jamais été qu'une prostituée malgré elle, et n'avait pu dans l'écœurement de son métier puiser ce mépris résigné de l'homme et cette anesthésie spéciale qui, seuls, en permettent la pratique. Dépravée de bonne heure, c'est la loi qui l'avait jetée au vice, mais le vice n'avait que passagèrement éteint ses instincts érotomanes, ou, plutôt, les avait transformés en une nymphomanie qui, exaspérée par le séjour de la malheureuse à l'hôpital et à Saint-Lazare, et par l'absence de son amant, la tenait maintenant encore.

Il en résultait qu'à son reconnaissant amour pour Charlot, dont elle adorait le parler correct, les habitudes aristocratiques, toute une élévation de goûts et d'habitudes qui semblaient à la pauvre fille le summum de la distinction, il se mêlait une ardeur sensuelle jamais assouvie. Lorsqu'elle le voyait, le matin, blême et éreinté, elle éprouvait le besoin de s'excuser et disait qu'il fallait cela pour le guérir et empêcher une rechute. Encore ces réflexions étaient-elles rares. Penser lui était, au début, comme une fatigue, et elle vivait toute en instincts, dans l'éveil continuel de ses sens, grâce à son travail à la machine à coudre, dont le mouvement lui procurait un voluptueux et intime frottement.

Son amant ravi, n'osait regretter qu'elle ne fût pas autre, et l'aimait follement. Il s'était fait son esclave, s'ingéniant à lui plaire et à lui rendre douce cette cohabitation qui était pour lui le bonheur. A le voir toujours ainsi plein d'affectueuses prévenances et de débordante tendresse, elle avait souvent des heures d'attendrissement qu'il partageait, invinciblement gagné par ses larmes. Et c'étaient alors des baisers chastes qui les unissaient dans la confession de leur passé et dans un besoin d'épanchement plein de douceur. Mais, bientôt, leur maladive passion les reprenait et les rejetait, haletants de fièvre, aux bras l'un de l'autre. Ils inventaient de nouveaux plaisirs, pris d'une rage de luxure, affamés de jouissances, et chacun sentait sa volupté s'augmenter de celle de son conjoint.

Charlot était comme affolé. Le jour, à son bureau, il ne pouvait travailler, s'il se mettait à songer à sa maîtresse. Souvent, il demandait à s'absenter une demi-heure, et courait jusquechez lui éteindre ses rêves dans de la réalité.

Docile, Fanny se prêtait à ses subits caprices, elle abandonnait son travail et se jetait dans les bras de son « petit homme ». Bientôt, elle se pâmait. Elle avait le spasme cynique et des attitudes passionnelles qui ravissaient son amant. Il la serrait à l'étouffer, la regardant frissonner de plaisir, guettant les soupirs entrecoupés et singultueux qui s'échappaient de ses lèvres et soulevaient ses deux seins. Elle se roidissait; aussitôt il précipitait ses caresses, jusqu'à ce qu'elle eût le globe de l'œil porté en haut; et il riait, pris d'une extase délirante, à la voir se tordre, le cou et le tronc renversés en arrière, avec des mouvements cloniques et convulsifs du bassin, et une contraction involontaire des membres. Alors, il l'embrassait sur les lèvres, l'achevant. Elle avait un subit tressaillement très long, une spasmodique agitation de tout son système musculaire, et poussait des cris étouffés. Puis, venait une pâ-

moison à laquelle succédaient une résolution et
une langueur de tout son organisme, dans
la mollesse d'un ensommeillement très doux.

Cependant, après un mois de cette liaison, il
se fit en Charlot comme un apaisement. Sa dépravation génésique peu à peu satisfaite ne
l'amena plus à rêver brusquement, en plein
travail, de voir sa maîtresse demi-nue dans un
accès d'érotique folie. La poussée de ses désirs
restait toujours vigoureuse, mais elle devenait
saine, régulière, naturelle, et il aurait été
semblable à tous les hommes de son âge, sans
la fréquence et l'emportement de ses crises
d'amour.

Malgré leur nombre pourtant, et leur furie,
il sentait une amélioration naître en lui. Ses
jambes se raffermissaient, ses joues moins
creuses se recoloraient, son œil redevenait
brillant et clair, le travail enfin lui était facile.
Sa vie d'antan et ses habitudes solitaires lui
semblaient un mauvais rêve.

Les mois passèrent sans lui apporter de
lassitude. Il adorait toujours Fanny, s'imaginant être marié et la traitant avec la même
tendresse. C'était une lune de miel sans fin.
La nuit, il retrouvait à la serrer sur sa poitrine ses ardeurs folles des premiers jours, et
de son mal ancien, il ne conservait qu'un rut

vigoureux, insatiable. Aussi restait-il au fond, anémique et faible, ne s'en apercevant pas d'ailleurs, et tout à la joie de son intelligence revenue et de ses aberrations mentales envolées.

Fanny semblait continuer à l'aimer, mais seules ses caresses avaient conservé intact leur premier enthousiasme. Une tristesse vague la prenait lorsque son amant était absent, et elle avait dans sa solitude la pesante sensation d'un ennui qui ne finirait point. Deux ou trois fois, elle sortit et revint tard. Charlot, tout en larmes et pris de peur, l'attendait anxieusement à la fenêtre, mais il ne la gronda pas, et elle en eut comme du dépit. Son ancien amant la battait ; or, elle avait au fond l'inavoué regret de cette brutalité qui faisait plus doux ensuite les baisers, et qui relevait de brouilles et de réconciliations joyeuses la monotonie de la passion satisfaite. Elle aimait toujours sans doute le jeune homme, rivée à lui d'ailleurs par les exigences de sa chair, qui n'avait jamais été pareillement contentée, et indifférente à la pauvreté de son ménage ; mais elle s'ennuyait dans la banalité de cette existence calme pour laquelle elle n'était pas faite, et dont le vice l'avait déshabituée. Confusément, elle avait la nostalgie du monde interlope qu'elle avait si

longtemps fréquenté, des bals du boulevard
extérieur, des noces grossières. Elle aurait
voulu retourner à l'Elysée Montmartre, mais
non pas seule, avec lui, sans qu'ils se trompas-
sent l'un et l'autre, pour le plaisir simplement
de revoir le quartier, la salle, le jardin et les
anciennes camarades, que son départ avait dû
intriguer. La continuelle soumission de Charlot,
ses prévenances finissaient par l'agacer. Elle
l'aurait souhaité moins doux, moins timide,
pour tout dire, moins bête. Et, s'impatientant,
un jour, elle lui reprocha de n'être homme que
la nuit. Il crut à une plaisanterie, sachant bien
d'ailleurs, puisqu'elle entamait ce chapitre,
qu'il réparait, la nuit, son insuffisance du jour.
Aussi riait-il, s'imaginant une mauvaise humeur
passagère.

Justement, quelques jours après, elle lui
annonça qu'elle était enceinte, et, naïf, il attri-
bua à son état cette froideur, qui maintenant
la tenait immobile et silencieuse, des heures
durant, sur une chaise. Quant à l'idée d'être
père, elle ne lui inspira ni joie, ni regret. Il
avait, à l'endroit de l'enfant qui allait naître,
une indifférence profonde qui le surprenait.
Parfois, même, il s'indignait contre son peu
d'enthousiasme. Ce n'était pas ainsi qu'on se
conduisait. Il avait raté une scène souvent lue

dans ses romans, un moment d'émotion classique et bien portée. Après coup, il se représenta Fanny, l'attendant un soir, à sa rentrée du bureau et l'embrassant, ayant de douces larmes dans les yeux. Elle lui apprenait la bonne nouvelle : « Mon ami... je vais être mère!... » Ils pleuraient de joie tous deux, et il courait acheter un berceau chez le marchand du coin de la rue Grange-aux-Belles. Mais, pas du tout, les choses ne s'étaient point passées de la sorte. A son retour, un soir, il l'avait trouvée l'air revêche et colère, assise dans la chambre obscure. Le fourneau n'était pas même allumé, et il n'y avait rien de prêt pour le repas. Affectueusement, il l'avait interrogée :

— Qu'y a-t-il donc, ma poulette? Es-tu malade?...

Elle ne voulait pas répondre et grommelait, semblant retenir ses sanglots. Enfin elle avait éclaté :

— Il y a, nom de Dieu! que je n'ai plus mes règles!...

Tout d'abord, il n'avait pas compris, et il était allé chercher de la charcuterie pour dîner : mais à son retour, Fanny avait été plus précise et, le lendemain, elle était allée consulter une sage-femme qui avait confirmé ses craintes.

Dès lors, la vie était devenue toute autre. La fille se désolait, avec une continuelle révolte contre cette maternité qu'elle regardait comme un châtiment, et dont elle ne pouvait se décider à prendre son parti, écoulant sa colère rageuse en des récriminations quotidiennes. Il aurait fallu qu'au premier jour, Charlot, usant, de l'influence qu'il avait sur elle, lui fît entendre raison et la raccommodât avec l'idée d'avoir un enfant, dont la venue ne fanerait pas, comme elle en avait peur, sa beauté de fille grasse. Mais il n'eût que des banalités à lui dire, se sentant gêné, lui-même dans son égoïsme, et devinant que son amour allait souffrir de cette grossesse. Fanny n'était pas au fond mauvaise, elle se serait résignée, et bien vite elle aurait aimé son enfant, si son amant s'était rejoui d'être père ; mais, en le voyant, au contraire accueillir avec indifférence la nouvelle, elle s'imagina qu'il était mécontent et qu'il craignait de la voir s'enlaidir. Puis, elle eut peur qu'il l'a trompât et sa mauvaise humeur s'en accrut.

Pourtant, pour être moins calme que jadis, le ménage conserva quelque temps encore toutes les apparences du bonheur. La nuit, Charlot oubliait les scènes que Fanny lui avait faites durant le jour, et celle-ci, elle-même, s'amollissant sous ses caresses, redevenait l'amoureuse maîtresse des premiers temps. Mais un moment arriva où elle se refusa aux poursuites de son amant, sur les conseils de la sage-femme. Il bouda, pris d'une rage d'enfant gâté sevré brusquement. Après tant de mois de bonheur ininterrompu, cette subite continence qu'on lui imposait lui faisait l'effet d'un intolérable supplice, d'une lancinante cruauté, et il se figurait souffrir plus encore qu'aux jours où il avait perdu jusqu'à l'espoir de trouver jamais une femme.

Brusquement, il remaigrit et devint maussade. Fanny, devinant son désespoir, voulut alors s'offrir. Il refusa. Ce n'était plus bouderie — il lui avait pardonné deux heures après son refus, — mais dégoût. Ses désirs mouraient à présent auprès d'elle, à la regarder le ventre ballonné, allant d'une démarche lourde avec des dandinements de cane. En vain, essayait-il de se surmonter : ses vains efforts ne faisaient qu'exaspérer ses répugnances pour cette grossesse qui jaunissait Fanny, lui marbrait le visage de plaques livides, lui pinçait les narines et lui creusait les yeux. Il trouvait que la voix elle-même de sa maîtresse changeait, et, s'étudiant, il se raccrochait à son affection pour elle, afin de lui cacher les écœurements maladifs dont il était saisi à la voir souiller le lit, ou, à table, se lever brusquement, prise de nausées, et se tenant aux murs, pour aller vomir, sans avoir jamais le temps d'atteindre la porte.

Et il se gourmandait, s'accusant d'être égoïste. Alors il s'ingéniait à prouver à Fanny qu'il l'aimait toujours, voulant s'excuser tacitement d'une répulsion qu'elle ne lui reprochait pas, mais dont, seul avec lui-même, il sentait toute l'injustice, toute la cruelle absurdité. C'étaient des prévenances délicates, des cadeaux, des surprises. Il se priva d'acheter des vêtements, dont il avait le plus pressant besoin, pour pouvoir lui offrir des colifichets. Elle le remerciait pourtant à peine, avec cet air détaché de tout et l'indifférence égoïste des malades, se plaignant qu'il la laissât trop seule, et se faisant plus impérieuse, plus exigeante, à mesure qu'elle le voyait plus doux et plus soumis.

Sorti de la petite chambre où, maintenant, elle restait couchée tout le jour, Charlot avait de grandes colères. Après les trois premiers jours de jeûne, il était retombé, sans y penser, dans ses anciennes habitudes, et furieux de cette rechute qu'il pressentait devoir durer quelque temps encore après l'accouchement, il comptait impatiemment les jours, et maudis-

sait la venue de cet enfant qui suspendait ses
plaisirs et le rejetait dans son mal.

Accoutumé par sa vie solitaire autant que
par son éducation religioso-philosophique à se
livrer à d'apparentes études de ce qui se passait
en lui, il continuait à analyser ses sentiments
avec cette manie de raisonnement et cette
logique inconsistante, incomplète, qui, le laissant constamment à côté de la vérité, l'avaient
toujours amené, depuis sa sortie du collége, à
se voir meilleur ou pire qu'il n'était. Déséquilibré au moral, alors même que, physiquement, il avait trouvé la guérison, le malheureux
était resté incapable de résolution énergique
et sans suite dans les idées. La pusillanimité
spéciale qui, à quinze ans, l'avait envahi, sub-
sistait, prenant diverses formes, suivant les
circonstances. Ses lectures mal digérées
aidant, il avait peur à présent de lui-même,
surpris du retour de son mal et retrouvant,
devant les conséquences de cette rechute, son
douloureux étonnement des premiers jours. Et il
continuait à monologuer mentalement le pauvre
détraqué, s'accablant d'injures sur ce qu'il
n'avait plus la force de surmonter sa passion
génésiaque et de patienter dans une continence
reposante, d'autant plus supportable que, à
l'encontre de l'année passée, à pareille époque,

il pouvait, en se l'imposant, lui assigner une fin, s'endormir dans la certitude de trouver, à un jour donné, un corps jeune et bien fait à couvrir de caresses. Tous les matins, après une nuit rendue intolérable à ses désirs par le voisinage de Fanny, qui, sans se douter de la torture de son amant à la vue de ses épaules et de sa gorge nue, le contraignait à un chaste repos, il se levait en se promettant de tenir bon le reste du jour dans sa solitude insurveillée. Il regardait dans le calendrier où sa maîtresse, supputant comme lui les jours, avait, en riant, marqué d'une grosse croix rouge l'époque à laquelle, débarrassée de son bébé et remise en état, elle pourrait à nouveau recevoir ses caresses. Il comptait, et cela la mettait de belle humeur. Encore tant de jours ? Mon Dieu ! que c'était long ! Puis, l'ayant embrassée, il filait, se répétant en route, comme les enfants qui ont peur d'oublier une commission : « Je ne céderai pas... Je ne céderai pas !... »

Et il cédait, cependant, invinciblement, après une lutte douloureuse durant laquelle il s'agitait sur sa chaise de cuir, angoissé de palpitations et voyant dans un brouillard les chiffres de ses registres danser des sarabandes, et les deux colonnes *Doit* et *Avoir* se déplacer

pour confondre leurs traits roses et bleus
dans un papillotement enchevêtré. Tout à
coup, vaincu, il courait s'enfermer, et si, par
hasard, il survenait quelqu'un ou quelque
chose, à temps pour l'empêcher de faillir une
fois de plus, il remerciait Dieu en lui-même, du
fond du cœur, repris d'un religieux enthousiasme pour le doigt de la Providence brandi
si bien à propos.

Car il ballottait, toujours, des croyances de
son enfance au doute que lui avait inculqué
Lucien, quand celui-ci, sorti de rhétorique,
s'était émancipé; même, par instants, sur une
lecture ou une conversation, il en arrivait à la
négation absolue. Ce n'était pas d'ailleurs un de
ses moindres sujets de tristesse que la constatation de son incertitude. Sans qu'il fût jaloux,
il déplorait, depuis sa rencontre de l'année
précédente avec le docteur Jolly, la faiblesse de
sa volonté et l'émoussement de son intelligence, navré de se voir impuissant à tout, et dé-
couragé par ses infructueux essais de travail.
Il n'était bon à rien, sa raison était abolie, ses
facultés obnubilées, et, en se faisant ces douloureux aveux, il pleurait, saisi de honte. Il s'en
était consolé depuis quelques mois, et, à vrai
dire, il n'y pensait plus, tout entier à la satis-
faction enfin atteinte de sa chair, mais, à pré-

sent, cela lui revenait dans l'évocation de sa
misère, au cours de la revue qu'il passait de
ses infirmités. Aussi, pourquoi cette male-
chance? Pourquoi la fatalité ne l'avait-elle pas
laissé s'endormir dans son bonheur abruti? La
bête qui était en lui, exigeante et féroce, semblait domptée, et sa boulimie génésique, contentée, il était, grâce à l'apaisement de ses
sens, un homme comme tous les autres. Se
fût-il aperçu alors qu'il était totalement idiot
et hors d'état d'accomplir sa besogne, il ne se
serait pas plaint ; il aurait pris un métier de
manœuvre, et sans récriminer, dans la consolation d'avoir Fanny! Mais voilà, ça n'avait
pu durer, et cette grossesse l'avait rejeté à son
vice, irrésistiblement. C'était aisé de dire qu'il
s'agissait d'un moment à passer, que la bonne
vie d'autrefois allait reprendre... Est-ce que sa
passion pouvait attendre? Est-ce qu'il pouvait
commander au mal qui le secouait, l'affamant
de bestiale jouissance, plus fort chaque jour?...

Et ces réflexions se terminaient par un accès
de colère dont la révolte le soulageait. Plus
calme, il se trouvait injuste. Parfois, il riait de
lui-même.

Enfin, Fanny accoucha. L'opération fut
laborieuse, compliquée, et la malheureuse,
après avoir souffert le martyre, manqua mou-

rir d'une péritonite. Charlot ne l'avait pas quittée une minute, lui tenant la main et, tout en la consolant, souffrant lui-même mille morts. S'il allait la perdre? Cette pensée l'affolait ; il haletait, une sueur au front, et il s'irritait du calme de la sage-femme. Avec cela, il avait devant cette maternité sanglante, devant les malpropretés répugnantes et sublimes de cette vie expulsant d'elle une autre vie, devant tout ce travail de nature cruel et doux, une horreur confuse, où passait tout le mépris sacré pour « l'être impur », pour la femme, qu'il avait inconsciemment puisé auprès des prêtres. C'était écœurant cette entrée dans l'existence, c'était laid et sale, et il n'était point surprenant qu'après un tel début, la vie n'eût à son tour que laideurs et saletés.

Il fut huit jours avant d'embrasser son enfant. Ce petit être rougeaud, pareil à une écrevisse mal cuite, lui faisait l'effet d'un rat écorché, et il avait un immense agacement à l'entendre crier, la nuit, des heures entières.

Fanny se rétablissait lentement, elle était triste et répondait à peine aux questions de Charlot. D'autres fois, au contraire, elle avait de brusques élans de tendresse que suivait le lendemain une nouvelle crise de maussaderie. Elle est fantasque, pensait-il, sans attacher

d'autre importance à ce changement de caractère, qu'il attribuait à l'accouchement. Le
moment vint enfin, où, guérie tout à fait, elle
s'abandonna de nouveau à ses caresses. Charlot
éprouva une joie délirante et, toute la nuit, il
n'entendit point, dans l'ivresse de son bonheur
reconquis, l'enfant qui, oublié dans son berceau,
geignait parce que son biberon était vide. Au
matin, il ne put qu'à grand'peine se décider à
aller à son magasin. Lorsqu'il revint pour
déjeuner, à onze heures, ce fut Fanny elle-
même qui l'invita à rester, et à oublier leurs
chagrins passés dans une journée entière de
plaisir. Et, jusqu'à la nuit, ils se vautrèrent,
lui pareil à un satyre, elle toujours inassouvie,
et, en même temps, plus tendre, plus câline,
ne cessant d'embrasser son amant avec les
étreintes qu'on a pour les êtres aimés qu'on ne
reverra plus. Quand vint l'obscurité, ils s'en-
dormirent, courbaturés d'amour. A l'aube,
Charlot s'éveilla secoué par un cauchemar, et,
tout à coup, il eut un grand cri. La place de
Fanny à ses côtés était vide; il était seul. Il se
leva, chancelant, ayant le soudain pressentiment d'un malheur, mais luttant encore, ne
voulant pas croire. Bientôt, il n'eut plus de
doute : elle était partie. Et partie pour ne pas
revenir. Sa petite malle n'était plus là, et, dans

la chambre, il y avait le désordre d'une fuite précipitée, des cordes, des chiffons traînant à terre, un désarroi, un pêle-mêle de déménagement pressé.

Partie! Il n'avait pas la force de se demander pourquoi, de chercher à s'expliquer cette chose, de courir pour la retrouver. Il restait debout, immobile, l'œil égaré devant le trou noir du placard où elle mettait sa malle, et il se perdait dans ce vide, désespérément. Partie! Il ne pouvait, dans son hébêtement, que mâchonner ces deux syllabes.

A présent, il se rappelait ses caresses passionnées de la veille, ses baisers sans fin. Elle était déjà décidée à le fuir, mais elle voulait lui laisser la douceur de cette nuit et de cette journée d'amour, puis, quand elle l'avait vu endormi, elle s'était sauvée sans bruit comme une voleuse. Oui, comme une voleuse, car c'était son bonheur, sa santé qu'elle emportait avec elle, et cette caresse dernière, ces suprêmes enlacements qui avaient été ses adieux, au lieu de laisser la tendresse d'un souvenir à son amant, allaient le hanter désormais et mettre du piment sur sa plaie vive!

Puis, il revécut en cinq minutes, heure par heure, spasme par spasme, cette après-midi de la veille, cette orgie dans laquelle s'était noyée

sa chair, cette fête radieuse de ses sens. Il se
cramponnait à ce souvenir, à cette évocation.
Cela la lui rendait et il devinait que ce serait
fini lorsqu'il serait au bout du rêve.

Soudain, l'enfant réveillé se mit à brailler, et
Charlot sursauta, comme réveillé, lui aussi. Le
petit était donc là ? Il n'y avait pas pensé tout
d'abord... C'était ce qu'elle lui laissait !...

Il ricanait, refoulant ses larmes, en allant et
venant par la chambre, à grands pas. Mais
bientôt un agacement le saisit à entendre les
hurlements que poussait le baby, et, dans une
rage exaspérée, il lança au berceau un coup de
pied qui l'envoya à l'autre bout de la chambre.
Le biberon tomba, se brisant en morceaux, et
le bébé, comme effrayé, se tut. Alors, Charlot
se jeta sur son lit et, la tête dans l'oreiller,
pleura éperdûment, sans plus un cri, sans plus
un mouvement, avec une prostration de tout
son corps, et des sanglots d'enfant, pressés et
courts, qui n'en finissaient pas.

XV

LA colère succéda aux larmes, la révolte à
l'anéantissement. L'amour blessé s'était
tû dans sa stupéfaction, l'égoïsme avait désespéré, l'orgueil le dernier parla : on ne traitait
pas ainsi un homme ; à bien compter, Fanny
lui devait tout et, si elle avait cessé de l'aimer,
elle pouvait le quitter d'autre sorte. Il allait la
rechercher. Elle avait dû éprouver la nostalgie
de la boue où il l'avait prise ; sûrement il la re-
trouverait à la Boule-Noire ou à l'Elysée-Mont-
martre.

Il y alla. Comme il en revenait, un soir sans
l'avoir aperçue, le portier lui remit une lettre.
Elle lui écrivait quelques lignes seulement,

avec des ratures, des hésitations, des phrases
inachevées; il ne fallait pas qu'il lui en voulût,
mais c'était plus fort qu'elle. Elle l'aimait bien,
seulement, il lui fallait une autre vie... Elle
avait essayé de lutter, ç'avait été inutile : elle
s'ennuyait...

Alors, il eut des regrets douloureusement
amers. Comment n'y avait-il pas pensé plus tôt ?
Même pour une femme sensuelle, l'amour n'est
pas tout. Il aurait dû la distraire, la promener.
A peine étaient-ils sortis dix fois ensemble dans
ces dix mois. Encore un coup, il était puni par
sa faute. Eternellement, il serait maladroit et
bête. Il s'arrachait les cheveux, furieux contre
lui-même. Puis, de nouveau, il songea à la
retrouver : il lui proposerait une autre vie, il
la prierait de faire ses conditions. Au fond, il
se reprochait de ne pas l'avoir épousée, cela lui
aurait donné des droits.

Et il recommença ses recherches, du Châ-
teau-Rouge à la Reine-Blanche, fouillant tous
les endroits où il espérait la revoir. Enfin, un
soir, il l'aperçut, sous un bosquet, lampant du
vin à la française avec un jeune homme à cra-
vate rose, joli et bien peigné. Charlot s'avança
sans se faire voir et reconnut l'ancien amant de
Fanny, celui dont elle avait toujours conservé
le portrait. Sans doute, il était sorti depuis peu

de Mazas, et elle était allée s'entendre avec lui,
dans une des promenades qu'elle avait faites,
ces temps derniers, toute seule. Un instant, il
songea à se montrer, mais sa lâcheté ordinaire
l'emporta ; ce grand vaurien le rouerait de
coups. Il s'en alla la mort dans l'âme et, dès
lors, il vécut désespéré davantage, ayant pour
exagérer son chagrin le regret de n'avoir pas
été plus courageux. Peut-être aurait-il été le
plus fort dans la lutte et, l'aurait-elle suivi.

Bientôt, cependant, il ne prononça plus le
nom de sa maîtresse, songeant toujours à elle,
sans doute, mais comme à un état meilleur
disparu, et sans qu'il y eût quelque chose de
précis dans ses souvenirs. C'était la femme ﹁
qu'il regrettait, non plus Fanny. Et il ne songeait pas à s'étonner de ce phénomène. La disparition lente de son amour et le vague de ses
aspirations actuelles semblaient naturels à
l'éclosion de son égoïsme. Puis, il n'avait plus,
à vrai dire, le temps d'analyser les transfor-
mations psychiques qui se passaient en lui, repris de la monomanie érotique et de la préoccupation uniquement sensuelle qui l'absorbaient
avant qu'il rencontrât sa maîtresse.

Sa vie s'écoulait dans un martyre de toute
les heures, avec la fixité obsédante de cette
idée qu'il était seul, en tête-à-tête avec sa né-

vrose, et qu'il était condamné désormais, iné-
luctablement. Il avait repris tout de suite ses
habitudes pernicieuses, mais il y cédait sans
lutte, avec dégoût. Et il souffrait plus qu'au
temps où il résistait à leur appel, car il
n'avait plus l'espérance de les voir s'éteindre,
espérance qu'il avait souvent cru perdre, mais
qu'il avait toujours senti revivre en lui, inconsciente, parfois, comme le cri instinctif de son
être qui ne voulait pas mourir et se révoltait
contre la cachexie envahissante. Maintenant, il
avait beau fouiller au plus profond de lui-
même : il ne sentait plus surnager cet espoir
qui avait été sa vitalité et il ne trouvait qu'une
lassitude morne. Aussi lui arrivait-il de regretter les plus mauvaises heures du passé.
Jadis, il se voyait devenir fou ; à cette heure,
il n'était que malade. Les dix mois de collage
avec Fanny avaient, comme certains remèdes
interrompus trop tôt, amélioré seulement quelques symptômes et modifié les autres. Ainsi,
son ardeur génésique restait la même, exaspérée davantage, au contraire, et plus exigeante, mais il n'avait plus les hallucinations
et le délire qui, autrefois l'avaient poussé au
crime. Sa monomanie était tranquille. Cette
longue possession d'une femme avait comme
anesthésié son cerveau détraqué, tout en lais-

sant subsister la surexcitation sensuelle. Sa
volonté, à présent, dominait l'entraînement
jadis irrésistible de sa chair, lorsqu'il songeait
à assouvir par un viol la passion qui grondait
en lui. Il se rappelait avoir été affaissé ainsi,
une heure après son attentat sur Marguerite,
dans la période de collapsus qui lui avait rendu
sa raison. Et il ne songeait même plus à secouer
la passivité maladive qui l'enchaînait résigné à
son boulet. Non, il n'aurait pas fait un pas
pour essayer de se guérir, convaincu à cette
heure de son impuissance, ou pour chercher
une autre maîtresse. On ne trouvait pas deux
fois de suite bonheur pareil à celui qu'il avait
eu et les loteries n'avaient pas l'habitude d'en-
richir les mêmes joueurs. Un découragement
alourdissait sa timidité ancienne. Puis, quelle
femme voudrait se charger de l'enfant qu'il
avait là ?

Deux ou trois fois, il retourna rue d'Aboukir, ou ramassa des filles sur les trottoirs, mais
il y renonça vite. Ces femelles l'écœuraient
avec leurs caresses banales et froides, et il
éprouvait près d'elles moins de plaisir que dans
ses solitaires abandons. Un jour, il songea à
revoir Marguerite. Pour jeune qu'elle fût, et
quoi qu'il risquât, cela vaudrait mieux que de
rester seul ; mais sa mère, la blanchisseuse,

venait de mourir, et la jeune fille fut emmenée en province par ses grands-parents.

Seul, il faudrait qu'il vécût seul. Il éprouva de telles révoltes contre la destinée, une telle exaspération contre la vie, en même temps qu'un tel dégoût de lui-même, qu'il tomba malade. Il eût une fièvre cérébrale, et pendant qu'une voisine se chargeait du bébé, on le porta à l'hôpital. Il y guérit.

La mort ne voulait pas de lui. Il n'y avait donc qu'à attendre, à lui préparer le terrain par une désorganisation plus savamment étudiée. Il résolut de vivre, comme si Fanny était toujours là et de ne plus s'abandonner aux coups de sa névrose que la nuit, et en se donnant l'illusion de la possession qui l'avait ravi jadis. Ses tortures physiques et morales s'accrurent et sa mélancolie augmenta de l'horreur qu'il s'inspirait à lui-même. Sa monomanie changea de direction, il rêva d'en finir par le suicide.

A ce moment, il rencontra par hasard le vieux Rémy. Il l'aborda dans la rue, se fit reconnaître, et, pendant quelques jours, les visites du brave homme lui furent une consolation distrayante. Ils parlaient du père Duclos, de sa mort dans l'égout, s'attendrissant tous deux à ce souvenir ; mais, un soir, Charlot raconta sa visite à la Salpétrière et comment il

avait retrouvé sa mère. Le contre-maître lâcha
quelques jurons, puis, impuissant à se contenir,
il laissa parler sa vieille rancune, sans rien
préciser du passé au « petit », lui marquant
seulement son indignation de l'entendre parler
sans haine de son abandon, et ne reconnaissant pas le sang du gazier dans ce garçon
pâle et moutonnier au pardon trop facile. Le
jeune homme approuvait au fond l'ouvrier, et
se sentait repris de colère contre la misérable
à qui il devait tous ses malheurs, mais il venait
de lire les *Trois Mousquetaires*, et il se cabra,
cherchant une pose à la Mordaunt, des effets
d'yeux et de voix :

— N'importe ! c'était ma mère !...

Rémy haussa les épaules et ne revint plus.
Cette rupture sembla à Charlot le dernier
coup.

Maintenant, il n'avait plus qu'une pensée :
en finir. Il vivait avec la confuse espérance
qu'une aggravation allait se produire qui ter-
minerait son supplice. Il relisait de petits vo-
lumes de vulgarisation prétendue médicale, et il
voyait à toutes les pages des histoires de jeunes
gens que sa maladie avait emportés. Pourquoi
résistait-il, lui ? Mais ces morts hideuses bien
vite l'effrayèrent ; il rêvait un achèvement
moins répugnant, un épuisement lent, une dé-

perdition continue et croissante de ses forces, au bout desquels, un matin, il expirerait sans souffrir, ainsi qu'une plante à bout de sève ou qu'une lampe n'ayant plus d'huile. Il voulait s'éteindre et non agoniser dans des horreurs. C'est alors qu'un lamentable espoir lui vint. Il trouva une brochure « à l'usage des pères de famille », dont l'auteur concluait en affirmant que le vice solitaire, quand il ne menait pas à une mort affreuse, conduisait inévitablement à la folie ou au suicide. Il rumina cette phrase plusieurs fois.

Fou, il ne le deviendrait jamais. Lors du viol de Marguerite, il commençait à l'être, mais sa cohabitation de dix mois avec Fanny avait changé le cours de son mal. Restait le suicide. Il s'expliquait à présent ses mélancolies dernières, ses souhaits vagues de se débarrasser de la vie. C'était cela. Rémy, au cours d'une de leurs conversations, lui avait d'ailleurs appris que le gazier avait songé à se pendre en découvrant la conduite de sa femme, et qu'il l'aurait fait tôt ou tard sans sa naissance à lui, Charlot. Et le malheureux songeait encore à ce qu'avait dit le professeur Charcot en montrant la veuve. Le savant expliquait par l'hérédité l'hystérie incurable du sujet : « Le père de cette malade, disait-il, était alcoolique, et sa mère s'était

volontairement noyée, après une attaque d'épilepsie... »

Donc, fatalement, il se suiciderait à son tour.
Et, dans son ignorance des lois scientifiques,
n'ayant sur l'hérédité que de vagues notions,
il ancrait dans sa tête, peu à peu, l'idée qu'il
devait finir comme sa grand'mère. Mais alors,
puisqu'il fallait qu'un jour il en vint là, qu'at-
tendait-il? de souffrir davantage? d'être irrésistiblement poussé par sa névrose? Ce serait
horrible, il ne pourrait choisir son genre de
mort et il se manquerait peut-être, comme les
gens dont il voyait chaque matin l'histoire
dans les faits-divers de son journal. Il valait
mieux se décider tout de suite, prendre toutes
ses précautions et entrer dans la mort sans
douleur, comme dans un sommeil.

Alors, il consulta le calendrier; ce serait pour
le 13 juillet, la veille de la fête nationale. A
partir de ce moment, il ne vécut plus que
comme une machine, ne pensant plus et s'abru-
tissant dans un apaisement mental d'une grande
douceur.

Le 13 juillet arriva. Le choix de Charlot
était fait depuis longtemps; il se noierait au pied
de l'écluse, dans le canal. La Seine l'apeurait
avec son courant. Il préférait ce coin aimé,
dont l'eau dormante et les pierres moussues lui

étaient familières. Son enfance s'était écoulée à côté. Il y serait, pour mourir, à égale distance des trois endroits où s'était en grande partie passée sa vie; il pourrait même les regarder une dernière fois avant de fermer les yeux. C'étaient, d'abord, la vieille maison noire où il était né, où il avait souffert, où il avait vu sa mère se prostituer, et où enfin il avait connu les plus lamentables désespoirs, et, avec Fanny, les plus délicieuses ivresses; puis, son magasin, là-bas à l'angle de la rue des Vinaigriers, l'étroit bureau où sa névrose avait grandi sans camaraderie consolante pour arrêter son exacerbation, sans qu'un souvenir heureux y accrochât son souvenir à cette heure : enfin, rue des Récollets, en face de l'hôpital dont il apercevait les têtes de marronniers surgissant par-dessus les tas de bois du *Grand I vert*, l'école des frères où une inconsciente dépravation s'était pour toujours infiltrée en lui.

Le matin, il alla à son travail comme d'habitude; seulement, il demanda à son patron l'argent de sa quinzaine. Il voulait payer quelques petites dettes, son traiteur et la vieille femme qui, le jour, gardait son enfant. Il voulait aussi se griser légèrement, afin de ne pas manquer de cœur à la dernière minute. Et,

toute la journée, il ne cessa d'offrir aux camion-
neurs de la maison des tournées chez le marchand de vin. Les ouvriers, surpris de ce laisser-
aller du commis auquel, d'habitude, ils repro-
chaient son orgueil, ne voulaient point être en
reste avec lui et commandaient d'incessants
petits verres. Charlot ne prenait que de l'eau-
de-vie et une chaleur lui resserrait l'estomac ;
cependant il avait les tempes toujours froides :
l'ivresse se refusait. Il ne voulut ni déjeuner,
ni dîner, les noyés qui ont le ventre plein étant,
croyait-il, plus horribles que les autres, lorsqu'on les sortait de l'eau. A six heures, avant
de quitter le magasin, il alla revoir le cabinet
obscur où, d'ordinaire, il s'enfermait le jour,
pour céder à ses crises, et il s'y abandonna une
dernière fois. Les spasmes furent longs à venir
et son plaisir étrangement douloureux amena
à peine un sourire à ses lèvres. Alors, il descendit acheter un litre de rhum, et il partit,
sans retourner la tête.

Il faisait une belle soirée, lourde encore de
la chaleur du jour. Une foule hâtive, dans le
brouhaha de la sortie des ateliers, se pressait
vers la rue Grange-aux-Belles, et malgré les
pi-ouit des gamins, les coups de sifflet des
apprentis s'appelant pour rentrer ensemble,
malgré le roulement des camions, on entendait

les cris stridents des martinets dont les bandes tournoyaient balayant le ciel d'arabesques., Arrivé au pont mobile jeté sur le canal, le courant humain que dégorgeaient les quais, la rue. de Lancry et la rue des Vinaigriers, ralentissait son allure pour laisser passer les fiacres et. les voitures à bras, qui, à la file, lentement,, s'engageaient sur le parquet ferré et sonore,, vibrant sous les pas des chevaux.

Charlot s'arrêta là une minute, comme ému par ce tableau faubourien. Il écoutait les lazzis des moutards et, au passage, il saluait les brassées de drapeaux que des ouvrières portaient en riant, enveloppant leur joie gamine dans la grisante envolée des grands plis tricolores claquant au vent tout autour d'elles. Une claire flambée de lumière, plus rouge de minute en minute, illuminait dans une tonalité vigoureuse ce coin de Paris mis en joie par la. fête du lendemain. Le soleil se couchait. Le ciel semblait saigner au-dessus de la Villette et le canal filant au loin, entre les quais déjà presque obscurs sous l'ombre des maisons, faisait comme une coulée d'or en fusion, au milieu de laquelle les chalands et les péniches tremblottaient, pareils à de noires épaves qu'aurait agitées un roulis. A droite, au contraire, le ciel s'éteignait dans une nuance de

lilas tendre, vaporeuse, et, sur ce fond clair,
les hautes cheminées d'usines se profilaient,
nettes et rigides, semblables à des couleuvrines
roses braquées sur les nuages. Leur couronne
ordinaire de fumée était tombée. Les fabriques
étaient silencieuses. Seul, un remorqueur
amarré à quai, non loin de l'écluse, crachait à
coups secs sa vapeur et renâclait, haletant,
comme époumonné de fatigue, et impatient de
vider ses chaudières pour jouir, lui aussi, du
repos.

A côté du pont mobile, au sommet de la passerelle cintrée dont le demi-cercle japonise ce
quartier populaire et permet aux piétons
de franchir le canal sans attendre que les
bateaux aient passé et que le pont soit remis
en place, des passants s'arrêtaient. Charlot y
monta, et, longuement, s'oublia à contempler
de cette hauteur les choses qu'il ne devait plus
revoir, les quais pavoisés déjà, la file des mâts
vénitiens et les chaînes de verdure se prolongeant bien loin, jusqu'à la Bastille, en deux
lignes interminables, se rapprochant toujours,
et qui, plus près, sur le boulevard Richard-
Lenoir, finissaient en pointe, s'accolant dans le
confus entassement d'un arc de triomphe aux
contours indécis. A côté de lui, des gens
s'exclamaient devant ce merveilleux coup-d'œil

sur l'horizon enrubané, et riaient, pris d'un
bonheur d'enfant à ce papillotement à perte
de vue allumant des flammes aux fenêtres,
dans une cascade de drapeaux qui dévalait des
toits aux boutiques et pareille à une neige de
bleu, de blanc, de rouge, se noyait dans les
guirlandes banderolées coulant sur le quai,
entre les arbres et les mâts, comme un
ruisseau collecteur charriant incessamment un
moutonnement de flots tricolores. Et dans
cette débauche de tons pourpres et indigo,
dans cette orgie de flocons d'étamine pavoisant
Paris, on eût dit, du haut de la passerelle,
qu'un pinceau monstrueux et invisible promenait partout une aspersion de couleurs puisées
dans vingt godets dont les gouttes écla-
tantes criblaient la ville de taches splendides,
arlequinant l'espace, ainsi qu'un écolier bar-
bouille, en un gâchis ruisselant, une aquarelle
mal réussie.

Charlot avait cru s'indigner devant cette
joie franche, saine et naïve qui montait autour
de lui, et voilà qu'il la goûtait comme un ber-
cement exquis à son hébètude. Il avait lu dans
ses romans que les désespérés meurent en cra-
chant une malédiction contre la société ma-
râtre, contre l'indifférence des hommes, et
voilà que, lui, il ne se sentait pas même une

amertume contre cette foule joyeuse au milieu de laquelle il était seul et qui le coudoyait sans se douter qu'il allait mourir. Il n'avait pas la force d'imiter ces héros et d'en vouloir à ce bonheur universel. Il restait accoudé sur le garde-fou, emplissant ses yeux de lumière et de couleurs, et sa somnolence n'avait plus une pensée.

D'autres passants s'arrêtaient maintenant, sur les marches de la passerelle, et formaient sur ce cerceau une longue grappe d'hommes et de femmes qui se découpaient en noir sur le ciel. Le vent agitait les robes, les fichus, les bourgerons bleus et faisait onduler entre les barres de la rampe tout un pavois plus clair, comme si le pont eût voulu réunir là, dans un vivant trait-d'union, les décorations de chaque quai. Perdues entre les curieux, des apprenties mettaient dans cette réjouissance populaire la griserie folle d'enfants que soûle, à l'avance, dans une orgie de bruit et de gambades, la perspective d'une fête. D'aucunes ne pouvant voir, s'amusaient à cracher dans le canal, et Charlot s'oubliait encore à regarder ces gamines se faufiler entre les jambes des spectateurs, et à entendre leurs éclats de rire, lorsqu'elles avaient fait dans l'eau noire de grands ronds dont les cercles s'élargissaient concentriques, s'effaçant lentement sous la lourdeur huileuse qui dormait à la bouche de l'égout.

Brusquement, il pensa que ce serait l'une d'elles, peut-être, qui, en jouant, le lendemain, aux bords de l'écluse, s'écrierait soudain, l'œil dilaté de peur : « Un noyé!... » Car, il serait un trouble-fête; on le repêcherait pendant que tout serait danse et joie, là autour dans les cabarets et les bals établis en plein air. Il y aurait des femmes nerveuses que sa vue rendrait malades; mais il s'en foutait. Il consentait bien, dans sa lassitude, à ne maudire personne, mais comme il ne devait non plus rien à personne, il lui plaisait justement de s'en aller au milieu de cette fête universelle, dont, seul et misérable, il n'aurait pas sa part.

Cependant, la nuit tombait de la pâleur à présent uniforme du ciel. Les couleurs vives s'éteignaient peu à peu, et l'on ne devinait plus les drapeaux que par le frisson courant sur les façades. Un à un, les reverbères s'allumaient.

Charlot se disposait à partir quand il rencontra la bonne femme qui soignait son enfant. Il l'appela et lui paya ce qu'il lui devait; même, il ajouta cinq francs à la petite somme : « Tenez, la mère, voilà de quoi faire la noce demain » ;

et il se sauva sans écouter les remercîments
de la vieille. Il était heureux de l'avoir ainsi
trouvée; cela lui évitait de rentrer chez
lui, de revoir la petite chambre où il avait tant
souffert, où il avait été si heureux. Et il alla
s'asseoir un peu au-dessous de l'écluse, à l'endroit qu'il avait choisi pour mourir.

A présent, il faisait complètement nuit et
les bords du canal étaient déserts. Seuls, quelques passants en retard franchissaient l'étroite
passerelle que formait le sommet des portes
massives, endiguant l'eau du côté de la Villette.
Sur la berge du quai de Jemmapes, il n'y avait
de vivant qu'une petite construction en briques
sur les murs de laquelle des lettres blanches
se détachaient dans l'ombre : SECOURS AUX
NOYÉS ; bientôt, la lumière s'y éteignit, et,
partout, ce fut du noir. La lune se levait immense et rouge, mais les toits la cachaient et
on ne la devinait qu'à la confuse aurore qui
rosait le ciel du côté de l'hôpital Saint-Louis.
Et dans cette ombre, l'eau dormait pareille à
une laque et reflétait à peine les étoiles nais-
santes. Elle léchait le sommet de l'écluse, mais,
plus bas, par les fentes des portes mal jointes,
deux gros jets jaillissaient et retombaient avec
un clapotis monotone, à la base du barrage,
sur les dalles, qui les renvoyaient en contre-

bas, dans le creux. Jusqu'aux secondes portes, c'était là un bassin étroit et sombre, semblant à peine assez large pour contenir deux chalands accolés. Il n'y avait que quelques mètres d'eau et les pierres des parois habituellement recouvertes surgissaient vertes et moussues avec une viscosité luisante qui blanchissait la profondeur noire du trou.

Charlot s'était assis au bord, les pieds dans le vide. Il rêvait, songeant parfois à s'élancer tout de suite, puis reculant en entendant les planches du barrage résonner sous un pas tardif. Il attendrait. Rien ne le pressait : l'eau, sous la pluie des jets qui échappaient des portes du haut, n'en serait que plus profonde.

De temps à autre, il buvait un coup de rhum à même sa bouteille et la brûlure du liquide râpant sa langue et son gosier lui semblait stimuler sa pensée paresseuse. Cependant, il s'étonnait de ne se sentir ni tristesse, ni faiblesse, et il avait une colère inavouée de trouver aussi banal que le reste son acheminement vers la mort. Puis, il pensa à ce qu'il éprouverait tout à l'heure. Souffrirait-il ? Non. Ce serait une rapide angoisse, comme le jour où, à l'école, en sautant au cheval fondu, il était tombé sur la poitrine. Pendant de longues se-

condes, il avait haleté, ne trouvant plus son
souffle, brisé par l'inutile contraction de ses
poumons. Ce serait sans doute la même chose,
mais l'eau lui remplirait immédiatement la
gorge et il ne souffrirait plus. Il mettrait d'ailleurs dans sa poche deux moellons pris à côté,
au tas accumulé pour les réparations du barrage ; du premier coup, il coulerait.

Cependant, il avait — toujours pour faire
comme les héros de ses livres — cherché à
repasser sa vie, mais ses souvenirs s'étaient
dérobés, et, devant ses yeux, deux figures
passaient seulement dont le rapprochement lui
soufflait une intime indignation, celles de
Mlle de Closberry et de Fanny. Il se demandait
si, dans la mort, il reverrait la première,
s'irritant de ce que son souvenir, en ce
moment suprême, ne l'attendrît pas davantage.
C'est le rhum ! pensa-t-il. Et, toujours, il revenait à ces idées d'une réunion après la mort
et d'une survie dont on avait bercé son enfance.
Des doutes le reprenaient. Ce n'était pas
possible, ce serait trop beau ainsi. Ce devait
être au contraire un anéantissement complet,
une destruction totale. Après tout, cela valait
mieux ; il était tellement enguignonné que,
dans l'autre monde, il serait peut-être encore
malheureux ! Seulement, il regrettait que les

légendes ne fussent point vraïes ; il lui aurait
été doux de se réveiller une fois par an, et,
pendant une heure, d'avoir conscience de son
repos, de sa névrose enfin annihilée.

Onze heures sonnèrent à Saint-Laurent.
Déjà ! murmura-t-il avec un frisson. Une sueur
mouilla ses tempes et toute la révolte instinctive de son être passa dans une subite chair de
poule. Il avala un autre grand coup, vidant à
moitié la bouteille, et, aussitôt une chaleur
entra en lui, qui fit battre plus violemment ses
artères. Il se pencha, regarda l'eau, étonné de
ne plus entendre au pied des portes, sur les
pierres, sa chanson monotone. Elle tombait
toujours du même jet, avec les mêmes éclaboussures, le même clapotis et, dans son ressaut,
plus bas, le même gargouillement. Comment
ne l'entendait-il plus? Etait-ce l'habitude ? et
introduisant ses petits doigts dans ses oreilles,
il se secoua d'un mouvement agacé. Alors, de
nouveau, le murmure de l'eau frappa son
tympan ; c'était son sang qui bourdonnait et
lui oblitérait l'ouïe.

A ce moment, dans le grand silence de ce
coin de quartier solitaire et désert, des cris
d'enfant partirent d'une des maisons du bord
du quai. Cela le fit songer à son fils. Il l'avait
oublié. Et, brusquement, il pensa qu'il était

coupable de l'abandonner seul dans la vie.
L'idée lui venait que le petit avait sans doute
hérité de son mal compliqué de celui de Fanny.
Pourquoi le laissait-il vivre? C'était peut-être
un crime que de le tuer, mais ne serait-ce pas
un crime plus atroce que lui léguer l'existence
horrible et les tortures par lesquelles il avait
lui-même passé? D'abord, il se moquait un peu
de ce qu'on dirait! La loi et les préjugés ne sont
point faits pour celui qui meurt...

Charlot se leva, il allait chercher le moutard ;
mais à peine debout, il s'aperçut que le rhum
avait opéré ; il chancelait. L'ivresse s'était
infiltrée en lui sans que, dans son immobilité,
il la sentit monter à son cerveau. Titubant, il
traversa le quai, monta dans sa chambre et
prit l'enfant dans ses bras, sans le réveiller. A
la porte, entre deux hoquets, il eut un éclat de
rire, comme si sa raison lui revenait, à présent
qu'il ne voyait plus le canal. Il n'avait qu'à
rester là, qu'à se jeter sur son lit ; la tentation
s'était envolée; une fois endormi il n'y penserait
plus ; mais, en se retournant, il éprouva un tel
serrement de cœur devant les murailles nues
que sa lâcheté s'en alla.

Derrière la porte, était un jupon sale que
Fanny avait laissé accroché à un clou et qu'il
n'avait jamais osé toucher. Il le prit et l'em-

brassa avec rage. Cette percale qui conservait
de fortes odeurs de femme l'affolait, il redes-
cendit.

Cette fois, il alla s'asseoir sur l'autre berge,
celle du quai Valmy, afin d'être en face de sa
maison. Il but une dernière lampée, puis, encore une fois, il regarda le trou où il allait
mourir. La lune s'était élevée dans le ciel, et,
dans le creux du bassin, elle mettait à présent
un grand rectangle lumineusement irradié, qui
avait la longueur de l'écluse, mais que l'ombre
d'une des parois rétrécissait. Une charogne y
tournait lentement dans le lent mouvement
rotatoire qui naissait sous le jet des portes. Il
chercha à savoir ce que c'était, chien ou chat ;
toutefois, il n'eut pas un dégoût. Et l'odeur
respirée dans le jupon lui revenant nette et
troublante, il voulut, avant de mourir, goûter
encore, dans un suprême avachissement, la
douceur des solitaires caresses, mais il s'épuisa
en vains efforts : l'alcool avait éteint ses sens.

— Merde ! jura-t-il, furieux de cette dernière
désillusion et de cette subite impuissance. Et
las d'attendre, exaspéré, il mit deux moellons
dans ses poches et lia aux chevilles avec son
mouchoir ses pieds qui pendaient sur l'abîme.
Puis, il considéra l'enfant, toujours endormi
sur sa poitrine :

— Pauvre gosse ! tu ne te réveilleras pas...

Alors, il ferma les yeux et, tout en restant assis, il rampa sur ses cuisses, arriva jusqu'au bout, fit un dernier effort et tomba perpendiculairement, comme un pavé. Cela fit pouf et l'eau s'ouvrit avec de grandes jaillissures.

Maintenant, on n'entendait plus rien que le pis régulier du barrage s'égouttant en chantant sur les dalles. La surface du canal n'avait plus que la vibration circulaire qu'y faisait lentement la cascade. Seulement, au bord du rectangle étroit et bleuté, où se baignait la lune, on voyait par instants disparaître dans l'ombre, puis revenir dans la laiteuse clarté, quelque chose de blanc et quelque chose de noir qui tournaient lentement. Et c'étaient l'enfant, surnageant, soutenu par ses langes, et la charogne rôidie, qui se poursuivaient ainsi, dans une ronde incessante et monotone, sans pouvoir jamais s'atteindre.

FIN

ACHEVÉ D'IMPRIMER

le 30 avril 1883,

PAR A. LEFÈVRE, A BRUXELLES

POUR

Henry KISTEMAECKERS, Editeur

à Bruxelles.